Entre vacas & beijos

BAILEY HANNAH

Entre vacas & beijos

Tradução
Carolina Rodrigues

1ª edição
Rio de Janeiro-RJ / São Paulo-SP, 2025

VERUS
EDITORA

Título original
Alive and Wells

ISBN: 978-65-5924-403-4

Verus Editora Ltda.
Rua Argentina, 171, São Cristóvão, Rio de Janeiro/RJ, 20921-380
www.veruseditora.com.br

CIP-BRASIL. CATALOGAÇÃO NA FONTE
SINDICATO NACIONAL DOS EDITORES DE LIVROS, RJ

H219e
Hannah, Bailey
Entre vacas e beijos / Bailey Hannah ; tradução Carolina Rodrigues. - 1. ed. - Rio de Janeiro : Verus, 2025.

Tradução de: Alive and wells
ISBN 978-65-5924-403-4

1. Romance canadense. I. Rodrigues, Carolina. II. Título.

25-99903.0 CDD: 819.13
CDU: 82-31(71)

Gabriela Faray Ferreira Lopes - Bibliotecária - CRB-7/6643

Revisado conforme o novo acordo ortográfico.

Seja um leitor preferencial Record.
Cadastre-se e receba informações sobre nossos lançamentos e nossas promoções.

Atendimento e venda direta ao leitor:
sac@record.com.br

Para as meninas da cidade grande que estão na fase do romance de caubói. E para as meninas do interior que sabem que um caubói fictício é sempre melhor do que um de verdade.

Nota da autora

Esta história se passa em um rancho de criação de gado, e não quero evitar esse assunto. Por isso, há trechos que abordam o abate, a castração e a marcação de gado. Fazendeiros fazem essas coisas por um bom motivo, e a intenção nunca é ser cruel (essa também não foi minha intenção ao escrever — minha família pecuarista *não* ficaria nada feliz se fosse o caso).

O Rancho Wells usa marcação a ferro quente, que é um modo tradicional de marcar/identificar o gado. Em algumas regiões do mundo, a marcação a frio se tornou um método mais popular. E, em outros lugares, nenhuma das duas é considerada humanizada. A marcação a ferro quente/fogo costuma ser feita com um marcador de aço que é aquecido por uma fonte de calor alimentada por lenha ou propano. Ele queima uma marca nos folículos capilares, o que impede o crescimento de pelos no futuro. Com a marcação a frio, o ferro gelado mata folículos coloridos, o que os deixa permanentemente brancos. Os dois métodos têm prós e contras.

Embora fictício, o Rancho Wells é baseado em ranchos de criação de gado reais na Colúmbia Britânica. A marcação a ferro quente ainda é o método mais comum na região, então pareceu a escolha mais adequada à história.

Se algum dia for convidado para assistir a uma marcação de gado, é melhor não comer Rocky Mountain Oysters.

Este livro termina com um anúncio de gravidez. Se essa não é sua praia, fique à vontade para pular o epílogo bônus e saiba que não estará perdendo nada <3. Cuidar de si mesmo é mais importante que tudo.

Alerta de conteúdo/gatilho:

- Violência doméstica — mental, emocional e física (descrita).
- Arma (presente, mas não usada).
- Violência física (descrita).
- Morte de um dos pais devido a câncer (mencionada, não descrita).
- Morte de um dos avós (mencionada, não descrita).
- Relação conturbada entre pais e filhos (mencionada, não descrita).
- Consumo de álcool.
- Gravidez (personagem secundária).
- Atividades dentro de um rancho: laço, marcação, castração, vacinação (descrita), abate de animais (mencionado, não descrito).
- Cenas de sexo explícitas, incluindo cuspe, *cock warming* (leve), *praise kink*.

Bem-vindos ao Rancho Wells!

1

Cecily

Passei boa parte do dia listando no verso da nota fiscal do mercado todas as maneiras como eu poderia tê-lo matado. Agora, erguendo o olhar dos pequenos rabiscos para o relógio do micro-ondas, acendo um fósforo e queimo a prova. Bem na hora, os faróis de KJ reluzem pela janelinha acima da pia da cozinha. Corro para jogar os resíduos carbonizados pelo ralo.

— Como foi o trabalho? — Meu sorriso falso surge com naturalidade quando ele entra pela porta.

A prática leva à perfeição.

— Digamos que estou feliz de chegar em casa.

Ele dá um beijo bruto na minha testa e me puxa para um abraço indesejado. Inspiro o forte cheiro de colônia quando minha bochecha é esmagada contra seu peito, cada músculo do meu corpo tenso em seus braços. Ele fareja o ar, e rezo para que a vela de baunilha seja o suficiente para disfarçar a fumaça.

É óbvio que ele não repara em nada e se concentra apenas nas sacolas de papel de seu restaurante favorito.

— Você é tão boa pra mim, linda. Sério, como tive tanta sorte?

É sempre a mesma ladainha. A tentativa patética de se redimir porque brigamos antes de ele ir para o trabalho de manhã. Na verdade, ele berrou, e eu fiquei parada feito uma estátua, até ele desistir. Uma pose bem parecida com a que estou fazendo agora, agarrada à bancada de mármore, esperando a inevitável crítica a alguma coisa. Minha aparência, o pedido do jantar, o estado da casa... *sempre* tem alguma coisa.

KJ se aproxima das embalagens do restaurante e ergue uma tampa para espiar o pedido de cem dólares em sushi. Nem é o melhor restaurante japonês da cidade — ele só gosta porque é o mais caro.

Ele passa a mão pelo cabelo preto e curto e se vira para mim.

— Você deve ter estado bem ocupada hoje, pra não ter conseguido nem cozinhar. — *Olha a crítica aí.* — Sirva um pouco de vinho pra você e vai se sentar, linda. Eu cuido dos nossos pratos.

Depois de uma breve hesitação, e sem mais comentários do meu marido, abro o armário. Meus dedos, ainda trêmulos, se fecham ao redor de uma caneca azul-royal. Não é a maneira mais elegante de se beber um vinho de duzentos dólares, mas minha última taça foi estilhaçada contra a parede da sala de jantar no domingo. Com a lembrança deixando meus nervos à flor da pele, encho a caneca e saio da cozinha na ponta dos pés. Assim que entro na sala de jantar, sou atraída pela mancha rubra espalhada pela parede bege-acinzentada atrás da mesa. Ainda dá para ver as marcas de escovação depois que passei uma hora chorando e limpando.

Vou ter que dar uma passada na loja de ferragens para comprar um pouco de tinta antes do jantar com nossos amigos, Sara e Mike. Deus me livre de alguém perguntar por que nossa sala de jantar agora exibe uma mancha de vinho do Porto na parede.

— Porra! — A voz grave dele reverbera pelas paredes, e juro que a casa estremece tanto quanto eu. Perco o ar durante os lentos segundos que se passam entre o grito dele e minha boca se abrindo.

— T-tudo bem? — Minha voz sai submissa e estridente.

— Porra, eu me cortei. Pega a caixa de primeiros socorros.

Rapidamente, passo correndo pela cozinha e pelo corredor em direção ao banheiro do nosso quarto. Lá, sem pressa, vasculho o armário de remédios. Reorganizo os frascos de pílulas e listo de cabeça o que precisa ser reposto. Finjo que não sei onde estão os curativos, olhando direto para eles.

Que tragédia seria se ele sangrasse até a morte.

— Cecily! — berra ele. — Que demora toda é essa, *porra*?

Enfim pego a caixa e volto para a cozinha, onde encontro seu rosto aflito à minha espera. Ele estende a mão, o rosto contraído pela dor. É um cortezinho de nada, menos profundo que um corte de papel.

Minha nossa.

Adeus esperança de vê-lo sem um ou dois dedos. Ele deve ter se cortado com a tampa de um pote de plástico ou algo tão banal quanto isso.

— Desculpa, eu não estava… — abro o curativo com dificuldade e o enrolo com delicadeza ao redor do cortezinho — achando os curativos. Mas, pronto, está novinho em folha. O que houve?

— Por que nossos hashis estão na mesma gaveta que as facas de cozinha? A gente tem uma porra de uma cozinha bem grande. Eu não devia ter cortado o dedo com uma faca pegando os hashis, merda — grunhe ele, antes de sair intempestivamente.

Fico olhando para a gaveta aberta — mais especificamente para a faca grande de chef recém-amolada — e depois para as costas dele.

Melhor não… vai dar um trabalhão limpar.

Assumindo meu lugar à mesa de jantar, meus pensamentos são dominados pela lista na nota fiscal queimada, e o peso de uma potencial acusação de homicídio doloso tira meu apetite. Fico empurrando um pedacinho de gengibre pelo prato, sem dar muita atenção às reclamações dele sobre como é ser o diretor financeiro na empresa do pai. Apesar da apatia que sinto, preciso assentir, murmurar e arquejar nos momentos certos. O jantar transcorre sem problemas. Depois de três anos, acho que finalmente estou aprendendo como manter a paz.

— Ótimo jantar, linda.

Ele larga o guardanapo no prato e se levanta.

Depois que o volume alto da TV ecoa na sala ao lado, suspiro aliviada. É o começo do fim — mais um dia terminando. Em um silêncio treinado, tiro a mesa e passo a hora seguinte limpando a cozinha já imaculada para ganhar tempo. Com sorte, ele vai ter adormecido no sofá quando eu terminar.

Com sorte.

O ritmo lento da respiração dele, sinal de que está dormindo, é um dos meus sons favoritos, perdendo apenas para o barulho dos pneus do carro dele saindo da garagem toda manhã. Confiante de que ele vai dormir a noite toda, deslizo das cobertas, tiro o celular do carregador e vou até o banheiro. Eu me afundo no chão frio de azulejo e mando mensagem para um dos dois telefones que decorei — adicionar como um contato não é uma opção. Durante semanas, o mantive colado debaixo da bancada do banheiro, sentindo um medo agonizante toda vez que KJ se abaixava para pegar algo nas gavetas de baixo.

Cecily: Aquela vaga de emprego ainda está disponível?

O tempo passa, e fico pensando se esperei demais. Afinal é quase uma da manhã. KJ achou *John Wick* passando na TV, o que arruinou minha rotina. Em vez de adormecer antes do noticiário das nove, ele bebeu quatro doses de uísque e ficou acordado até meia-noite. Quando sugeri, sem muita convicção, que ele fosse dormir, ele me acusou de tentar obrigá-lo a ir se deitar para eu poder sair às escondidas. *Como uma vadia.*

Ele não está tão errado. Há seis meses, venho conversando em segredo com uma mulher chamada Beryl. Nós nos conhecemos num fórum em que, sem dúvida, eu não devia estar. Não suporto nem pensar no que aconteceria se KJ descobrisse. Um grupo de apoio a mulheres em relacionamentos abusivos. Mas, sinceramente, não pertenço àquele lugar.

KJ não me bate como os maridos das mulheres no grupo. Ele me xinga quando está com raiva, mas não me bate. Berra na minha cara, mas não me bate. Quebra taças de vinho, pratos e a parede de drywall bem rente à minha cabeça, mas não me bate. Talvez tenha ameaçado fazer isso algumas vezes ou me agarrado com força suficiente para deixar um hematoma, mas ele ainda não me bateu *de verdade.*

Venho sonhando há dias em matar meu marido — sem dúvida, a pessoa violenta aqui sou eu. Não é?

(555) 276-9899: É sua assim que você estiver pronta, meu bem.

Cecily: Ok. Obrigada.

(555) 276-9899: Está pronta?

Cecily: Bom, hoje eu estava planejando como matá-lo. Acho que devia ir embora, não?

(555) 276-9899: É só avisar, e vamos te ajudar. Você é uma mulher forte, vai conseguir, Cecily.

Passos pesados se aproximam do banheiro, e meus dedos batem com força na tela. *Apaga, apaga, apaga, porra.* O fio da conversa desaparece no instante exato. Quando a maçaneta gira, faço uma prece silenciosa para que Beryl não mande mensagem. Ela nunca manda, a menos que eu entre em contato primeiro, mas, como estávamos no meio de uma conversa, não tenho certeza de que ela não vai enviar mais nada.

Com sorte.

— O que você tá fazendo aí? — KJ pisca rapidamente para se acostumar com a forte iluminação do banheiro.

— Cólica menstrual. Não consegui dormir.

Seguro a barriga para passar credibilidade. Quase nunca fazemos sexo, e ele não tem o menor interesse em meus hábitos higiênicos. Apesar de casados, duvido que ele tenha a mínima noção do meu ciclo menstrual. Para ser sincera, eu uso DIU e não me recordo da última vez em que menstruei de fato, mas ele nem sequer sabe dos meus métodos contraceptivos.

Seus olhos escuros pousam no celular no piso ao meu lado. Em um movimento rápido, ele o pega.

— Ah, é? Então o que é que a porra do seu telefone está fazendo aqui com você? Eu sabia que você estava agindo pelas minhas costas. Acha que eu sou um imbecil ou você é tão vagabunda que nem se importa em ser pega? E na *porra da minha casa* ainda por cima! — As palavras dele cobrem meu rosto de saliva quando ele se agacha, agarrando meu telefone com o punho cerrado.

Luto para respirar, esperando o próximo movimento dele. Seus olhos estão cravados em mim a poucos centímetros do meu rosto. As pupilas dilatadas de raiva. O hálito quente e fétido de uísque me atinge à medida que ele fica mais impaciente, esperando uma resposta. Não faço a menor ideia do que falar. Não parece prudente dizer: "Estou indo embora antes que eu acabe te matando enquanto dorme." Confessar uma traição talvez seja melhor do que a verdade. Talvez, assim, ele me expulse de casa.

Meu lábio inferior treme descontrolado, e ele dá um sorriso maníaco ao ver meu medo.

— Não tem nada para dizer, é? Não tem porque é verdade — desdenha ele. A tela do telefone estilhaça quando os dedos dele apertam ainda mais, formando rachaduras que se espalham como teias de aranha. — Boa sorte pra falar com seu namorado agora, vagabunda.

Estremeço. Não é a primeira vez que ele quebra meu telefone. Amanhã, ele vai mandar entregar um novinho em folha, provavelmente com mais um daqueles belos presentes de desculpa. É uma pena, porque, pela primeira vez em muito tempo, achei que conseguiria ir embora. Ou, ao menos, achei que tentaria. Não que minhas tentativas anteriores tenham sido bem-sucedidas.

Sem a possibilidade de entrar em contato com Beryl, não tenho como saber onde ela mora. Querendo ou não, estou presa por pelo menos mais vinte e quatro horas.

O rosto dele se aproxima mais ainda. O suficiente para um beijo — não que essa fosse a intenção dele. Na verdade, só a ideia dos lábios de KJ encostando nos meus me faz querer vomitar direto na boca dele.

— Fala alguma coisa, *piranha*.

Eu me contorço no azulejo escorregadio, tentando me levantar. Desesperada para me distanciar. Por mais que ele esteja tentando provocar minha reação, sei que é burrice falar alguma coisa. Ele está querendo briga, e eu não quero discutir com ele esta noite. Não quando estávamos tendo uma noite boa. Ou *quase boa.*

Uma dor aguda irradia do meu ombro depois que ele me dá um tapa enquanto tento levantar, me derrubando no chão.

Ele acabou de fazer isso? Acho que ele acabou de me agredir.

Não, não é verdade. Foi só um empurrãozinho, no máximo.

Um segundo golpe confirma meu medo.

Ele me agrediu. Enfim ele fez isso — ele me bateu.

Ele berra a milímetros do meu rosto boquiaberto:

— Fala alguma coisa!

Não consigo conter as lágrimas, mesmo odiando o quanto elas fazem eu me sentir fraca.

— Pra mim chega — sussurro. É um pequeno milagre eu conseguir me ouvir para além do zumbido turbulento na minha cabeça.

Para *mim*, já chega. Preciso ir embora.

— Como é que é?

— Nada. Desculpa. — Balanço a cabeça com força. Foi burrice falar isso, muita *burrice.* Ao que parece, durante os últimos três anos, não aprendi muito bem como manter a paz.

— Pra você já deu? Depois de tudo que eu fiz por você? Esta casa, o carro, todas suas porcarias sofisticadas... Sua piranha ingrata — rosna ele. — *Beleza.* Pode ir. Acha que eu não consigo outra mulher igual a você? Uma bem mais bonita, provavelmente. Porra, se acha que vai encontrar alguém melhor, fique à vontade. Mas você vai voltar... você sempre foi uma vadia interesseira. Os outros caras vão ver quem você é de verdade, linda.

Para minha surpresa, ele se levanta e sai do banheiro com raiva. A porta bate, seguida pelo que parece ser a porta do armário sendo arrancada. Fico imóvel, olhando para frente, tentando reunir forças para me levantar e me trancar no banheiro. Mas meu corpo parece grudado no chão duro e frio. Ouço vidro estilhaçar, e me sinto mais fraca ainda.

É por isso. É exatamente por isso que eu deveria ter ficado calada. Então, o quarto fica silencioso. Silencioso demais. Após alguns minutos, crio coragem para me levantar e abro uma fresta na porta do banheiro.

KJ está sentado no meio do que parece uma zona de desastre após um tornado. Um tornado terrível com lindos olhos e um coração tenebrosamente perverso. A porta do armário pende torta nas dobradiças, as gavetas da minha cômoda estão espalhadas pelo chão e água escorre pela parede atrás da cama, onde imagino que ele tenha arremessado o copo que estava na minha cabeceira. E ele está chorando. Não é um choro qualquer — é um pranto de soluçar. Ofegante.

Ajo rápido e sem fazer barulho, enchendo uma mala de lona e um cesto de lavanderia com as roupas que recolho do carpete felpudo, ignorando seus lamentos. Tentei ir embora diversas vezes, mas ele nunca me deixou ir muito longe. Em geral, ele nos prende no quarto, arranca as roupas das minhas mãos e segura meus pulsos com força até eu concordar em ficar.

Não era assim que eu deveria ir embora. Em tese, eu deveria planejar tudo nos mínimos detalhes. Vi várias mulheres compartilharem seus planos no fórum, então sei como proceder: manter uma mochila preparada, desviar dinheiro pouco a pouco da nossa conta conjunta e ter um lugar para ir. Pelo menos tenho para onde ir e um emprego garantido. Só não tenho a mínima ideia de como chegar lá.

Ele me agrediu. Três palavrinhas se repetem como um mantra, me instigando a ir em frente, apesar do frio na barriga por estar tão despreparada para partir.

Tudo parece fácil demais enquanto desço a escada e saio pela porta da frente. A entrada de carros está escura e, pela primeira vez, agradeço o fato de a porcaria do meu Honda Civic não "merecer" uma vaga na garagem. Um obstáculo a menos no meu caminho. Largo o cesto de roupa sobre o capô prateado com um baque.

É fácil. Eu consigo. Moleza.

Estou vasculhando minha bolsa enorme em busca das chaves quando escuto a respiração pesada e entrecortada atrás de mim.

— Se encostar na porra do carro, juro por Deus que eu te mato.

Por algum motivo, me sinto compelida a olhar para ele, e quase desabo ao fazer isso. Eu não fazia ideia de que ele tinha uma arma. Desde quando há uma arma na nossa casa?

Meu coração para enquanto observo o homem que um dia achei que amava...

Com uma arma apontada para mim.

Olhos cheios de ódio, pescoço retesado, mas não há sinal de hesitação. Toda a emoção que demonstrou momentos atrás no quarto desapareceu. Foi substituída pela expressão fria de um psicopata sem nada a perder.

Será que ele vinha planejando me matar assim como eu fazia planos para matá-lo?

— Kyson, por favor, não faça isso. Não faça algo de que vai se arrepender... por favor. Me desculpa. Porra, eu sinto muito, por favor.

Cada palavra é uma punhalada. Cada inspiração é dolorosa. Ainda assim, quando se trata da reação de luta ou fuga, minha tendência natural é bajular — ao menos foi desse jeito que minha terapeuta anterior descreveu meu mecanismo de defesa. Os segundos passam arrastados, e meus olhos se alternam entre a arma e o rosto dele.

— Eu te amo. Você sabe disso, não sabe? A gente tem problemas, mas quem é que não tem, não é? Por favor, amor. Eu te amo, e você me ama. *Podemos dar um jeito.*

Seu rosto rígido está quase invisível na escuridão, distorcido pelo luar. Sua voz sai baixa:

— Cecily, só me diz se você está transando com outra pessoa.

— Não. Meu Deus, não. Eu nunca... por favor, acredite em mim, KJ, por favor. Você sabe que eu te amo muito. Desculpa por te chatear.

— Você está mentindo.

— Eu juro. Desculpa por fazer você pensar que eu seria capaz disso. Eu jamais faria isso. Desculpa. *Por favor.* — Minha voz falha na última palavra. Não há mais nada que eu possa fazer para convencê-lo a não me matar agora.

Eu devia ter ido embora anos atrás. Não sou burra. Eu sabia que, de acordo com as estatísticas, acabaria morrendo nas mãos dele. Mesmo assim, eu fiquei.

— Eu não queria te assustar. Só não consegui suportar a ideia de te perder. — Ele abaixa a arma e solta o ar. — Vem… está tarde. Vamos dormir.

Pego a chave do carro e forço um sorriso.

— Sinto muito.

Jogo a mala de lona lá dentro e entro no carro às pressas, batendo com o punho na trava da porta antes que ele possa reagir. O motor ganha vida bem na hora em que KJ avança, esmurrando o capô, enfurecido. Engato a ré e saio em disparada com as mãos agarradas ao volante. O cesto de roupa cai no chão, espalhando meus pertences pelo concreto da garagem. O rosto dele se contorce em um grito digno de filme de terror, mas eu não consigo ouvi-lo por causa do som alto do rádio. Olhando pelo retrovisor enquanto disparo pela nossa sonolenta rua suburbana, eu o vejo cair de joelhos.

Nenhum sinal de tiros.

2

Cecily

Bato as mãos no volante e dou um grito estridente, enquanto viro bruscamente para fazer um retorno ilegal no meio de um cruzamento vazio, a uma hora de casa. Vou voltar e tentar de novo outro dia. Tenho certeza de que KJ vai ser um marido devotado por pelo menos uma semana depois desta noite. Aguento mais uma semana. Até lá, terei um telefone novo. Na próxima vez, tudo será mais fácil. Na próxima vez, vou até o fim.

Porra, não mesmo.

Minhas mãos se agarram ao volante com tanta força que os nós dos dedos ficam embranquecidos. Reduzo a velocidade e dou passagem para um veículo que se aproxima. Ele tinha uma arma. *Uma arma*. Em vez de gritar, solto uma risada horrenda e ensandecida, e faço outro retorno a menos de um quarteirão do cruzamento anterior. Se ele ia ou não me matar de verdade, ninguém sabe, mas eu não vou correr o risco de pagar para ver.

Sem rumo, sigo dirigindo para o Norte — afinal, um lugar chamado Wells Canyon só pode ficar ao Norte, não é? Sem dúvida parece uma das cidades do Norte da Colúmbia Britânica. De qualquer forma, não estou longe de Vancouver. Se eu fosse para o Sul, acabaria na fronteira com os Estados Unidos, se seguisse para o Oeste, chegaria ao oceano.

Então, é para o Norte que eu vou.

A sirene de uma viatura policial soa logo atrás de mim, me arrancando dos meus pensamentos descontrolados. Paro no acostamento, e as lágrimas, que permaneceram dormentes desde minha fuga, finalmente escapam sem controle.

— Boa noite, moça. Sabe por que eu te parei?

Assinto, ofegando sem ar.

— Sei... Sim, eu sei. Eu fiz um retorno, estou perdida e...

— *Dois* retornos. Você está ciente de que eles são proibidos?

— Estou. — Com um fungado, limpo a lágrima que pende na ponta do meu nariz.

— Você disse que está perdida? Para onde está tentando ir e de onde você veio?

— Em tese, eu devia estar indo visitar uma amiga em Wells Canyon, mas quebrei meu telefone e, sem ele, não sei que direção seguir.

Um vinco profundo surge entre as sobrancelhas do policial enquanto ele me observa, desconfiado.

— *Certo.* Você está indo visitar uma amiga às duas da manhã? Em uma cidade que fica a cinco horas daqui. Preciso de um documento de identidade, por favor. Onde você mora?

Enquanto reviro a bolsa em busca da carteira, ele aponta a lanterna para o banco de trás, onde os poucos itens que consegui jogar no carro estão espalhados.

— Mountainview Terrace, 6207. É... hã... lá em Kerrisdale. Na verdade, não estou só indo visitar... estou indo para ficar lá. Desculpa. Meu marido e eu brigamos, então saí de casa.

Há uma mudança brusca no comportamento dele. *Sou tão transparente assim?*

— Deixa eu entender: você está indo para visitar ou pretende ficar por lá?

— Ficar... é, estou indo para ficar. — Mordo o interior da bochecha.

— Aquela estrada pode ser bem perigosa à noite. Você se sente segura para voltar para casa e viajar amanhã?

Merda. Ou eu minto e rezo para ele não insistir em me seguir até em casa, ou digo a verdade e rezo para ele não me pressionar mais.

Solto um suspiro trêmulo.

— Não.

— Está machucada?

Nego com a cabeça.

— Que tipo de perigo você está correndo? Há muitos recursos disponíveis. Posso te passar uns números de telefone para...

Eu o interrompo.

— Senhor, vou ficar bem assim que chegar à casa da minha amiga. Mas obrigada por oferecer ajuda.

Ele hesita por um instante.

— Muito bem. Vou te dar apenas uma advertência verbal, mas chega de manobras proibidas... não importa que as ruas estejam desertas, entendeu? Wells Canyon é para o Norte. — *Eu sabia.* O policial tira um caderninho do bolso da camisa e começa a rabiscar freneticamente. — Vou anotar as instruções para você. Depois que chegar à rodovia, é bem simples. Dirija com cuidado.

Ele devolve meu documento de identidade e o pedaço de papel, depois volta para a viatura. Com medo de que ele mude de ideia, arranco com o carro sem olhar para trás e sigo as instruções em busca da rodovia. Minha viagem é interrompida pelo brilho angelical de uma loja de conveniência, que me faz parar na mesma hora. Sob o zumbido da luz fluorescente, saco quinhentos dólares da nossa conta conjunta, porque, sinceramente, é o mínimo que KJ me deve. Munida de um Red Bull, uma barra de chocolate com caramelo e um pacote de batata chips sabor ketchup, me sinto devidamente preparada para cair na estrada rumo ao desconhecido. Com uma confiança que não sentia havia anos, parto rumo ao meu novo começo.

Cento e vinte quilômetros por hora. Oitenta e cinco. Sessenta. A luz do combustível ilumina o carro escuro, zombando de mim. Toda a minha autoconfiança parece ter desaparecido com as últimas migalhas de batata chips que despejei na boca trinta quilômetros atrás. É óbvio que eu deveria ter me abastecido com mais petiscos da loja de conveniência. Quarenta. Vinte. O letreiro vibrante, verde e laranja, de um posto de gasolina irrompe no céu sombrio da noite, e estaciono na bomba de abastecimento bem a tempo. Sinto o alívio percorrer minhas veias por não precisar adicionar "pedir carona" à lista de atos perigosos em que me envolvi nesta noite.

No canto do posto, há uma cabine telefônica velha com o vidro quebrado. Nem sei se funciona — *quem ainda usa telefone público hoje em dia?* —, mas prefiro não aparecer em Wells Canyon sem ao menos tentar avisar Beryl de que estou a caminho, então vasculho o carro juntando todas as moedas que consigo.

Tento encostar o mínimo possível no telefone imundo e o levo à orelha usando apenas dois dedos. *Um sinal de discagem.* Respirando fundo, digito o número dela. Beryl atende no terceiro toque com voz de sono.

— Beryl? Oi, desculpa te acordar. É a Cecily.

— Bom dia, meu bem. Está segura?

Nós nos falamos todos os dias durante quase seis meses e eu ainda não tinha ouvido sua voz. É reconfortante e animada, apesar do tom rouco e sonolento.

— Estou. Então… eu só queria confirmar se tudo bem eu passar aí antes de aparecer de surpresa na sua porta. Estou ligando de um telefone público na beira da estrada… Acho que estou a umas duas horas de Wells Canyon. Estou sem telefone para olhar o mapa, mas foi isso que o policial me falou.

Espero a resposta dela com o coração na mão.

— Ah, Cecily, que orgulho de você. Se há uma coisa que vai descobrir a meu respeito, é que eu não volto atrás na minha palavra. Venha logo para cá, meu bem.

Ela me passa as instruções para chegar de Wells Canyon até o Rancho Wells, e as repito para ela duas vezes, para garantir que decorei antes de desligar. Alguém no mundo sabe que saí de casa. Agora preciso seguir em frente. Talvez esse tenha sido o problema no passado. Eu não tinha ninguém para me julgar por voltar para meu marido abusivo. Não que eu ache que Beryl fosse me julgar.

Mas não seria muito constrangedor dar meia-volta e retornar depois disso?

Só me lembro de cabeça de mais um número de telefone. Principalmente porque costumava passá-lo para todo mundo quando era pré-adolescente, na esperança de que meus amigos me ligassem tanto que meus pais finalmente se convencessem de que eu precisava de uma linha fixa só para mim.

Não paro nem para respirar e digito os números com um dedo trêmulo.

— Pai? — balbucio ao ouvir o resmungo rouco e ofegante de um homem mais velho no telefone. — É a Cecily. Desculpa te acordar.

Nós dois sabemos que é estranho eu estar ligando. Ainda mais às cinco da manhã, levando em conta que não falo com meus pais há mais de um ano. Antes tarde do que nunca, não é?

— Ceci? O que aconteceu? Você está ligando de um número desconhecido. Está tudo bem?

Enquanto meu coração desacelera, deixo escapar um sorriso. Parte de mim esperava que ele ficasse irritado por eu ligar a essa hora da manhã.

— Estou bem. Ou pelo menos vou ficar. Eu me separei do KJ, pai. E achei que alguém deveria saber para onde estou indo. Assim, se ele fizer um boletim de ocorrência do meu desaparecimento, você pode dizer à polícia para ignorar. Quebrei meu telefone. Na verdade, não. *Ele* quebrou meu telefone. — Se não vou mais voltar para ele, não preciso mais acobertá-lo. — Mas encontrei um telefone público na estrada e…

— Na estrada? Para onde você está indo?

Ao fundo, ouço a voz anasalada da minha mãe.

— Diga a ela para vir para cá, Clark.

— Sua mãe falou que você deveria vir para cá.

Dou um suspiro.

— Eu tenho uma amiga em Wells Canyon que me ofereceu um emprego e um lugar para ficar. Já falei para ela que estava a caminho. Estou bem, de verdade. Eu ligo para vocês quando conseguir um telefone novo.

— Precisa de dinheiro? Onde diabos é... Margie, entra no Google e procura por Wells Canyon. Do que você precisa, Ceci?

— Por favor, não contem ao KJ onde estou. É só o que eu peço.

— Eu não teria contado mesmo que você não tivesse pedido. Seu segredo está seguro com a gente, meu amor.

— Desculpa não ter ligado antes, pai. Eu... — Sinto a saliva se acumular no fundo da garganta. — Desculpa por não ter escutado vocês antes.

Eles manifestaram preocupação com nosso relacionamento um ano atrás e se ofereceram para ajudar de várias formas. Retribuí o amor dos meus pais dando um tapa metafórico na cara deles, distorci a realidade até fazê-los duvidar de si mesmos e, por fim, os cortei da minha vida. Não mereço que os dois ainda se preocupem comigo.

— Ceci, nós te amamos. *E sempre vamos te amar.* Sua mãe e eu sempre estaremos do seu lado. E estou feliz por você ter ligado agora, meu amor.

De repente, a voz da minha mãe irrompe em meu ouvido. Ela deve ter pegado a extensão do escritório.

— Cecily? É a mamãe. Estou feliz por você ter largado aquele babaca. Você é uma garota inteligente, boa demais para ele... eu sempre disse isso. Vou falar com sua tia Harriet. Lembra, ela é uma advogada famosa em Calgary. Vamos dar um jeito nisso tudo. Venha para cá se precisar de um lugar para ficar, tá bem?

— Tá bem, mãe. Está acabando o tempo da ligação, mas obrigada. Eu amo vocês dois.

Volto para o carro me sentindo leve. O tipo de alívio que a gente sente ao largar as sacolas do mercado no chão da cozinha, depois de subir três lances de escada até seu apartamento de merda na universidade. Claro, as marcas e os vergões vermelhos ainda estão na pele, mas o peso se foi. Ou como quando você tira o sutiã no fim de um dia ruim.

Aliás...

Graças à mala de lona, não preciso sair por aí de pijama rosa com estampa de cachorrinhos. Vasculho a mala e encontro uma blusinha fofa com babados e uma calça preta para me trocar. Um visual mais profissional, arrumado... provavelmente não muito apropriado para um rancho, mas vai dar para o gasto.

Na placa que diz "Bem-vindo a Wells Canyon", a tinta pêssego-alaranjada está descascando, e as letras pintadas à mão estão desbotadas. Ainda assim, tem algo de fofo e encantador nisso — ou talvez eu esteja exausta demais. O sol nascente espreita por trás de uma impressionante cadeia de montanhas, o que torna o "Canyon" no nome bem apropriado. É difícil dizer se o clima sonolento da cidade é por causa da falta de moradores ou se todo mundo ainda está na cama. De qualquer forma, a sensação é de ser um lugar onde posso relaxar, vestida com uma camiseta larga e confortável.

Meu carro dá um solavanco ao virar a esquina, deixando a estrada asfaltada para entrar em uma de terra nos limites da cidade. Será que estou pronta de verdade para recomeçar? *Com estranhos?* Trinta quilômetros parecem trinta mil com a ansiedade que revira meu estômago. Algo me faz pensar que minha privação de sono e a dieta à base de Red Bull com chocolate também não estão ajudando.

A estrada de terra é esburacada e ladeada por pinheiros imponentes, beijados pelo sol. O mato alto margeia a beira da estrada, acenando para eu seguir em frente com uma brisa suave. Abro o vidro para deixar o ar fresco da montanha entrar no carro e respiro bem fundo. O ar puro bombeado direto na minha corrente sanguínea me desperta outra vez, como uma injeção de cafeína. Para criar um clima, troco a música pop animada por uma playlist de country dos anos 1990 — a música que meus avós sempre deixavam tocando em seu chalé. Talvez a vida no campo não seja tão ruim. Afinal, eu amava os verões que passava na casinha deles no meio da floresta, cercada por nada além de grilos, um lago e impressionantes tempestades com raios e trovões. Além disso, KJ nunca vai pensar em procurar por mim — uma garota da cidade — em um rancho de gado no meio do nada.

Paf. Vuuuuush.

Dois sons indesejados que fazem meu coração dar um salto. Um alerta de "baixa pressão dos pneus" lampeja em letras vermelhas no painel do carro. Meus olhos ardem, e encaro o estofamento cinza do teto piscando para conter as lágrimas. Por um breve instante, parada em uma estrada rural de terra, sinto o estúpido desejo de ter KJ ao meu lado. Não que ele fosse ter a mínima ideia de como trocar um pneu, mas eu teria alguém com um celular funcionando para ligar e pedir ajuda.

Prestes a cair no choro, recosto a cabeça no banco e fecho os olhos. Uma explosão súbita de gargalhada me sobressalta, e fico ainda mais espantada quando olho para o retrovisor e vejo que saiu de mim. Sou eu que estou gargalhando. Uma hiena descontrolada, com rímel borrado, olhos inchados e... chocolate. Tem chocolate na minha bochecha. Esfregá-lo com o polegar me faz rir mais ainda. Estou rindo tanto que o som praticamente desaparece, a não ser por chiados e fungadas ocasionais, quando uma enorme caminhonete preta para atrás de mim. Minha expressão muda na hora. Era só o que me faltava: largo meu marido abusivo e acabo assassinada em uma estrada rural.

Um belo homem usando jeans justo, uma grossa jaqueta de lona e chapéu de caubói bate na minha janela. Com a outra mão, ele gesticula para que eu baixe o vidro. Acho que ele parece confiável o suficiente, apesar da barba desgrenhada e das roupas sujas. *Mesmo assim.* Pessoas más às vezes parecem honradas. KJ é um ótimo exemplo de como as aparências enganam.

Discretamente, aperto o botão de trava, articulando em silêncio as palavras *não, obrigada*. O som das quatro portas travando ao mesmo tempo é ensurdecedor no ambiente silencioso. O caubói percebe, e um sorriso torto se forma em seus lábios ao ouvir o barulho.

— Você vai ter que abrir o porta-malas se quiser que eu troque seu pneu, meu bem.

A voz grave e rouca do homem quase estremece o vidro. Ergo o olhar, cautelosa, e vejo o queixo dele apontar na direção do porta-malas. Ele pode ser minha única opção de ajuda...

Nervosa, mordisco o lábio inferior enquanto estico a mão e destravo o porta-malas.

Com um ínfimo ajuste no retrovisor lateral — benditos sejam os retrovisores elétricos —, discretamente o observo tirar o pneu da traseira do meu carro e começar a trabalhar. Numa situação como esta, KJ já estaria ligando furioso para o seguro. A atitude do desconhecido é muito mais atraente.

Concluo que é improvável que um assassino trocasse meu pneu antes de me matar, então desço cheia de coragem e sinto o calor do sol.

— Quanto eu te devo?

Minha voz sobe uma oitava acima do normal quando percebo como o homem enorme parado na minha frente é atraente. Com certeza de perto ele é bem melhor do que parecia no retrovisor pequeno e empoeirado. Ele suspende o carro com o macaco, e os músculos definidos dos braços se contraem enquanto ele trabalha para trocar o pneu furado. Engulo em seco, grata pela distância entre nós, porque tenho certeza de que ele ouviria meu coração disparado se eu chegasse mais perto.

A jaqueta marrom acolchoada que ele usava quando chegou agora está jogada sobre o capô da caminhonete. Ficava linda nele, num estilo country-chique, mas a camiseta cinza justa, sem dúvida, fica ainda melhor. Os bíceps inflam quando ele ergue o pneu velho do chão, e o tecido fino molda perfeitamente os ombros musculosos quando ele se vira para colocá-lo no porta-malas.

A pessoa precisaria estar morta para não reparar nele. E sou uma pessoa morta se meu marido descobrir que estou reparando em um caubói bonitão.

Observando-o com atenção, penso em quando poderei chamar KJ de ex-marido oficialmente. Afinal, não vou voltar... Eu acho. *Não.* Não vou voltar.

Giro a discreta aliança dourada no meu dedo anelar, de repente ciente de sua presença, e enfio a mão no bolso. A vergonha me domina quando me dou conta de que a escondi porque uma pequena parte de mim está torcendo para que o caubói pense que eu sou solteira.

Talvez KJ tenha razão, e eu seja mesmo uma piranha. Tenho certeza de que nenhuma mulher casada normal estaria tão ávida para se livrar da aliança ao ver um cara atraente.

Mas, convenhamos, não temos um casamento feliz, nem sou uma mulher casada no sentido tradicional da palavra. Fazemos sexo em ocasiões especiais e trocamos selinhos rápidos quando ele está tentando se redimir. Não consigo lembrar quando foi a última vez que eu quis, de verdade, que esses momentos acontecessem. E agora estou a cinco horas de distância, em uma estrada de terra, porque ele me agrediu. Mas acho que, mesmo assim, é errado desejar outro homem. *Será?*

Não, é biologia pura e simples. Sou uma mulher hétero de trinta anos. Ele é um homem atraente e, provavelmente, trabalhador. Sou programada do ponto de vista biológico para me interessar. É supernatural que eu admire alguém do sexo oposto — ainda mais quando a pessoa está salvando minha vida na beira da estrada. Enfim, os votos de casamento não proíbem de *olhar*, não é?

— Quanto? Cinquenta pratas? — pergunto de novo, cutucando a aliança. É uma surpresa agradável ver o anel deslizar com a maior facilidade. Quase como se quisesse ser removido.

O porta-malas fecha com um baque seco.

— Cem? — Engulo em seco. Eu devia ter sacado mais de quinhentos dólares da conta se pretendo gastar meu orçamento rápido assim.

— Use o dinheiro para comprar uns pneus decentes. Esses pneus da cidade — ele dá um chute de leve no pneu com uma grande bota de caubói castanha — não são feitos para as estradas de terra esburacadas daqui. Você vai acabar furando os pneus a cada pedra afiada que encontrar.

— Ah, está bem. Bom, obrigada então. — Sorrio para ele, sabendo que não devia, sentindo o maldito peso da aliança no bolso.

Com um firme aceno de cabeça, ele volta para sua caminhonete, pega a jaqueta e entra no veículo. Só me dou conta de que me esqueci de perguntar o nome do meu herói quando a única coisa que resta dele é uma nuvem de poeira assentando na estrada de cascalho. Provavelmente é melhor assim. Afinal, sou uma mulher casada. Mesmo que meu *marido* tenha me ameaçado com uma arma algumas horas antes.

3

Cecily

Eu me debruço sobre o volante para olhar a placa de madeira entalhada do Rancho Wells, que paira sobre a entrada de carros. É do tamanho do meu Civic, ladeada pelos maiores troncos que já vi. Beryl não exagerou quando disse que era impossível não encontrar o rancho.

O perfume doce e enjoativo dos lilases paira no ar, provocando um arrepio que percorre minha espinha e eriça cada pelo do meu corpo. Os centenários arbustos de lilases que margeavam o quintal foram o principal atrativo quando KJ e eu compramos nossa casa, depois de um ano juntos e apenas quatro meses de casamento. Em retrospecto, eu devia ter escutado meus amigos, que me alertavam que as coisas estavam indo rápido demais. Mas fui rápida em me colocar na defensiva, e mais rápida ainda na hora de cortar esses amigos da minha vida por ele.

Vocês não entendem. Kyson é o homem dos meus sonhos, e estamos superapaixonados. Para que esperar? A vida é curta.

Menos de três anos antes, eu achava que isso era verdade.

Ah, mas o orgulho precede a queda.

As flores de lilás nunca duram. Mesmo com a altitude e a última geada tardia daqui, não dou um mês para essas flores murcharem e caírem. O ódio arde em meus pulmões enquanto faço um pacto comigo mesma. Vou lamentar o quanto precisar, mas só enquanto esses lilases permanecerem floridos. Depois disso, não vou deixar KJ ocupar nem um segundo dos meus pensamentos. Não vou me importar nem um pouco. Para todos os efeitos, ele será meu *ex-marido*. Mesmo que ele faça de tudo para impedir o divórcio.

Meu carro trepida ao passar pela porteira e subir uma pequena e irregular elevação. Em seguida, o rancho surge à vista. Na base de uma colina distante, há um amontoado de galpões de madeira de tamanhos variados, com telhados de metal vermelho. Um enorme galpão, parecido com um celeiro, fica mais à esquerda, cercado por equipamentos agrícolas enferrujados e grama alta. Verdejantes campos de feno se estendem até onde a vista alcança, entrecortados por cercas que cruzam a paisagem de uma forma que parece aleatória.

Meu olhar pousa em uma mulher mais velha que acena freneticamente na frente de uma casa branca deslumbrante. *Beryl*. Eu a reconheço sem nunca tê-la visto. Seu corpo esguio, de pele marrom, me puxa para um abraço assim que meus pés tocam no chão. Minha bochecha afunda em seu ombro, e inalo o cheiro de pãozinho recém-assado entranhado em sua blusa de linho com botões. Nunca nos vimos, mas tudo nela me traz uma sensação de familiaridade e conforto. E esses sentimentos aconchegantes substituem as dúvidas que começaram a brotar na minha mente durante a longa viagem.

— Eu estava com medo que você tivesse mudado de ideia! — Ela me abraça ainda mais forte.

— Desculpa, meu pneu furou. Acabei ficando um tempinho presa na estrada. Um caubói parou e me ajudou.

— Estou muito feliz por você estar aqui, querida. Entre. Deixe suas coisas no carro. Mostro sua cabana mais tarde. Temos bolo de café, biscoitos... ah, você precisa experimentar minha geleia caseira de groselha preta. Ou posso preparar ovos com bacon para você.

— Só um café já seria uma maravilha.

Sigo Beryl pela ampla varanda que cerca os dois lados da casa, como num abraço. O tilintar de uma dezena ou mais de sinos dos ventos anuncia uma brisa que sopra. É impossível que um lugar perfeito desses exista de verdade. Talvez KJ tenha mesmo me matado, e isto aqui seja o paraíso.

A porta de tela range, fechando-se atrás de nós. Faço menção de tirar os tênis, mas Beryl me impede.

— Não se incomode, a não ser que queira bosta de vaca em suas meias, querida. Os homens daqui parecem animais selvagens. É uma causa perdida fazê-los tirar as botas dentro de casa.

Meu olhar passeia da marcenaria trabalhada até as sancas do teto e o corrimão da escada no hall de entrada. Depois segue pelo papel de parede floral vintage e desce até as tábuas de pinho desbotadas do assoalho. O desgaste do piso é um espetáculo à parte: amassados causados por botas de caubói, arranhões de móveis arrastados de um cômodo para outro e marcas deixadas pelas gerações que já caminharam por esse chão.

— Esta casa é sua? É linda.

Não digo só para agradar. Esta é, de longe, a casa mais bonita que já vi.

— Não, não. Jackson Wells e sua esposa, Kate, moram na casa principal com a filha, Odessa. É um verdadeiro furacão, aquela danadinha. Tem aqueles olhos enormes de corça... e sempre aparece quando sente o cheirinho de algo saindo do forno. Usamos a cozinha como um ponto de encontro, por assim dizer, e é aqui que preparamos o almoço dos funcionários. Parece que sempre tem *alguém* na cozinha. Sinta-se em casa, sirva-se do que quiser, menos do leite achocolatado... É o maior desejo de grávida da Kate.

Beryl dá uma piscadinha.

Ela me conduz até um corredor pouco iluminado, e espio a sala de estar à minha esquerda. Minha alma sai do corpo por um momento quando a primeira coisa em que reparo é a cabeça de um imenso cervo me encarando com grandes olhos pretos e brilhantes. Acho que o pessoal daqui não vai achar muita graça na minha história de deixar cenouras para o cervo no chalé dos meus avós. Ainda assim, o resto do ambiente é bem encantador, com amplos sofás e poltronas, a lareira de tijolo e estantes repletas de livros. Já me imagino deslizando o dedo nas lombadas com uma xícara de café quente na mão.

Felizmente, não há nenhum animal morto à vista quando sigo Beryl até a cozinha ensolarada. A seu pedido, me empoleiro em um banco da imensa ilha de mármore e observo a mulher que considero minha melhor amiga, apesar de hoje ser a primeira vez que ouço sua voz ou vejo seu rosto. Sim, parece bem patético não ter mais amigos na minha vida real. Mas pelo menos tenho Beryl. E, no momento, sou grata por minha melhor amiga ser tagarela, porque a última coisa que quero fazer é falar.

— Então, tire o dia hoje para se acomodar direitinho. Vou te apresentar para Kate mais tarde. Ela costuma me ajudar na cozinha. Não servimos café da manhã ou jantar para os peões do rancho, a não ser em ocasiões especiais. Mas preparamos o almoço deles. Espero que você seja boa em fazer sanduíches, porque, *meu Deus*, esses meninos comem. Também limpamos os alojamentos deles, fazemos as compras e mantemos as coisas funcionando por aqui. Basicamente, somos as "esposas da fazenda". Jackson é o único homem por aqui que teve juízo o bastante pra encontrar uma boa mulher... e não deixá-la escapar.

Uma caneca branca desliza pela bancada até minhas mãos ansiosas, e dou um gole longo e relaxante. O cabelo grisalho de Beryl escorre em tranças pelas suas costas, exceto por alguns fios novos que formam uma espécie de coroa no topo da cabeça. Seu rosto não esconde as longas horas passadas sob o sol, ou a vida dura que teve antes de vir para o Rancho Wells, mas seus olhos e seu sorriso irradiam uma alegria genuína.

O que eu não daria para parecer feliz e tranquila como ela.

— Bem, quando estiver pronta para me contar o que finalmente fez você vir pra cá, sou toda ouvidos. Mas, se não se importar, vamos nos concentrar em assuntos mais leves por hoje?

Estou prestes a agradecer quando ouço a porta telada ranger e bater, o que me provoca uma reação visceral. O estrondo quase faz meu coração sair pela boca. Eu me apoio no banco de madeira e respiro fundo, tentando me controlar.

— Com o tempo você vai relaxar e não ficará tão sobressaltada, querida. — Ela pousa as mãos calejadas pelo trabalho em cima da minha e dá um aperto de leve. — Um detalhe em relação a um rancho de criação de gado: é sempre barulhento. Mas você não poderia estar num lugar mais seguro.

Beryl solta minha mão quando um homem entra pela cozinha com uma cara feia.

— Aquele imbecil do Tate não trouxe as vacinas. Fui até a cidade à toa, o que significa que a gente não pode começar as marcações até...

Ele para na mesma hora ao me ver.

O lindo caubói que me salvou na estrada. Seus olhos percorrem meu corpo de um jeito que me faz sentir nua e vulnerável. Eu me contorço no assento e me abraço com força, desesperada para parecer menor e menos visível diante do seu olhar carrancudo.

— Olha o linguajar — repreende Beryl antes de gesticular na minha direção. — Austin, essa é a Cecily. A nova ajudante que eu disse que ia contratar.

— A gente meio que já se conhece. Ele é o caubói que eu te falei mais cedo... o que me ajudou com o pneu — digo, meneando a cabeça. Ele abre um sorriso de escárnio, seus olhos se estreitam ao se fixarem nos meus.

— Não sou um caubói, meu bem.

A combinação do tom de deboche e a falsa cordialidade ao pronunciar "meu bem" provoca uma mudança na minha atitude. Uma centelha se acende dentro de mim.

— Não? Foi mal. Deve ter sido o chapéu de caubói, as botas, o jeans apertado e a imensa caminhonete que me deram essa impressão...

Apesar da risadinha de Beryl, me arrependo da resposta quando sinto um intenso calor se alastrar por minhas veias. Deus me ajude. KJ sempre dizia que minha língua afiada só me mete em confusão. Resisto ao impulso de cobrir o rosto com as mãos, pois tenho certeza de que minhas bochechas estão vermelhas como um pimentão. O canto dos lábios dele se contraem, e seus olhos continuam perfurando minha armadura frágil.

— Fazendeiro... não caubói. Sou dono da terra, do gado, dos cavalos. Dou emprego para os caubóis. — Ele coça os fios espessos e escuros da barba por fazer. — Você vai aprender a diferença se ficar por aqui tempo suficiente.

Não que seja o caso. Ele não precisa falar. Dá para ver o que ele está pensando pelo tom de voz e o brilho obscuro de seus olhos cor de âmbar.

— Tate não conseguiu as vacinas? — A voz melodiosa de Beryl desvia a atenção dele do meu rosto corado. — A remessa atrasou ou algo assim?

— Não, o filho da pu... o escr... *aquele homem* nem fez o pedido ainda. — A irritação dele cresce a cada palavrão reprimido com um simples olhar de Beryl. — Então acho que não vamos fazer as marcações por pelos menos mais umas duas semanas.

Ele suspira irritado e joga uma pilha do que parece ser correspondência indesejada no balcão, fazendo meu coração disparar, descontrolado com o baque. Acho que bajulação não é meu único instinto, porque neste momento estou paralisada. Incapaz de pedir desculpas ou acalmar esse desconhecido quando não tenho a menor ideia de por que ele está tão bravo.

Balançando a cabeça uma última vez, ele vai embora. Permaneço paralisada pela ansiedade, até que o som das botas se dissipe pelo corredor e a porta telada se feche com um estrondo.

— Austin Wells — diz Beryl, soltando um suspiro exasperado. — Ele pode ser o responsável por assinar os cheques, mas todo mundo sabe que na cozinha quem manda sou eu. Às vezes é meio esquentadinho, mas não precisa se preocupar. Ele é um dos bons.

Dou a ela um leve aceno com a cabeça, para deixar claro que entendi, enquanto meus batimentos voltam ao normal. Nós duas sabemos a que ela se refere.

Beryl me deixa, junto com meus pertences, em um pequeno chalé a cerca de cem metros da casa principal — um dos seis chalés como este. No geral, meu novo canto é menor do que a suíte lá de casa... ou, melhor dizendo, da minha *antiga casa*. Suponho que agora este seja meu lar. As paredes de madeira, a pequena cama com estrutura de madeira e o sofá floral estilo anos 1970 dão uma sensação nostálgica de acampamento de verão. Não se parece em nada com os lugares onde já morei, nem tem os belos toques antigos da casa principal, mas vai servir.

E é todo meu.

Sem a adrenalina para me manter ativa, cada músculo do meu corpo parece pesado como uma tora de madeira encharcada. Depois de deixar minhas coisas amontoadas no chão, desabo de costas na cama. Não consigo manter minhas pálpebras abertas, então sinto o quarto se transformar em uma névoa antes mesmo de eu sentir o colchão.

Sou acordada pelo relincho de um cavalo. É quando percebo que abandonar KJ e me mudar para um rancho de criação de gado não foi um sonho febril. Estou mesmo no Rancho Wells. O despertador antigo perto da cama mostra 09h04. Com base na ausência de luz ao redor das cortinas finas, só pode ser nove da noite.

Minha nossa, dormi o dia todo.

Uma conversa alta ecoa pela fina janela de vidro do chalé. Cada tendão dói enquanto arrasto meu corpo ainda cansado para espiar por trás da cortina. Ao ver uma dezena ou mais de homens a cavalo conversando alegremente, eu me abaixo e rastejo até a porta para verificar se continua trancada.

Um ronco trovejante atravessa meu corpo. *Agora não, estômago.* Repreendo a mim mesma por não ter comido mais do que uns biscoitinhos nas últimas vinte e quatro horas enquanto meu corpo implora por comida. Beryl disse para eu ir até a casa principal e jantar ou lanchar a qualquer hora. Mas a hora do jantar já passou, e não vou pisar lá fora com todos aqueles homens estranhos.

Sem querer chamar atenção, caminho na escuridão e começo a vasculhar os armários, ciente de que pode haver ratoeiras, insetos ou sabe-se lá o que mais dentro deles. É um risco que estou disposta a correr para evitar interagir com qualquer homem estranho esta noite. Felizmente, não é o caso, e encontro pratos, um fogareiro elétrico, utensílios de cozinha e mais alguns itens. Então não preciso usar os dólares que restaram em utensílios de cozinha. Infelizmente, não há uma única migalha de comida neste chalé. Apesar das pontadas no estômago vazio, me enrolo novamente nas cobertas macias.

Já fui para a cama sentindo coisa muito pior do que fome.

4

Austin

Por obra do destino, a loira que encontrei chorando por causa de um pneu furado acabou aparecendo no meu rancho. Parei para ajudá-la porque foi assim que fui criado: não posso deixar uma mulher em apuros no meio da estrada. Se minha mãe estivesse viva, teria me dado um safanão na cabeça por ignorar uma mulher que precisasse de ajuda. Mas, se soubesse que ela estava vindo para o rancho, talvez não tivesse sido tão solícito.

Como se não tivesse uma porção de mulheres do campo que dariam tudo por uma oportunidade de trabalhar no rancho, Beryl me contrata uma garota da cidade que conheceu pela internet.

De todas as pessoas e todos os lugares para se contratar alguém.

Ela apareceu dirigindo um carro inadequado para as estradas rurais, usando uma roupa cheia de babados, e, aparentemente, não estava nem um pouco interessada em começar a trabalhar no primeiro dia. Em vez disso, passou o dia inteiro no chalé fazendo sabe lá Deus o quê. Não se dignou nem a dar as caras.

Aliás, falando nisso, há outro problema que não ouso comentar com Beryl ou Kate, porque admito que ia me fazer parecer um porco misógino. E talvez eu seja mesmo... *foda-se.*

Ela é gostosa.

O jeito como ela prendeu o cabelo comprido e loiro atrás da orelha, me olhando com aqueles olhos azuis penetrantes, me deixou com a boca seca. Tudo — tudo nela — dá vontade de morder. Até o leve rubor em suas bochechas alvas, quando aparentemente se surpreendeu com o próprio comentário atrevido. A blusa cheia de babados exibia seios fartos e empinados. A calça justa moldava sua bunda arredondada — uma bunda que caberia perfeitamente nas minhas mãos. Cada detalhe da garota que apareceu aqui ontem encheu minha cabeça de pensamentos inapropriados.

E a maioria dos homens por aqui não passa tempo suficiente perto de mulheres para conseguir controlar seus impulsos. *Inclusive eu mesmo.* Só que não tenho tempo nem desejo de correr atrás de mulheres como meus peões fazem. E já me envolvi com muitas garotas da cidade para saber que elas só ficam por tempo suficiente para deixar um rastro de sofrimento. O que significa que, se eu não consigo parar de imaginar as coisas que quero fazer com ela, não tem a menor chance de os outros caras manterem distância.

Ainda tem a marca de aliança no dedo dela, que me fez pensar em algumas perguntas que duvido que eu queira saber as respostas.

O mais importante é que tudo nela cheira a encrenca, disparando alarmes na minha cabeça, dos quais não consigo me livrar. Sem a menor dúvida, a presença dela por aqui vai ser um problema. Quer dizer, a menos que eu consiga convencer Beryl a fazer a garota mudar de ideia, o que é totalmente improvável. É mais fácil eu mesmo afugentá-la daqui.

Tomo café sentado à mesa da cozinha e avisto a garota se esgueirando pelo corredor. *Cecily.* Andando pela casa como se fosse um rato. Ela para na entrada da cozinha, os olhos arregalados ao ver a quantidade de pessoas circulando para lá e para cá, e puxa as mangas do moletom verde-escuro. Mais uma indicação de que ela é um peixe fora d'água. De alguma forma, parece que ela não esperava encontrar uma única pessoa por volta das quatro e meia da manhã em um rancho de criação de gado.

Ela avança sorrateiramente na direção da mesa, que está abarrotada de comida do café da manhã e sacolas de papel pardo com o almoço dos rapazes.

— A comida é para quem ganha o sustento aqui. Vai trabalhar hoje, meu bem?

Eu a encaro por cima da minha caneca de ferro azul-marinho, e uma pequena parte de mim gosta de como meu comentário a deixa sem graça.

— Ah, hum… vou. Desculpa, ontem eu só…

Beryl interrompe Cecily, pousando uma das mãos em seu ombro.

— O combinado era ela começar hoje, então dá um tempo. Agora, querida, sente-se e pegue o quanto quiser. Você deve estar faminta.

Cecily se senta na cadeira oposta a mim, e o jeito como seus ombros afundam deixa claro que ela se sente observada por todos. Seus olhos azuis baixam para examinar as marcas da velha mesa, herança da família. Por um breve instante, me sinto mal por tê-la colocado em evidência mesmo sabendo que ela não queria isso.

— Espera aí, quem é essa? — Meu irmão caçula, Denny, grita do outro lado da ilha enquanto enfia um bolinho de mirtilo na boca. Em segundos, ele ativa seu charme. — Por que ninguém me contou que temos uma linda garota na fazenda?

Beryl o encara, esfregando a mão no ombro da garota.

— Pessoal, essa é a Cecily. Ela é minha nova ajudante. Cecily… bem, não sei por onde começar, mas essa é boa parte da turma. Sejam legais com ela, está bem?

Mas não legais demais, fico tentado a acrescentar, ao perceber os olhares de interesse se aguçarem pelo cômodo mais rápido do que fogo se alastrando por capim seco. Mesmo que ela esteja apenas de legging, um moletom largo e um rabo de cavalo. Eu sabia que devia ter falado para Beryl que não achava uma boa ideia. Mesmo que eu precisasse levar um sermão sobre as mulheres serem tratadas com igualdade. Não que eu ache que Cecily seja *inferior* por ser mulher. Só não preciso dos meus peões se distraindo. Simples assim.

— Oi, Cecily — Colt, Sundial e Jacky falam em uníssono.

Desse jeito, se distraindo desse jeito.

— Peguem a marmita de vocês e deem o fora daqui.

Encaro os rapazes até eles saírem, embora cada um me ignore por tempo suficiente para garantir uma apresentação apropriada a Cecily, com direito a aperto de mão. Como se esses imbecis fossem uns cavalheiros.

Ela senta ainda mais ereta, certificando-se de dedicar a cada peão um momento de atenção exclusiva. Um sorriso, um cumprimento animado. Resisto à vontade de uma segunda chance de me apresentar — ou terceira, eu acho, já que tecnicamente tive duas ontem e estraguei ambas.

Assim que os primeiros rapazes saem, um segundo grupo entra para pegar as marmitas. E provavelmente para dar uma espiada na nova gostosa do Rancho Wells. As notícias voam por aqui. Red arrisca até um beijo na mão dela durante sua apresentação, o que lhe rende um sorriso corado. Sinto meu estômago afundar. Ela precisa ir embora. *Para ontem.*

— Nossa, já esqueci metade dos nomes. — Cecily balança a cabeça com uma risada doce feito mel. Ignoro o estranho solavanco em minhas entranhas: claramente bebi café demais de estômago vazio. — Se eu soubesse que todo mundo estaria aqui tão cedo, eu teria trazido um caderninho para anotar tudo.

— Nem todo mundo pode ficar à toa pela manhã. Aqui é um rancho de verdade.

Largo a caneca vazia na pia, fazendo sinal para Beryl me acompanhar até o corredor.

— Austin, o que deu em você? — Ela me repreende, batendo com a parte de trás dos dedos no meu peito.

Eu já era adulto quando Beryl veio para cá, mas ela é o mais próximo de uma mãe que tenho agora. E ela faz questão de tratar a mim e aos meus irmãos como filhos.

Balanço a cabeça e aponto com um dedo na direção da cozinha.

— Ela precisa ir embora. Contrata uma garota daqui. Ela não faz ideia do que é estar em um rancho. Além disso, pode falar o que quiser de mim, mas não acho que a gente precisa de uma jovem atraente trabalhando por aqui com todos esses peões que não podem ver mulher. Você viu como eles estavam agindo.

— Os rapazes foram uns perfeitos cavalheiros. Já você...? — Ela cruza os braços. — Você disse que eu tinha carta branca para contratar qualquer pessoa que eu quisesse se precisasse de ajuda. Não consigo mais dar conta de tudo como antigamente. E embora Kate seja uma ótima ajuda, ela também está ocupada tentando formar uma família aqui. Contratei Cecily e vou dar a ela a oportunidade de provar que é capaz de fazer esse trabalho. Você não precisa gostar disso, mas é o que vai acontecer.

Beryl inclina a cabeça com um olhar presunçoso, me desafiando a retrucar.

— Não se esqueça de que eu sou o chefe. Eu posso demiti-la a hora que eu quiser... *E você também.*

Sinto uma pontada de culpa assim que falo. Embora seja verdade, Beryl é da família. Eu nunca a mandaria embora. *Nem conseguiria.* Meus irmãos têm o mesmo poder de decisão por aqui, e eles nunca deixariam isso acontecer.

— Eu adoraria ver você tentar, querido.

Com uma piscadela, ela dá meia-volta e caminha em direção à cozinha, a longa trança grisalha balançando em suas costas.

Não tenho para onde ir nesse momento, mas não posso voltar para a cozinha. Não depois de fazer um comentário sobre não ter tempo para sentar e ficar sem fazer nada. Tenho certeza de que os rapazes que estão indo fincar estacas de cerca agora pela manhã gostariam de uma ajuda extra. Construir e consertar cercas em mais de quarenta mil hectares é quase um trabalho em tempo integral. E nem é dos mais divertidos. Mas fico feliz em ralar sob o sol quente de maio se isso me ajudar a tirar a nova ajudante de Beryl da cabeça por algumas horas.

Em geral, nessa época do ano, trabalhamos de sol a sol. Mas hoje está excepcionalmente quente, e não posso me dar ao luxo de perder trabalhadores por insolação, então damos o trabalho por encerrado pouco depois do almoço.

É uma agradável surpresa encontrar Beryl e Kate sentadas na varanda da frente, com minha sobrinha de quatro anos, Odessa, colhendo botões de lírios-de-um-dia do jardim mais abaixo.

— Sua mãe sabe que você está arrancando as flores dela? — provoco ao passar por ela, fazendo sua coluna enrijecer e o buquê em seus braços cair em um redemoinho até o solo.

Kate se levanta e espia por cima do parapeito da varanda, lançando um olhar de repreensão à filha.

Sento meu corpo cansado nos degraus e estico as pernas.

— Estou vendo que acatou meu conselho de demitir a nova garota.

Beryl dá uma risada.

— Austin Wells, você me conhece.

Sinto um aperto no peito. Não sei dizer se é irritação ou expectativa de ver Cecily outra vez. Tocar a operação de vinte mil cabeças de gado da minha família, gerenciar vinte e dois funcionários — vinte e três com ela —, tudo seria infinitamente mais fácil sem uma bela mulher para distrair meus peões. Para *me distrair.* A presença dela já me fez sair para fincar estacas de cerca em vez de colocar em dia a papelada que ficou pendente desde a temporada de nascimento dos bezerros.

— Ouvi dizer que você teve um problema com Cecily? — Kate desiste de repreender a filha e foca sua atenção em mim. — E que, ao que parece, você foi um verdadeiro cretino hoje de manhã? Precisamos de ajuda aqui, e ela já provou seu valor hoje. Ela me ajudou a limpar os alojamentos e capinou o canteiro de flores. Agora ela teve que sair para resolver umas coisas, então vai aproveitar para fazer compras e pegar o remédio da Odessa.

Meus olhos disparam em direção ao chalé dela. Seu carro não está ali. *Mas que inferno.*

— No carro dela?

Kate e Beryl trocam um olhar e dão de ombros.

— Acho que sim.

— Diz pra ela pegar um veículo do rancho na próxima vez. Se ela acabar com outro pneu furado, está demitida. Não estou nem aí para o que vocês duas vão dizer.

Espano a poeira de terra da minha calça e sigo para meu escritório.

Fazia trinta anos que não usávamos o sótão do celeiro em cima do estábulo dos quartos de milha para armazenar feno. Não desde que a remonta do rancho se expandiu para muito além do que os duzentos fardos quadrados que cabem no sótão conseguem alimentar. Quando meu avô passou a usar exclusivamente fardos redondos, esse espaço se tornou desnecessário e acabou ficando abandonado. Depois de passar a maior parte da minha infância usando o sótão como um esconderijo para ler todos os livros da série Goosebumps, foi moleza fazer algumas alterações para transformá-lo em um escritório. Especialmente porque acrescentar um local de trabalho na minha pequena casa significaria abrir mão do sofá ou da cama.

Inspiro fundo o reconfortante cheiro de cavalos, madeira antiga e alfafa, e abro a enorme janela ao lado da minha mesa. Em parte por causa da luz do sol e do ar fresco, mas principalmente pela vista. Pegando uma pilha de documentos, afundo na poltrona bordô surrada, virada para a janela aberta. Minha mesa de carvalho entalhada à mão pode ser o local mais óbvio para se trabalhar, mas dá vista para os estábulos abaixo do sótão. E, no momento, preciso que a entrada de carros esteja no meu campo de visão.

Nunca tinha reparado em quantos veículos entram e saem do rancho até cada ruído de pneus triturando o cascalho compactado me fazer erguer os olhos. Enquanto faço uma anotação mental para convocar outra reunião com o pessoal sobre biossegurança, ergo os olhos e vejo um Honda Civic prata virando a esquina. Primeiro, há um suspiro involuntário por saber que ela foi e voltou em segurança. Depois, uma inspiração ruidosa ao flagrar Red e Jacky se acotovelando quando Cecily desce do carro com os braços cheios de sacolas. Denny, sempre um maldito cavalheiro, aparece do nada e carrega as compras até a casa principal, lançando seu sorriso "fatal" e balançando o cabelo castanho desgrenhado.

Que distração infernal. Fecho a janela pesada.

Juro, ela está em tudo que é canto. O que significa que vivo distraído, dia após dia.

Quando saio pela varanda dos fundos, saboreando um café e um cookie de manteiga de amendoim no meio do dia, eu não deveria me surpreender ao vê-la na horta mais abaixo. Quando ela não está na cozinha, quase sempre está aqui fora. Depois de duas semanas, ela deixou os vegetais viçosos do jeito que só minha mãe conseguia fazer. Há três dias, ela não para de tagarelar sobre algum legume que está quase pronto para a colheita.

Fecho a porta com delicadeza e afundo na cadeira de balanço da varanda, tomando cuidado para não chamar atenção. Beberico o café e ouço a voz suave e rouca dela cantando em um tom quase inaudível. A melodia é familiar, mas preciso aguçar os ouvidos para entender as palavras. "Strawberry Wine". Eu jamais poderia imaginar que uma garota da cidade grande conhecesse tantos clássicos da música country, mas, sempre que está concentrada no trabalho, ela está cantarolando ou cantando um deles. Costumo ignorar a voz dela porque odeio como meus braços ficam arrepiados e meu peito é tomado por uma incômoda inquietação.

De olhos fechados, é fácil esquecer que eu não deveria sentir nada além de irritação por ela. Estou perdido demais, sonhando acordado com sua voz — seus lábios — para me lembrar de que não gosto de tê-la por aqui. Com certeza eu não deveria achar reconfortante ouvi-la cantar no jardim. Esse é o caminho certo para mágoas no futuro.

Já houve outras garotas como ela antes. Forasteiras que deixei se aproximarem demais, só para vê-las partir. Depois de ser jogado para escanteio da última vez alguns anos atrás, jurei para mim mesmo que nunca mais deixaria isso acontecer. Então dediquei cada gota de energia à única coisa sobre a qual eu tinha controle: este rancho.

Nem percebo que a canção chegou ao fim até que Cecily começa de novo. Mais perto dessa vez. Olho pelos vãos do parapeito da varanda, e lá está ela, agachada sob o sol da tarde, com o cabelo loiro esvoaçando na brisa suave. Arrancando ervas daninhas, completamente alheia de que estou a menos de três metros de distância.

Ela canta bem baixinho, e não consigo ouvir as primeiras palavras que saem de seus lábios. É por isso que, quando sua voz suave de repente se torna grave e masculina, cantando uma música de Conway Twitty a plenos pulmões, não consigo me conter. Uma risada curta me escapa, e levo a mão livre à boca para reprimi-la.

— Há quanto tempo você está aí?

Cecily se ergue num salto e coloca a mão suja de terra acima dos olhos para se proteger do sol enquanto me encara. Um leve brilho rosado se espalha pelas bochechas quando ela franze as sobrancelhas para mim. Ela está sem jeito, irritada e absolutamente encantadora.

— Acabei de chegar, Conway. E aí, você é a Louisiana Woman ou o Mississippi Man? — Fico tão perplexo com minha resposta quanto ela parece estar.

— Isso foi… uma piada? De Austin Wells? — Ela sobe até a varanda, se apoia no parapeito e inclina o quadril para o lado. — Sabe, não é de bom-tom tirar sarro de mim enquanto está comendo os biscoitos que eu fiz. Mas estão gostosos, não estão?

Como não consigo evitar de ser o babaca de sempre no que diz respeito a ela, largo o biscoito pela metade no braço da cadeira de balanço e saio sem dizer mais nada. Ela não vai me conquistar por ser linda, cantar bonitinho e cozinhar incrivelmente bem.

5

Cecily

Nenhum músculo do meu corpo jamais doeu tanto quanto agora, após passar três semanas no Rancho Wells. Eu me pergunto se algum dia vou me acostumar ao trabalho braçal ou a acordar tão cedo. Se bem que nem posso reclamar, já que meu trabalho só começa às seis, ao contrário dos caubóis, que saem às quatro ou cinco da manhã para passar o dia todo no campo sob um calor escaldante, comendo sanduíches quentes e fazendo xixi… Bem, imagino que eles façam xixi onde bem quiserem. Esse pensamento surge enquanto alongo o pescoço sob a água quente, então solto uma risada. Não, eu posso usufruir de comodidades modernas como água corrente e ar-condicionado durante o dia. Se ao menos KJ pudesse me ver agora. Jamais imaginei uma vida em que essas coisas parecessem motivos legítimos para estar feliz.

Pode ser cedo para dizer, com tão pouco tempo, mas acho que gosto daqui. E, a não ser por Austin Wells, parece que todo mundo está gostando da minha presença por aqui. Beryl e Kate têm me elogiado todos os dias, especialmente porque as temperaturas cada vez mais altas estão deixando Kate desconfortável demais para dar conta de muita coisa depois do meio-dia. Protelei por muito tempo o emprego com Beryl, achando que era uma oferta feita por pena e duvidando que eu fosse capaz de aguentar firme. Mas, apesar de minha única experiência de trabalho ter sido em um ambiente de escritório, anos servindo KJ parecem ter me dado as habilidades necessárias para sobreviver.

Prendo meu cabelo úmido em um coque, passo protetor solar no rosto e vou para a casa principal começar o dia. O frescor úmido e revigorante da madrugada já está se dissipando com o amanhecer, e um grupo de homens a cavalo se aproxima, espalhando o aroma de couro e crina pelo ar.

— Bom dia. — O caubói tatuado, apelidado apropriadamente de Red, sorri para mim.

— Aparece no rio mais tarde, Cecily. — Um homem alto, Colt, grita lá de trás.

A poeira se dispersa sob o ruído dos cascos enquanto eles seguem seu caminho, passando por mim. Continuo paralisada no lugar, incapaz de evitar me sentir intimidada. Não pelos caubóis, embora, pelo meu histórico, talvez eu devesse ter mais cuidado com os homens. Por mais que eu tente provar, desde que cheguei aqui, que não sou uma garota da cidade, não consigo evitar meu olhar de pânico perto dos cavalos. *Acho* que consigo ler os homens. *Sei* que não consigo decifrar essas criaturas que pesam meia tonelada, com suas respirações pesadas, músculos tensos e orelhas que não param de se mover.

— Desculpa, gente, talvez numa próxima — respondo.

Nadar e descansar à sombra parece uma maneira perfeita de passar o tempo, e seria divertido relaxar com aqueles rapazes bagunceiros, mas a ideia vem acompanhada de uma leve pontada de traição. Mesmo que, em tese, seja aceitável uma mulher casada ter amigos homens, saber disso não torna a decisão de sair com eles menos difícil.

Assim que os homens passam, o caminho fica livre para chegar à casa principal. Ou deveria estar, não fosse pelo morador "não caubói" mais rabugento do rancho, que está sentado nos degraus da varanda com um café na mão. Seu chapéu de caubói se equilibra precariamente em seu joelho, e ele passa a mão livre pelo cabelo castanho-escuro, me observando com atenção. Apesar das sobrancelhas franzidas e do evidente desdém, há algo no jeito como ele me olha que sempre faz eu me sentir nua. E ele olha com frequência. Não consigo deixar de me perguntar o que ele vê.

Austin não me dirigiu mais do que algumas palavras desde minha primeira manhã aqui. Em geral, ele se comunica por meio de grunhidos, rosnados e resmungos. Nas poucas vezes em que falou comigo, suas palavras foram ríspidas e o tom, grosseiro. Sempre que posso, eu o evito.

Uma parte de mim quer muito impressioná-lo, possivelmente porque tenho uma propensão a buscar aprovação masculina. A outra parte simplesmente não tem para onde ir. A última coisa de que preciso é dar a esse cara um motivo para me demitir, porque é evidente que ele nem sequer hesitaria. Enfim, isso precisa funcionar. Só de pensar em voltar a morar com meus pais ou com KJ me deixa cada dia mais enjoada. Sendo sincera, eu deveria ter dado ouvidos a Beryl e vindo para cá meses atrás.

— Bom dia. Está uma manhã linda.

Lanço um sorriso contido para Austin, reconhecendo sua presença, somente porque ignorar alguém que está obviamente olhando direto nos meus olhos vai contra tudo o que acredito. Pode chamar isso de ser o estereótipo do canadense educado, eu acho.

Ele grunhe. *Nossa, ele é muito babaca.*

— *Bom dia, garota da cidade. Aliás, você está linda.* — Faço uma imitação horrível da voz rouca dele, arrancando um leve bafejar das narinas e o mais sutil dos sorrisos, que ele logo esconde atrás da caneca de café. — Sei que você passa boa parte do tempo com o gado, mas os humanos costumam se comunicar com palavras.

— Dia — diz ele.

— Você se esqueceu do elogio. Precisamos trabalhar nisso.

Passo por ele subindo os degraus e fecho a porta telada sem fazer barulho.

— Bom dia, querida! — entoa Beryl enquanto sova uma imensa massa de pão na bancada cheia de farinha. — Bolinhos de *jalapeño* com cheddar. O que acha?

— Parece uma delícia. Vai combinar muito bem com o chili que vamos fazer para a marcação de gado amanhã.

Passo um avental pela cabeça enquanto ela divide a massa e coloca metade na minha frente para eu começar a sovar.

Alguns instantes depois, Austin entra como se fosse o dono do lugar. *Porque, bom, ele é mesmo.* Mas isso não é desculpa para agir feito um idiota petulante. Beryl e eu estamos trabalhando em bancadas opostas, então ele precisa se espremer entre nós duas para chegar à cafeteira. Conforme ele vem andando em minha direção, minha pele involuntariamente formiga de expectativa. O momento não tem nada de sensual, mas meu corpo não foi informado disso. Austin pode ser um babaca rabugento de vez em quando... tá bem, quase sempre. Mas também é atraente. Não consigo evitar o desejo primitivo ou que minha imaginação às vezes corra solta, pensando em como seria ficar perto de Austin. Qual seria a sensação de suas mãos ásperas na minha pele? Será que aquela caminhonete enorme é para compensar alguma coisa? Que gosto teriam seus lábios?

Quando foi a última vez que eu quis *que um homem me tocasse?*

A fivela do cinto de Austin roça minha lombar quando ele passa, fazendo todos os músculos das minhas costas se contraírem de uma vez só. Parece que ele me rasgou ao meio pelo jeito que minha pele arde. E nem foi um toque propriamente dito. Nada de pele com pele. A única intenção dele é chegar até o café, não se aproximar de mim. Ainda assim, a inspiração presa em meu peito só consegue escapar depois que ele já se foi. Sem dúvida, nunca me senti tão patética quanto neste momento: casada e cheia de desejo pelo meu chefe.

Que beleza, Cecily. Você é mesmo uma piranha.

A manhã está quente, mas nublada. Segundo Beryl, o tempo está perfeito para marcação de gado. Meus pés tocam a terra compacta, e acho que nada do que ouvi aqui e ali nem toda a pesquisa do mundo sobre marcação a ferro de bezerros poderia ter me preparado para isso. O cheiro da fogueira a lenha e do suor de cavalo misturados ao odor de pelo e carne queimados quase me nocauteiam. Engulo a saliva que se acumula em minha boca e tento não respirar o ar nauseante. Não adianta. Não tem escapatória, e terei que passar o dia aqui.

— Ai, meu Deus — falo com ânsia de vômito.

— Você vai se acostumar.

Beryl dá uma piscadela. Não consigo imaginar como alguém poderia se acostumar a esse fedor.

— Claro, com certeza — respondo, fazendo o que posso para não inspirar profundamente pelo nariz.

Fico parada ao lado da caminhonete feito uma estátua, segurando uma travessa de biscoitos, que de repente parecem uma escolha inadequada para um lanchinho, e observo os homens a cavalo trabalharem em um caos organizado. Eles nem tentam conversar em meio aos mugidos e relinchos altos. Em vez disso, se comunicam com gestos rápidos, movendo-se metodicamente por entre o rebanho, separando os bezerros, laçando-os pelas patas traseiras com um arremesso certeiro da corda e puxando-os até a área de marcação. É impressionante observá-los em seu ambiente, movendo-se entre o gado e entre si como se executassem uma dança coreografada.

Sinto um nó na garganta ao ver Jackson Wells puxar uma longa barra de metal da fogueira. A extremidade, com um W em relevo, exibe um leve tom avermelhado após ficar mergulhado nas brasas quentes. Tateio às cegas em busca da garrafinha de metal presa à minha lateral e tomo um gole lento, me lembrando, sem dizer uma palavra, de não demonstrar emoção alguma. Com certeza não é o momento de agir como uma garota da cidade patética e chorona. Mesmo que — *meu Deus* — Jackson pressione o aço quente na anca direita do bezerro, marcando a pele e enchendo o ar de mais fumaça nauseante.

Desvio o olhar, engolindo em seco, bem a tempo de flagrar Austin me observando sob o chapéu. Um olhar presunçoso revela cada pensamento cruel por trás de seus olhos. De algum jeito, um único momento de fraqueza ao ver um bezerrinho fofo ser marcado parece o suficiente para desfazer todo o árduo esforço que fiz até agora. Quando a fumaça se dissipa, o bezerro é libertado e segue feliz ao encontro da mãe — ao que parece, sem maiores danos. Sinto o alívio me dominar e, depois de mais alguns bezerros, meu estômago não se revira mais a cada marcação.

Meus olhos dardejam de volta para Austin. Agradeço aos céus pelo sol escaldante, assim não preciso inventar uma desculpa para o fato de que olhar para ele me faz suar. Uma chaparreira de couro surrada — uma peça do vestuário de caubói que eu não sabia que precisava na minha vida até vir para cá — que se molda com perfeição sobre o jeans justo. Talvez eu já tenha dito que era apertado demais, mas foi só um mecanismo de defesa. O jeans é incrível e realça cada curva da bunda e das coxas musculosas de Austin.

Desviando o foco da marcação de gado, Austin cospe casualmente no chão, e sinto uma pontada latejante em meus quadris. Se uma coisa dessas me excita, é porque devo estar mesmo há muito tempo sem desejar um homem. Meus dedos tocam o lugar onde ficava minha aliança. Não ter mais a marca ali quase faz eu me sentir solteira de novo. E essa validação me basta para que eu continue encarando. *Sonhando acordada.*

— Então, qual é o propósito de tudo isso? — pergunto a Beryl enquanto preparamos a panela cheia de chili para pendurar sobre a fogueira.

— A marcação a ferro é para identificar, os brincos são por causa das regras de transporte, as vacinas, para manter todos saudáveis e os machos são castrados porque já temos gado o suficiente por aqui.

Beryl dá uma risada. Eu faço uma careta.

— Mas não dói?

— Não é tão ruim.

Não notei Austin se aproximar pelo outro lado do imenso curral, e levo um susto ao ouvir suas palavras. Quase tinha me esquecido do som da sua voz. Ele anda frio a *esse* ponto comigo. Minha respiração falha quando o sinto tão perto atrás de mim. Tanto que, se eu me virasse, poderia cair em seus braços — não que eu fosse burra o bastante para testar.

— Ah, é? Então você já foi castrado?

— Não. — Ele faz uma careta. Mesmo sob a sombra de seu chapéu de aba larga, o rubor em seu rosto é impossível de disfarçar. — Achei que estava falando da marcação.

— E estava. E eu esqueci que você fala a língua do gado. Eles te contaram que não dói com uma série de mugidos? — brinco.

— Na verdade, tive essa experiência.

Meu sorriso vacila enquanto o encaro, surpresa. *Como é que é?*

Pousando uma das mãos coberta por uma luva de couro marrom em meu ombro, ele empurra de leve meu corpo, ainda em choque, para a direita e ergue a pesada panela de chili com facilidade. Meus músculos reagem por instinto, estremecendo sob a mão dele. A panela de ferro fundido balança enquanto ele se estica por cima da enorme fogueira para pendurá-la numa barra de metal, fazendo as veias de seus antebraços bronzeados saltarem com o esforço.

Controle-se. Ele é seu chefe.

Cada músculo é delineado pela camiseta encharcada de suor, que ondula quando ele solta a panela. Ela balança acima das brasas, e ele dá um passo para trás, lançando um último olhar para minha figura patética, antes de voltar ao trabalho. Meu olhar descarado observando-o se afastar é interrompido por alguém chamando meu nome.

— Cecily, pode me dar uma mãozinha? — Kate acena com os braços em meio ao caos.

Cavalos, homens, cordas, vacas… tantas coisas diferentes que poderiam me matar de milhares de formas. Meu coração martela só de pensar em pisar no meio dessa loucura. Cada neurônio ativo em meu cérebro está berrando *porra, nem pensar.* Tenho medo de já ter esgotado toda a minha sorte no que diz respeito a me manter viva em situações em que eu deveria ter morrido.

— A mamãe tá te chamando.

Odessa está pendurada na cerca com um pirulito na boca. Não conheço muitas crianças nessa fase pré-escolar, mas duvido que a maioria das crianças dessa idade ficasse tão tranquila num ambiente como esse. Eu consigo ser tão corajosa quanto uma criança de quatro anos, não consigo?

Espantando o nervosismo, me abaixo entre as tábuas da cerca e entro no curral. Tipo, bem no meio do caos. Viro a cabeça de um lado para o outro e salto para o lado quando Red passa trotando por mim com um bezerro amarrado a reboque, arrastando-o pela terra fofa até a área de marcação.

— Ainda bem que você veio. Meus pés estão inchados, e minhas costas estão me matando. Pode assumir as vacinas rapidinho? — Kate alonga os braços acima da cabeça com um grunhido.

— É claro.

Assinto, hesitante, enquanto a observo vacinar um bezerro deitado no chão de terra. Não tenho certeza se consigo assumir a tarefa, ou se quero. Mas dizer não a uma mulher grávida que passou a manhã toda trabalhando não é uma opção. E, o mais importante: não preciso que ninguém — *tipo Austin* — ache que sou inútil.

— Só me mostra como é e depois vá descansar.

Para minha surpresa, o dispositivo é parecido com uma pistola de tatuagem, e a parte mais difícil de usá-lo é criar coragem para espetar a agulha na escápula de um bezerro se contorcendo. O estalo seco reverbera na minha mão enquanto a agulha atravessa o couro grosso. Sinto um arrepio percorrer minha espinha e engulo as lágrimas. Não sei por que isso não é trabalho para um veterinário, mas, considerando o jeito primitivo como as coisas são feitas neste rancho, acho que eu já deveria esperar.

Jackson surge ao meu lado com o ferro de marcação em brasa e o pressiona com firmeza na lateral do bezerro. Uma fumaça espessa embaça minha visão, fazendo meus olhos lacrimejarem, e o cheiro de pelo queimado enche minha boca de saliva enquanto cambaleio para trás, tomando cuidado para não encostar no ferro incandescente. Depois de me observar aplicando duas injeções, Kate me dá um sorriso de aprovação e se afasta em direção à cerca.

— Está mandando bem, garota da cidade — provoca Colt ao abrir a geringonça que ajuda a manter o bezerro no lugar.

Ele sempre exibe um sorriso caloroso, ainda que um tanto sedutor, quando fala comigo. E ele fala comigo sempre que pode. Ele estende a mão para um cumprimento, e bato minha palma na dele com um estalo seco contra o couro macio da luva, criando uma nuvem de poeira que brilha à luz do sol.

Eu dou conta disso. Animada pelo orgulho, dou um passo atrás.

— Ei, não! — Uma voz retumbante ressoa acima de todo o barulho, fazendo todos pararem na hora. Juro, até os animais ficam tão assustados que se aquietam. — Ela não vai ajudar.

6

Austin

Uma corrente elétrica queima por minhas veias ao observar Cecily e Colt interagindo. Não é ciúme. Como eu esperava, esses malditos homens estão excitados demais para se concentrarem no trabalho. Com quase cinco mil bezerros para marcar esta semana, eles não podem se distrair. Avanço por entre os animais com a experiência adquirida em trinta e sete anos de convivência.

— Ela não sabe nem o básico sobre vacinação e, quando ela estragar tudo, vamos ficar fodidos por pelo menos duas semanas até que Tate consiga trazer mais.

— Eu mostrei a ela como é. Ela dá conta — grita Kate lá da cerca.

— Ela aplicou duas sem problema nenhum. Acho que está tranquilo, cara. Kate precisa de um descanso, então, a não ser que queira assumir a tarefa, você precisa relaxar e deixar ela tentar — diz Jackson.

É óbvio que ele vai concordar com a esposa.

Um grunhido reverbera em meu peito.

— Está irritado porque ela está fazendo um trabalho melhor que você, Aus? — provoca Colt, estendendo a mão para me cutucar nas costelas.

Agarro a mão dele e torço até quase quebrar seus dedos antes de soltar. Ele ignora a dor e solta uma gargalhada zombeteira.

— Não quero ser processado quando ela quebrar o pé por estar usando tênis no meio do gado.

— Eita, garota. Ele tem razão. Você vai ter que arrumar umas botas de peão — concorda Colt. — Não é divertido quando esses desgraçados pisam no seu pé sem elas. Vai por mim.

Estreito os olhos para ele.

— Você não tem trabalho para fazer?

— Ela pode usar as minhas. — Kate luta para puxar as botas pelos tornozelos inchados.

Pelos vinte minutos seguintes, não faço nada além de observar Cecily trabalhando. A ironia é óbvia: vim até aqui furioso achando que ela distrairia meus funcionários, e quem se distraiu fui eu. Nos primeiros cinco minutos, eu já sabia que ela tinha entendido o processo e não ia estragar tudo.

Agora a observo por motivos puramente egoístas, ignorando a voz que diz que eu não devia fazer isso. No fim das contas, sou só um homem simples, igual a qualquer outro. Não consigo deixar de notar um pedacinho exposto de sua lombar nem o jeito como o jeans se ajusta em sua bunda quando ela se inclina. Ao se levantar, ela enxuga o suor da testa com as costas da mão, e um sorriso ilumina seu rosto. Cecily talvez seja a única pessoa na face da Terra que acha graça na parte mais chata da marcação.

Pare de encará-la, seu idiota. Não consigo. Ou talvez não queira.

O sol envolve cada movimento de Cecily em um brilho angelical. A calça jeans e a camiseta estão cobertas de terra, que forma uma nuvem a seu redor quando ela desliza as mãos pelas coxas. O cabelo loiro está preso em um coque apertado e coberto por um boné do Rancho Wells, e os braços nus já estão levemente bronzeados pelas horas passadas na horta. Para alguém de fora, ela até pareceria pertencer a este lugar.

O assobio de Beryl sinalizando a hora do almoço me tira do transe, e enfim crio coragem para desviar os olhos de Cecily. Mas não antes de nossos olhares se encontrarem por entre os espessos cílios dela. Ela abre um sorriso, como se fosse só para mim. É tão contagiante que não resisto e retribuo.

Não adianta ficar chateado com os rapazes por serem tão gentis com ela durante o almoço. Eu entendo. Não posso dizer a eles o que devem fazer durante sua folga, embora agora isso me pareça uma ótima ideia. Também não é justo ficar chateado por ela querer se sentar com eles. Não sou delirante a ponto de achar que ela iria querer se juntar a mim, ainda que ela costume ocupar o assento à minha frente na mesa da cozinha. Tenho sido um tremendo babaca, mas porque não *sei* agir de outra maneira nessas situações. Garotas da cidade adoram visitar o rancho, fingir que estão em um episódio de *Yellowstone*, mas vão embora assim que a empolgação passa. Já me machuquei com mais de uma mulher que nunca teve intenção de ficar de verdade. E, toda vez que isso acontece, deixo para trás uma parte de mim.

O problema é que não consigo parar de olhar para ela. E está cada vez mais difícil me convencer de que estaria fazendo um favor a todos se a mandasse embora daqui o quanto antes. Assim, meus empregados não passariam cada momento livre tentando chamar a atenção dela — e nem eu.

— Já que estamos indo bem hoje, acho que a Cecily merece um showzinho em troca de seu trabalho duro — anuncia Denny entre mordidas. — Sabe, usamos o Nordfork, aqueles garfos de contenção, para ajudar a controlar os bezerros, porque é mais eficiente e exige menos esforço quando temos que lidar com quatrocentos animais ou mais por dia. Mas bom mesmo é quando os laçamos e derrubamos na mão. Isso sim é coisa de caubói de verdade.

Meu irmão caçula me olha em busca de aprovação, e assinto, contrariado, mesmo sabendo que é justamente esse tipo de exibicionismo de caubóis cheios de testosterona que me preocupa. Ele tem razão ao dizer que as coisas estão indo bem e o dia não está insuportavelmente quente, então não há motivo para pressa. Às vezes, é mais fácil para todo mundo se eu deixar os rapazes se divertirem.

— É isso aí — grita Red. — Espera só, Cecily. Talvez até o patrão aqui te mostre como ele costumava fazer na época em que participava de rodeios.

— Ah, é? E eu achando que você não era *mesmo* um caubói. — Ela sorri para mim.

— Não sou — lanço um olhar de soslaio para Red — e não vou.

— Ah, vamos fazer uma competição de laço de bezerro. Quem for o mais rápido ganha uma caixa de cerveja amanhã... por conta do Austin. — Denny está quase pulando na cadeira de tanta empolgação por essa competição idiota.

— Tanto faz. Façam o que quiserem. — Balanço a cabeça.

Meu consentimento é só um pouquinho influenciado pelo desejo de que certa mulher não me ache um completo babaca rabugento. Sei que não deveria me importar com o que ela pensa. Em geral, não me incomodo de ser o irmão mais velho responsável, mesmo que isso me torne um pouco "chato", segundo Denny. Afinal, esse meu jeito de ser é o motivo pelo qual o rancho é tão bem-sucedido. Mesmo depois de meu pai me deixar com o pesado fardo de administrar essa operação gigantesca quando eu tinha apenas vinte e cinco anos. Hoje, porém, eu adoraria ser um dos rapazes.

Alguns peões do rancho comemoram e começam a falar sobre regras, apostas e qual cerveja o vencedor em potencial vai querer.

— Parece divertido. Posso tentar? Se alguém me mostrar como laçar...

Cecily se vira para mim com uma sobrancelha arqueada, me desafiando a dizer não.

Concentrado em manter o rosto impassível, eu a encaro de volta.

— Não venha me processar se você se machucar, meu bem.

— Isso aí. Talvez a gente finalmente tenha alguém para participar da gincana feminina com novilhos no rodeio deste ano — grita Red.

Como se ganhar um vale-presente mixuruca por quase ser pisoteada por um boi fosse motivo de comemoração. Já fiz muita besteira quando era jovem, mas aquela gincana é uma imbecilidade — só alguém sem um cérebro funcional se inscreveria.

Assim, os rapazes terminam o almoço em tempo recorde, ansiosos para exibir sua destreza em laçar bezerros para a garota bonita. E, cara, como eles são exibidos. Chego a cogitar que joguei dinheiro fora comprando os garfos de contenção — esse tempo todo, tudo o que eu precisava era ter uma mulher atraente por perto para manter os rapazes trabalhando duro.

Mas quem sou eu para falar?

Vê-la sentada na cerca com os olhos cravados em mim é quase incentivo suficiente para que eu entre no pasto, monte em meu cavalo de prova de laço já aposentado e mostre a ela o que é um caubói de verdade. Faz mais de uma década que não entro em uma competição de laço, mas isso não significa que a memória muscular se perdeu. Denny traz um bezerro até mim, e a parte animalesca e sexual do meu cérebro assume o controle. Ergo o animal de quarenta e cinco quilos com facilidade. Na quinta vez, já nem me importo em como meus músculos estarão doloridos no dia seguinte. Se eu tivesse concordado em participar daquela competição absurda, ganharia com tranquilidade.

Não sou melhor do que os outros rapazes, já que estou me esforçando feito um condenado só para manter os olhos dela fixos em mim.

Quando enfim chega a vez de Cecily, sinto cada terminação nervosa crepitar ao vê-la dar um passo à frente com uma confiança inabalável. Não se parece em nada com a garota da cidade que eu esperava. Red se aproxima para ajudá-la, mas minhas pernas compridas são mais rápidas e já estou quase em cima dela, que fica visivelmente tensa da cabeça aos pés. Seu corpo se retrai, o que parece ser um reflexo sempre que me aproximo. Ela reagiu de forma semelhante quando coloquei a mão em seu ombro para pegar a panela com chili mais cedo: o corpo todo paralisado, o rosto contorcido em uma expressão de desconforto enquanto ela se retraía.

Entrego minhas luvas a ela, que sorri para si mesma enquanto as calça. Suas mãos pequenas fazem o couro surrado parecer aquelas luvas gigantes de hóquei no gelo. Puxado por uma corda retesada, aparece um bezerro. *É agora.* Com uma mão no rabo e a outra nas patas traseiras,

Red se prepara para derrubar o bezerro no chão para a marcação. Sem hesitar, Cecily agarra a parte da frente do animal como se já tivesse feito isso mil vezes.

— Passe a corda por aqui… isso, assim… você consegue…

Ela já está seguindo os passos e amarrando as pernas antes mesmo que eu tenha a chance de enunciar as palavras. Fica evidente que ela estava observando o que todos nós fazíamos. Fazendo a contenção de um animal que pesa quase tanto quanto ela, Cecily espera tranquilamente que Colt se aproxime com o ferro de marcação. Toda vez que surge uma sombra de dúvida, ela faz eu me sentir um babaca por esperar tão pouco dela…

Odeio como fico facilmente impressionado com essa mulher. Ela com certeza não é a primeira nem a última a ajudar na marcação. Antes de engravidar, Kate estava sempre ajudando os peões. Não é *tão* impressionante assim. O mais humilhante é o quanto odeio o fato de que Cecily não precisou nem um pouco da minha ajuda, fiquei ali parado, com as mãos no bolso, quando tudo que eu queria de verdade era ficar perto dela.

Ofegante, coberta de terra e bosta de vaca e transbordando de orgulho, Cecily se levanta. Ela cambaleia para trás até ficar perto o bastante para sentir minha respiração quente em seu pescoço. Mas ela permanece relaxada e calma pela primeira vez, provavelmente porque não percebe que sou eu ao seu lado. Está tão relaxada e alegre que não consigo deixar de sorrir em resposta.

— Caramba, garota. — Denny passa uma cerveja gelada para ela. — Tem certeza de que nunca fez isso antes?

— Juro! Mas foi bem legal. Não acredito que consegui.

Cecily abre a lata e toma um longo gole. Em algum momento, ela deixou o boné cair, e noto que seu cabelo não está mais todo preso para trás. Mechas loiras escapam em todas as direções, e alguns fios grudaram na testa por causa do suor. Há um pouco de terra em seu queixo, e não consigo deixar de imaginar como sua pele deve ser macia sob meu polegar calejado. Seria tão fácil estender a mão e limpar seu rosto.

— Está feliz por ainda não ter me demitido?

Perdido nos pensamentos sobre tocar no rosto dela, a voz de Cecily me pega desprevenido e me detém um segundo antes de eu fazer uma besteira. Seu rosto radiante faz algo em meu peito se partir. E eu... travo.

Porra, eu sempre faço isso.

Há alguma coisa em sua voz, seu sorriso e seu olhar devastador que sempre me deixa paralisado. Perco a capacidade de formular palavras, que dirá frases. E me restam apenas dois modus operandi: chefe escroto e babaca caladão.

O único som que consigo emitir é um grunhido irritado. Acho que é melhor do que roçar minha mão que nem um esquisitão em seu queixo, mas não muito melhor. Ela arqueia a sobrancelha, achando graça. Cecily vive me observando, dissecando e analisando, como se pudesse ler meus pensamentos.

— Ele está com raiva porque uma garota sabe trabalhar melhor do que metade dos homens dele. — Kate me cutuca na costela com o cotovelo afiado. — Cuidado, Austin, sua misoginia está transparecendo.

Reviro os olhos. *Sério?*

— Não, ele tinha razão ao dizer que eu precisava de botas e ainda me emprestou as luvas. Se estivesse torcendo contra, não teria me ajudado. Então, obrigada, chefe.

— De nada — murmuro.

Assim que Kate sai para falar com Jackson, Cecily se inclina e abaixa a voz.

— Não tem problema admitir que você ficou tão impressionado com a minha dedicação ao trabalho que nem consegue pensar em um bom pedido de desculpas... ou talvez admitir que gostou do que viu. Não precisa sentir vergonha por nada disso.

Seus olhos encontram os meus, seu sorriso astuto faz meu coração martelar descontroladamente. Gostei. Até demais, para alguém que não quer sair magoado outra vez.

E então ela acrescenta sete palavras que me deixam atordoado e me fazem questionar cada decisão que tomei desde que ela chegou:

— Sei que *eu* gostei do que vi.

7

Austin

Aparentemente, me acostumei a ver Cecily em seu lugar de sempre, bem diante do meu, na ponta mais distante da mesa da cozinha de quase quatro metros. Não me dou conta do quanto estou ansioso para vê-la até entrar na cozinha e ela não estar lá. Nós dois quase nunca nos falamos ou reconhecemos a presença um do outro, mas, ainda assim, é uma sensação estranha. Ela sempre está excepcionalmente feliz às cinco da manhã e, para meu horror, comecei a curtir essa animação. Os rapazes já saíram há algum tempo, levando o gado para os pastos arrendados durante o verão, então isso também não ajuda muito no clima estranho. Sirvo uma caneca de café forte e fumegante e me jogo na minha cadeira desgastada, fingindo não reparar em como tudo está quieto. Beryl e Kate estão zanzando pela cozinha, enquanto Odessa devora seu cereal.

— Cadê a garota da cidade? — pergunto finalmente, sem conseguir me conter.

Cecily trabalhou duro durante os últimos oito dias de marcação, e tenho o direito de saber se minha funcionária está doente ou machucada. Só isso.

— Ela tem nome, e você sabe, seu babaca. — Kate revira os olhos para mim. — Ela vai à cidade agora pela manhã.

— Se ela ainda não saiu, uma de vocês pode avisar a ela para pegar o pedido de suplementos na loja do Tate?

As duas me encaram com igual desprezo. Beryl ergue as mãos cobertas de farinha e arqueia uma sobrancelha.

— Estamos com massa de pão até os cotovelos. Seja homem e peça a ela você mesmo, querido. Ainda não a vi sair.

Merda. Juro que até Odessa para no meio de uma colherada e me olha para atestar como sou patético. O que eu não daria para estar a quilômetros daqui, a cavalo, conduzindo o gado com a equipe, em vez de preso com essas três. Com um rosnado, me levanto da cadeira e vou até o chalé de Cecily.

Estou chutando o estepe que ela ainda não substituiu quando a voz dela soa pelo ar úmido da manhã.

— Admirando seu trabalho?

— Me perguntando por que você ainda não arrumou pneus novos como eu te avisei.

— Eu não ganho exatamente uma fortuna como "esposa da fazenda". Vou trocar quando puder bancar.

Um bipe ecoa quando ela desbloqueia as portas de longe e começa a descer pela escada da frente. Seu cabelo loiro balança a cada degrau.

— A menos que esteja indo direto para a borracharia, você não vai com esse carro a lugar nenhum.

Cecily para na minha frente, e seu doce perfume nos envolve. Um vestido de verão branco esvoaça em suas coxas, realçando o quanto sua pele está bronzeada. Nunca tinha visto Cecily usando nada a não ser jeans ou legging, o que me faz querer saber quando e onde ela tem se bronzeado, porque aquele bronzeado com certeza não foi conquistado durante o trabalho. A curiosidade sobre como seriam as marcas de sol em sua pele dispara uma reação imediata do meu pau. Será que é até a parte superior da coxa por causa do short? Ou uma marca de biquíni? Ou... porra. Talvez não tenha marca nenhuma de bronzeado. A ideia de ela ter um esconderijo em algum lugar do *meu* rancho, onde toma sol nua, me deixa maluco.

E é quando ela me flagra encarando. É um milagre eu não estar babando.

Porra, se controla.

Um sorrisinho atrevido surge em seus lábios.

— Eu repito. E por que não?

E por que não... o quê? Quebro a cabeça tentando lembrar do que estávamos falando, na luta para ignorar o calor em minhas bochechas e orelhas.

— Não é seguro dirigir em alta velocidade ou por longas distâncias com esse pneu. Pega uma caminhonete do rancho. E busque os suplementos para cavalo na loja do Tate.

Faço o melhor que posso para voltar ao modo chefe cuzão. Meus olhos estão fixos nos dela porque, se eu desviar o olhar, corro o risco de começar a despi-la em pensamento de novo.

Ela bate o pé no cascalho com impaciência.

— Você sabe que hoje é meu dia de folga, não é? O mínimo que pode fazer é pedir por favor se quer que eu faça algo para você.

— Quando moramos tão longe da cidade, buscar uma encomenda para mim seria de bom-tom. — Cruzo os braços.

— Boas maneiras também são de bom-tom. Por favor. Obrigado. Até sua sobrinha de quatro anos sabe usar as palavrinhas mágicas. Além disso, não é porque você é meu chefe que pode me controlar. Vou com o meu carro porque não sei dirigir essas caminhonetes. Pode debochar o quanto quiser por eu ser uma garota da cidade, mas aquelas geringonças são grandes e intimidadoras demais. Só de pensar em estacioná-las na cidade já fico enjoada.

— Então vamos com a minha. — Tomo o caminho que leva até a minha casa. Ao perceber que ela não veio atrás, eu me viro. O rosto dela é pura confusão. — A gente não tem o dia todo, garota da cidade.

— Tenho a sensação de que isso é uma armadilha. Você vai me levar até a cidade e me largar lá? Não tem a menor chance de estar sendo legal comigo, tenho certeza de que você me odeia.

Cecily sorri como se estivesse brincando, mas o tom em sua voz mostra o contrário.

Estou tão surpreso que nem consigo pensar no motivo para estar disposto a largar tudo o que eu deveria fazer hoje para isso. Por ela.

— Eu não te odeio.

— Bom, com certeza você não *gosta* de mim.

É compreensível que ela pense isso, mas ainda assim sinto meu estômago revirar.

— Não é que… eu só…

Eu não a odeio. E *não* desgosto dela. Mas, enquanto todo mundo parece estar totalmente à vontade com ela no rancho, estou ficando mais perturbado com sua presença a cada dia que passa. Graças a ela, estou tão fora do eixo quanto uma carroça velha.

— Desculpa por fazer você achar isso. Você vem?

Faço um gesto na direção da caminhonete, dando um passo atrás e esperando que ela me siga.

Cecily continua imóvel, me encarando. Sua língua roça no lábio inferior, como se ela estivesse se segurando para não dizer alguma coisa.

— Por favor. — Minha voz sai tensa.

Confesso que, em alguns momentos de fraqueza, já desejei fazer coisas bem *indecentes* com ela, mas as atitudes decentes que ela está me obrigando a ter são assustadoras. Não. Só estou sendo prestativo porque minha consciência não permite que eu a mande até a cidade em uma lata velha com apenas três pneus adequados. Pelo menos, é o que digo a mim mesmo enquanto observo Cecily entrar na minha caminhonete.

Tamborilo os dedos no volante, e ela encosta a cabeça na janela do passageiro. Oferecer carona a ela foi uma ideia idiota. Sessenta quilômetros juntos na porra de uma caminhonete. Não somos amigos. Não batemos papo. Dirigir tendo ela como distração é tão perigoso quanto dirigir bêbado. Além disso, se minha repentina mudança de escroto a gente boa é estranha e inesperada para mim, deve ser confusa à beça para ela. Achei que eu quisesse não gostar dela, esperar impacientemente que ela se cansasse da vida na fazenda e fosse embora, para então voltar a não me preocupar em vê-la sentada à mesa da cozinha. Achei que eu quisesse que ela desaparecesse porque seria mais fácil assim. Mas cada interação me deixa mais indeciso sobre o que eu quero.

É por causa do vestido. Você está se deixando levar por um vestidinho de verão e um par de pernas bronzeadas.

Ela abre o vidro da janela enquanto passamos pelos arbustos de lilases no final da entrada da garagem e coloca a cabeça para fora para inspirar profundamente. Assim que o aroma doce se dissipa, há um quê de satisfação em seu olhar, em seguida ela afunda ainda mais no banco de couro.

— Gosta de lilases? — pergunto numa tentativa constrangedora de ser simpático.

— Costumava gostar. Hoje em dia odeio. Mas as flores estão quase sumindo, então eu quis sentir o aroma delas enquanto ainda dá tempo. Ver se voltei a gostar delas.

— E? — Arqueio uma sobrancelha.

— Nada, ainda odeio. Pelo menos elas vão sumir em breve. Prometi a mim mesma que não gastaria nem mais um instante pensando na merda que elas representam quando elas finalmente sumirem.

Eu não esperava que uma pergunta simples, com respostas do tipo "sim" ou "não", fosse levar a mais perguntas do que respostas. Ainda assim, mordo a isca.

— E o que exatamente elas representam?

— O jardim da minha antiga casa era repleto delas. Eu as amava quando compramos a casa. Meu... ex e eu. — Ela vacila na palavra "ex". — Enfim, quando comecei a odiar tanto ele quanto a casa, associei esse ódio aos lilases.

— Ah... Faz sentido.

Que ótimo. É a primeira vez que fico sozinho com ela e, depois de lutar para não ter uma ereção só de olhar para ela, estou conversando sobre seu ex.

Cecily fica quieta, e pelo canto do olho a vejo mordiscar o lábio inferior. Ainda que eu esteja um pouquinho de nada curioso, é melhor não forçar a barra. Desde que chegou ao rancho, presumi que ela estava fugindo de algo. Ninguém sem um passado conturbado larga tudo para vir trabalhar em um rancho de criação de gado no meio do nada. Ora, foi assim que conseguimos alguns dos nossos melhores caubóis: fugindo da justiça, de amores fracassados, da pensão alimentícia, do vício. Há uma regra tácita sobre cuidar da própria vida quando se trata dos motivos para as pessoas estarem aqui. Mas, *puta merda*, estou curioso.

— Então você foi embora da cidade para mudar de ares?

Ela suspira.

— E, no fim, acabei perto dos malditos lilases. Não sei o quanto Beryl te contou sobre o motivo para eu vir para cá, mas prefiro não falar sobre isso.

Eu me viro para encarar Cecily, mas ela ignora, mantendo o olhar fixo no porta-luvas, como se algo fosse pular dali a qualquer momento. Ela esfrega as mãos nas coxas, puxando a bainha do vestido para cima e para baixo.

Meus dedos se esticam impulsivamente na direção dela, pousando sobre suas mãos trêmulas na tentativa de acalmá-las. O calor escaldante do toque entre nossas peles dura menos de um segundo antes que ela se esquive. Mas é o suficiente para causar uma impressão duradoura. Quero tocá-la outra vez.

— Ela não me contou nada — eu a tranquilizo.

— Entendi… tudo bem, isso é bom — diz ela, virando-se para olhar pela janela do passageiro.

8

Cecily

— Então, aonde você precisa ir? — pergunta ele, com aquele tom rouco e grave de sempre.

— Hum, preciso pegar meu celular novo e ir à loja de artigos equestres.

Austin me olha com curiosidade, sugerindo que não tenho nada a ver com a loja de artigos equestres. E, em qualquer outro momento, seria o último lugar na Terra que eu escolheria para fazer compras no meu dia de folga. É um contraste gritante com minha adolescência de rata de shopping, que perambulava de loja em loja, bebericando um smoothie caro.

— Não dá para continuar usando as botas da Kate, não é? E meu chefe não me deixa ajudar em nada além das tarefas da cozinha sem um par de "botas de peão".

Ainda não sei muito bem a diferença entre botas de peão e botas comuns, mas tenho quase certeza de que vou descobrir quando estiver na loja.

— Beleza, garota da cidade.

— Obrigada, não-caubói.

Suas mãos sujas de terra apertam o volante enquanto ele estaciona numa vaga na rua principal, me fazendo lembrar de quando ele segurou brevemente minha mão ao sairmos do rancho. Passei o caminho todo arrependida por ter me esquivado, mas, ao manter as mãos firmes no volante, ele não me deu uma chance para retribuir o gesto.

Kate falou que a cidadezinha de Wells Canyon foi usada como cenário para um filme romântico anos atrás, e o motivo é bastante óbvio. É só adicionar um pouco de neve falsa e decoração chamativa de Natal, e pronto: o cenário perfeito para a história de um executivo esnobe que fica preso durante as festas de fim de ano e acaba se apaixonando por uma veterinária local, fissurada por Natal.

Prédios de tijolo e madeira margeiam os dois lados da rua, desbotados e desgastados pelos verões longos e quentes e pelos invernos rigorosos do Canadá. Cada muro livre exibe um mural, a maioria dedicado à rica história agrícola da região. Alguns parecem homenagear especificamente o Rancho Wells. Olho para Austin enquanto caminhamos pela calçada de paralelepípedos. Não consigo imaginar como é pertencer a uma família com tanta influência sobre uma cidade inteira. Meus pais ainda moram na casa em que cresci, não muito longe de Vancouver, e não tenho a menor convicção de que seus vizinhos mais próximos notariam se os dois se mudassem.

— Sua família é meio importante, hein?

Ele grunhe.

— Tipo isso. Estamos aqui há quatro gerações, e tenho parentesco com metade da cidade.

— Deve ter sido legal crescer cercado por tantos familiares. Não tenho irmãos, e meus parentes mais próximos moram bem longe, então éramos só eu e meus pais na maior parte do tempo.

— É, acho que não foi ruim. Mas mesmo morando perto, não passamos mais tanto tempo juntos. Não desde que meus avós faleceram.

— Que pena. Eu adoro essa coisa de família grande.

Sou atraída pela arte floral pintada à mão na vitrine de uma pitoresca loja de artigos para casa. Diminuo o passo e me dou mais alguns segundos para espiar lá dentro enquanto Austin segue a toda. Meu dia relaxante na cidade já era: ele vai ficar me apressando para voltar para o rancho. Tenho certeza de que até Wells Canyon é uma metrópole grande demais para o eterno mau humor dele. Depois de correr para alcançá-lo, entro na loja de celular sem fôlego. Ele fica ali parado, com as mãos nos bolsos e a expressão irritada de sempre enquanto falo com o funcionário.

— Então, ele falou que deve levar uns quinze minutos para configurar tudo, se você tiver que ir a algum lugar — digo para Austin. — Desculpa.

— Vou ficar e esperar seu telefone. Você queria entrar naquela lojinha "de mulher" no fim da rua, então pode ir.

Como é que é?

— Quem é você e o que fez com Austin Wells? Está se sentindo bem?

— Você tem que fazer suas compras, não tem? Você me pegou num dia raro de bom humor... espero não me arrepender, meu bem.

Não diga mais nada. Vou ignorar o tom condescendente se isso significa fazer compras.

— Beleza, obrigada. Volto daqui a pouco.

Saio correndo da loja antes que ele tenha a chance de mudar de ideia e saio quase saltitando pela calçada vazia.

Deslizo os dedos por um elegante mostruário de toalhas e percebo como minhas mãos, antes bem hidratadas e cuidadas, agora agarram no tecido — graças às bolhas em cicatrização e à pele recém-calejada. A sensação faz eu me contorcer de nojo e começo a vasculhar as prateleiras atrás de qualquer creme que possa dar um jeito no estado deplorável das minhas mãos. Encho o cesto de compras com duas toalhas de banho, um frasco grande de hidratante para as mãos com cheirinho de manga, óleo para cutícula e uma máscara facial de carvão.

Talvez isso me ajude a me sentir mais eu mesma.

Quando levo uma vela ao nariz, sou atingida por um aroma familiar e angustiante que quase me faz largar o pote de vidro no chão. Mesmo depois de devolvê-lo em segurança à prateleira, ainda sinto o cheiro de tabaco e baunilha no ar. Por um breve instante, sou tomada pela lembrança de entrar no banheiro da suíte enquanto KJ se arrumava para o trabalho. Pego vela após vela, implorando que algo me livre do fedor e da memória.

Envolto em uma aura gélida que parece sugar todo o oxigênio do ambiente, Austin entra pela porta da frente, ao som de uma sineta, carregando uma sacola da loja de celular. Sua presença imediatamente me puxa de volta à minha realidade sem KJ — *graças a Deus*. Austin parece um peixe fora d'água, e não só por causa do jeans sujo e da camisa de flanela xadrez. Ou da eterna carranca esculpida em seu rosto. Para alguém que anda em meio ao gado sem hesitar, ele parece apreensivo ao passar pelos corredores cheios de itens frágeis. Vê-lo fora do rancho é estranho, e me seguro para conter uma risadinha.

— Foi mal, estou quase acabando. — Coloco rapidamente de volta a vela que nem reparei que ainda estava em minhas mãos, distraída com a chegada dele.

— Leve o tempo que precisar. — Ele pega uma pequena vela e leva ao nariz. Seu rosto se contrai quando ele a devolve à prateleira com tanta força que é um milagre o vidro não se estilhaçar. — Tem cheiro de desinfetante de privada. Por que alguém compraria isso?

Acho que a intenção de Austin não é fazer graça, mas não consigo mais segurar a risada, nem quando a mulher no caixa nos lança um olhar furioso por cima dos óculos. Os lábios dele se curvam levemente em um ínfimo sorriso, e minha respiração fica presa na garganta. Um calor desce pela minha espinha.

Com uma voz sussurrada, ciente da funcionária de olho em nós, digo:

— Ninguém em sã consciência. O cheiro é horrível. Essa aqui — entrego a ele uma vela com aroma de couro que estava na minha cesta, extasiada pelo leve roçar de nossos dedos — tem um aroma bom *de verdade*. Agora vamos antes que aquela senhora nos expulse aos pontapés.

Cheirando com cuidado, ele assente pensativo antes de pegar outra vela igual da prateleira e ir até o balcão. Para ser justa, não conheço Austin Wells muito bem, mas o fato de ele ter uma vela ou qualquer item de decoração — além de animais mortos pendurados na parede — não era algo que eu esperava.

— Eu pago as coisas dela — diz ele, tirando a carteira de couro surrada do bolso de trás.

— Já sou uma adulta que tem o próprio dinheiro.

Ele balança a cabeça, invadindo meu espaço para impedir que eu dê o dinheiro à funcionária.

— Não precisa. Guarda para os pneus.

Meus ombros murcham ao vê-lo pagar por todas essas bobagens que, sem dúvida, são menos importantes do que os pneus para meu carro.

Estou prestes a dizer a ele para deixar para lá e cancelar a compra, quando ele acrescenta:

— Considere um presente de agradecimento. Você, hã, se saiu muito bem na marcação do gado.

Para tentar esconder o fato de que estou corando, me viro depressa. Austin Wells acabou de… *me elogiar.* Sem um pingo de sarcasmo ou razão aparente. E minhas bochechas pegaram fogo. Aquelas palavras mexeram *muito* comigo. Faz semanas que Beryl, Kate e vários caubóis me enchem de elogios, mas um só vindo de Austin deixa meus joelhos bambos e meu cérebro enevoado.

Saímos para a luz do sol, e ele roça minhas costas ao se posicionar no lado da calçada mais próximo da rua. Ao contrário de antes, quando ele disparou na frente, nossos passos estão em sincronia.

— Não precisava fazer isso. Mas obrigada. Vou dar um jeito nos pneus. Tenho o dinheiro, pode deixar. Ou a maior parte, pelo menos. Vou dar um jeito em tudo em breve. Hum… tem alguém na cidade para trocá-los ou…

Austin interrompe minha tagarelice quando chegamos à caminhonete.

— Não se preocupe. Loja de artigos equestres?

— Sim, por favor. — Vasculho a sacola com meu novo celular. Sei o número de cor, mas adicionar Beryl como um contato de verdade me enche de empolgação. Deslizo os dedos pela tela e fico chocada ao descobrir que já existe um perfil de contato ali. — V-você adicionou seu número no meu celular?

— Hum-hum... — murmura, claramente sem entender o que há de tão estranho nisso.

Austin apoia a mão no encosto de cabeça do meu banco enquanto se vira para sair da vaga. A princípio, afasto discretamente a cabeça da mão aberta que se aproxima. Então, quando meu sistema nervoso conclui que o movimento não é ameaçador, a proximidade dele dispara um caleidoscópio de borboletas no meu peito. Imaginar sua mão deslizando pelo assento estofado e tocando meu ombro nu dispara um arrepio pela minha espinha.

— Você sabe que precisa falar de verdade, usando palavras, para se comunicar com alguém pelo telefone, não é? — provoco.

Sei que Austin atende ligações relacionadas ao rancho milhares de vezes por dia, mas ele sempre sai da sala. Resta saber se ele de fato fala com a pessoa do outro lado da linha.

O canto do lábio dele se curva em um sorriso incrivelmente fofo. Considerando o quanto ele já é gostoso com a cara amarrada, eu teria sérios problemas se ele sempre sorrisse daquele jeito. Se eu não estivesse olhando direto para ele, algo que ando fazendo *bem* mais do que deveria, teria perdido esse raro momento. Como uma estrela cadente cruzando seu rosto, desapareceu tão rápido quanto surgiu.

— Não se trocarmos mensagem, meu bem.

Será que estou tendo um derrame?

— Mensagem? — disparo, com a voz engasgada. — Não imagino você mandando mensagem.

Suas narinas se dilatam, mas ele mantém os olhos fixos na estrada.

— Posso começar se você quiser.

É oficial. Com certeza morri, porque não tem a menor chance de esse homem imenso como um urso — que parece gostar de ficar me olhando, mas não tem interesse em falar comigo — querer que eu mande *mensagem para ele*. O pensamento é absurdamente hilário. Mas ele não está rindo. Na verdade, já assumiu a expressão estoica de sempre.

— Ah, é? — Meu cadáver consegue formular palavras de alguma forma. — E trocaríamos mensagens sobre o quê?

— Tenho certeza de que você vai pensar em alguma coisa.

O cheiro pungente de couro invade minhas narinas assim que pisamos na loja de artigos equestres. Uma parede inteira repleta de botas de caubói já seria atordoante em um dia normal. No momento, depois da proposta de Austin de trocarmos mensagens ainda ecoando na minha cabeça, é simplesmente informação demais para processar.

Faço as compras com relativa calma, embora não consiga evitar olhares furtivos na direção dele. Fico tentando entender por que seu comportamento muda da água para o vinho. Ele diz que não me odeia e ficou visivelmente nervoso quando sugeri que não gosta de mim. Austin não parece do tipo conquistador, então não acho que ele esteja apenas fazendo joguinhos.

Enfim, eu não deveria me importar com as intenções dele, porque com certeza ainda é cedo demais para eu me interessar por outro homem.

Ainda assim, estou mais interessada do que imaginei que seria possível.

Graças a uma funcionária com um ar condescendente, mas bastante prestativa, descubro que posso usar quase qualquer tipo de bota no trabalho do rancho. O que não facilita em nada minha decisão de compra. Quando enfim faço minha escolha, Austin está ocupado demais discutindo com Tate, o dono da loja, a respeito de suplementos para cavalos e não há a menor chance de ele intervir e pagar pelas minhas botas. Embora uma pequena parte de mim deseje isso quando vejo o preço e quase desmaio. É oficial: nem de longe tenho dinheiro para pneus. Quem diria que caubóis andam por aí detonando botas que custam centenas de dólares?

Com a bolsa na mão, finjo examinar uma variedade de fivelas de cinto reluzentes enquanto observo o debate acalorado. Tate está na casa dos cinquenta e é gentil comigo sempre que venho buscar pedidos de suprimentos para o rancho. Hoje, porém, o vinco entre as sobrancelhas e os lábios franzidos me dizem que ele está tentando manter a calma enquanto escuta a interminável reclamação de Austin. Até agora, eu não tinha certeza se ele era capaz de dizer mais de meia dúzia de palavras seguidas. Também não sabia que acharia isso tão atraente. Embora, talvez não seja a discussão em si, mas, sim, o jeans justo, as botas de caubói e as mangas compridas da camisa xadrez apertadas em seus ombros largos.

Depois de alguns minutos, Austin se vira e me procura. Uma sensação reconfortante percorre meu corpo quando nossos olhares se encontram. Parece que as últimas semanas que mal nos falamos nos ensinaram a ler a mente um do outro, porque lanço um breve olhar para a porta aberta e ele caminha na mesma hora em direção a ela. Sem perguntas — estamos de volta à caminhonete em menos de trinta segundos.

— Quer ver minhas botas?

Nem dou tempo para ele responder de tão empolgada que estou para mostrá-las. Enquanto Kate arrasa com um par discreto cor de caramelo, não me aguentei e escolhi um modelo em um tom mais escuro, com bico quadrado e costura azul-turquesa vibrante.

— São botas. Quem viu um par, já viu todos — responde ele, com uma rápida espiada de canto de olho. — Precisa ir a mais algum lugar?

Balanço a cabeça, traçando com o dedo o intricado desenho da costura da minha nova "bota de peão". Partimos pela rua e, alguns quarteirões depois, paramos no único posto de gasolina da vila.

Em um movimento só, ele desliza do assento, tira a carteira do bolso e a estende para mim.

— Quer alguma coisa lá de dentro? Por minha conta.

Chame de trauma, de feminismo ou de burrice. A oferta dele forma um nó imenso na minha garganta, e sou obrigada a interrompê-lo para recusar com educação. Não há nada no comportamento dele hoje que justifique essa sensação de que estou sendo testada — mas é assim que me sinto. Provavelmente ele só está tentando ser cavalheiro, não porque tem segundas intenções. Mas, assim como as toalhas e o óleo para cutícula, é mais uma dívida que ele poderia cobrar mais tarde. E, embora eu *esteja* com sede, não há a menor chance de eu entrar na loja de conveniência com ele e comprar minha própria bebida. Tenho certeza de que ele não iria permitir.

Fecho os olhos, repousando a têmpora na janela do passageiro, escaldada pelo sol. Ainda estou me recriminando por não ter aceitado a oferta de Austin no momento em que entra de novo na caminhonete.

Sua voz grave faz meus olhos se abrirem na hora.

— Refrigerante ou raspadinha. Pegue o que preferir. Eu bebo qualquer um.

Bizarro. Austin fora do rancho é simplesmente bizarro.

9

Cecily

Por um instante, nenhum de nós parece ansioso para descer da caminhonete. Então uns caubóis passam ao lado do celeiro, e o feitiço entre nós é quebrado.

— Ei, potranca — grita Red, usando o novo apelido que os caubóis me deram. Seu corpo robusto e tatuado vem na nossa direção, liderando mais cinco rapazes. Ele passa uma das mãos pelo espesso cabelo castanho-avermelhado enquanto fala: — Estamos indo para o rio, e você não tem desculpa para não vir com a gente hoje.

A porta da caminhonete de Austin se fecha atrás de mim, e as botas de caubói dele trituram as pedrinhas da entrada de carro que leva à casa dele.

— Me dê uns minutos. Encontro vocês lá embaixo — grito na direção dos homens.

— Sem desculpas, potranca. Acho bom ver você lá — diz Red.

Eles seguem andando, ainda vestindo as roupas de montaria e não parecem em nada com um grupo de homens indo até o rio. Sem pensar, vou atrás de Austin, alcançando-o enquanto ele sobe os degraus da varanda da frente. Quando ele se vira, há um breve vislumbre de felicidade no jeito como os cantos de seus olhos se enrugam.

— Queria te agradecer por hoje.

— Beleza — diz ele, seco.

A Terra voltou a girar em seu eixo certo outra vez: ele voltou ao normal.

— Então, é isso... obrigada. Quer vir dar um mergulho?

— Tem muito trabalho me esperando.

Austin ergue a mão para coçar o queixo, e por um instante me pego fantasiando como seria sentir sua barba áspera contra minha pele, a ponto de quase tocá-lo. Seu olhar se volta para meus lábios, e seu pomo de adão se mexe. Não sei se ele está pensando em me beijar, mas sei que eu queria que estivesse.

O ar de verão invade meus pulmões no momento em que uma brisa traz o aroma de lilases. Que piada cruel. *Valeu, mãe natureza.* A suave sensação de euforia é substituída por pesadas correntes, impregnadas de lembranças de KJ que apertam meu peito até tornar cada inspiração um esforço. Não estou chorando, mas minha visão está turva como se estivesse, e nuvens borram o mundo ao redor.

Tento dizer a ele de um jeito educado que preciso sair, mas o sangue pulsando em meus ouvidos silencia tudo ao meu redor, então existe uma chance de que meus lábios estejam se mexendo sem emitir som. Embora a sensação seja de caminhar por areia movediça, forço meus pés a se moverem. Sem olhar para trás — sem nem sequer respirar o ar de verão —, me afasto do homem de quem não quero me afastar. Nem um pouquinho.

Quando viro a esquina, longe da vista de todos, recosto na lateral de um galpão de ferramentas qualquer. Apoiada na madeira áspera, respiro bem fundo algumas vezes até o mundo voltar aos eixos.

Eu deveria estar deitada na cama em posição fetal, chorando pelo fim do meu casamento. Não deveria estar pensando em um tal fazendeiro de barba espessa e braços fortes me beijando. Eu deveria estar chateada por ter cortado da minha vida alguém que amei um dia. Não deveria estar ansiosa para pular na cama com o primeiro cara bonito que aparece. Deveria estar de coração partido, não?

Só tem uma pessoa aqui que pode me ajudar a descobrir o que fazer. E ainda bem que ela sempre pode ser encontrada debruçada em certa ilha de mármore, com os braços mergulhados até os cotovelos na massa. Então saio correndo.

— Beryl! — Entro a toda pela porta telada, que bate com um estrondo. A cabeça dela surge pela porta da despensa ao lado da cozinha.

— Está tudo bem, querida?

— Estou pronta para conversar. Sobre ele. Sobre por que vim aqui.

Ela me faz esperar até nós duas termos uma xícara de café nas mãos e estarmos sentadas no balanço da varanda com vista para os verdejantes campos de feno. Pela primeira vez, conto toda a verdade para alguém. Como ele fez tudo parecer perfeito até me conquistar e então, feito Jekyll e Hyde, ele surtou. Como, sem pensar duas vezes, eu ficava do lado dele quando amigos ou familiares expressavam preocupação. E conto tudo que aconteceu na noite em que dirigi até aqui. Beryl assente como se nada do que eu lhe contasse fosse novidade ou uma informação chocante. Quando termino, minha xícara cheia esfriou e sinto a garganta áspera.

— Então está me contando tudo isso porque finalmente está decidida a não voltar?

— Nossa, estou decidida a não voltar faz muito tempo. — *Não estou?* Quer dizer, comecei a fazer amigos. Pensei seriamente em beijar outra pessoa. Comprei toalhas novas para o chalé. Para o *meu* chalé. Essas coisas não são provas suficientes de que está tudo terminado com ele? — Não sairei viva numa próxima.

Minha revelação é o suficiente para fazer Beryl sentir a necessidade de colocar sua mão delicada no meu ombro quando meus olhos ficam marejados. Eu ainda não tinha dito as palavras em voz alta, mas é verdade. Sei que é verdade.

— Eu só… — Tamborilo os dedos na xícara de cerâmica. — Quero seguir em frente… Mas, toda vez que tenho um vislumbre do meu velho eu, alguma coisa volta para me assombrar e acabar com o momento.

— Querida, você saiu de uma tremenda tempestade. Não pode achar que vai se aquecer e ficar seca do nada. A única coisa que você pode fazer é tirar a roupa molhada, se enrolar em um cobertor e se dar tempo para enfrentar isso. E é totalmente compreensível sentir saudade dele, ou saudade do que existiu um dia, mesmo depois de tudo.

Encaro o redemoinho de creme intocado no meu café.

— A questão é que... não sinto saudade dele. Não estou triste por estar sem ele. Vivo atormentada pela ideia de que eu *deveria* estar sentindo essas coisas. Como se eu devesse sentir falta dele ou ainda amá-lo ou sei lá. Mas eu só me sinto culpada porque acho que não estou sofrendo como deveria.

— Sabe, você não para de dizer "deveria". Acho que essa palavra só serve para causar arrependimento. Não importa se você está falando de algo que *deveria* estar fazendo ou uma coisa que *deveria ter feito*, isso só vai te deixar para baixo. Esqueça essa palavra boba: o que você está sentindo de verdade? Concentre-se nisso.

Ficamos em silêncio por um longo tempo, ouvindo a conversa dos chapins.

O que estou sentindo de verdade?

Começo a marcar mentalmente uma cartela imaginária de emoções e acabo fazendo BINGO mais de uma vez. *Será que é humanamente possível sentir todas as emoções ao mesmo tempo?* Mesmo com todos os sentimentos rodopiando na minha cabeça, o alívio de estar no Rancho Wells e o arrependimento por não ter vindo antes são os dois que causam mais impacto.

Tenho que parar de me importar com qualquer coisa relacionada a KJ, mesmo que os malditos lilases nunca parem de florescer. Nunca mais vou voltar, então foda-se o que ele pensaria ou diria sobre o que estou fazendo. Foda-se ser controlada.

— Quero me concentrar em estar aqui. E voltar a ser quem eu era antes de tudo isso. Vou descer até o rio para encontrar os rapazes. Quer vir?

— Ah, querida, nenhum dos garotos está preparado para me ver em trajes de banho. Acho melhor eu ficar por aqui.

Beryl ri, dando tapinhas na minha coxa enquanto se levanta para entrar.

Não sinto mais um peso no peito, então largo minha xícara na pia e corro até meu chalé para vestir o biquíni. Nos dias em que os rapazes ficam no campo até tarde, vou até a margem rochosa do rio para ler e relaxar sozinha. Mas ter companhia, ainda mais depois de um dia tão estranho, vai ser uma mudança de ares bem-vinda. E eu gosto de verdade de estar com os caubóis. É como imagino que seja ter vinte irmãos — sem todo o horror que seria ter *tantos* irmãos assim.

— Olha só, ela veio mesmo — grita Red do rochedo em que está esparramado, erguendo uma cerveja no ar em saudação. — Achei que você odiasse a gente, potranca.

— Para de me chamar de potranca. — Reviro os olhos enquanto estendo uma toalha na parte menos rochosa da margem e me sento. — Não odeio vocês… se bem que esse apelido não é meu favorito. Quem ia querer ser chamado como um cavalo? Ah, sim… Foi mal, Colt. — Dou um sorriso para ele, porque "Colt" também significa "potro".

— Que grosseria.

Colt me lança um falso olhar de reprovação, e peço desculpas só mexendo os lábios.

— Mas pelo menos é um animal *jovem*, potranca. Podia ser pior.

Denny solta uma risada e afunda ainda mais na água. Não tenho ideia de como ele pode ser tão absurdamente diferente do irmão mais velho. Animado, barulhento e descontraído. O irmão do meio, Jackson, é um ponto intermediário entre os dois. Mais responsável que Denny, como futuro pai de dois, porém bem mais relaxado do que o sempre tenso Austin.

Do meu lado, Colt tira a camisa e revela marcas de sol tão fortes que parece até que ele continua vestido. Seu corpo alto caminha com cuidado pelas pedras irregulares até o meio da água corrente antes de pular na piscina rasa iluminada pelo sol. Em algum momento, alguém construiu uma piscina natural usando pedras. O muro improvisado reduz a correnteza o suficiente para que, em um dia quente e ensolarado, a água fique suportável — pelo menos se comparada à água gélida do rio alimentado pela geleira.

Red balança a cabeleira ruiva em concordância.

— Podia mesmo. Mas se quiser a gente pode usar um apelido com vaca. Prefere novilha?

Os outros rapazes dão risada, como se novilha fosse uma palavra sacana. Sinceramente, parece que estou no meio de adolescentes de treze anos, e não de homens entre vinte e cinco e quarenta e cinco anos. E caubóis durões, ainda por cima.

— Para ser bem sincera, prefiro meu nome.

— Não vai rolar, potranca. Você ajudou a marcar cinco mil cabeças. Você é uma cowgirl agora e precisa de um apelido se quiser fazer parte da turma — grita Denny por cima da água corrente.

Meu coração infla no peito só de pensar que um dia eu poderia fazer parte dessa turma. Acho que prefiro ser chamada de potranca em vez de garota da cidade, como eles vinham me chamando até agora. *Graças a Austin.*

— Conversa fiada. Metade de vocês nem tem apelido. Mas acho que se for para *ter* um, prefiro potranca a Sundial.

— Cara, ela é cruel. Talvez a gente devesse chamá-la de novilha mesmo. Atacar um pobre coitado que só está cuidando da própria vida aqui.

Beau Campbel, mais conhecido como Sundial, ou relógio de sol, grita lá do fundo da margem enquanto joga uma pedra na água. É o irmão mais novo, mais desleixado e mais magro de Colt. Ao que parece, ganhou o apelido por "passar tanto tempo parado no trabalho que dá para dizer as horas só pela sombra dele".

— Foi mal, Sundial.

Dou uma risada.

Eu me apoio nos cotovelos, sentindo o sol escaldante nas minhas pernas nuas. O cheiro de pele quente e bronzeada paira no ar, me enchendo de lembranças da infância, verões passados no chalé dos meus avós. Tenho ansiado por dias leves e tranquilos à beira do lago desde minha última visita à casa deles, quando eu ainda tinha dezesseis anos. Neste momento, sinto que finalmente encontrei isso.

E lá está o sentimento de novo. Alívio.

Eu me arrependo de comprar um celular assim que termino de configurá-lo. *Quatrocentos e-mails* lotam minha caixa de entrada — a maioria é de KJ. Leio os dois primeiros, repletos de ameaças veladas que fazem meu coração afundar no peito, quase destruindo a paz que levei semanas me esforçando para alcançar.

Não me faça ter que sair para te procurar. Já deu, Cecily. Não fique achando que pode me deixar assim tão fácil.

Entre os lixos na caixa de entrada, outro nome familiar salta aos olhos. Sara Lyons. Em meio a tudo isso, quase me esqueci da pessoa mais próxima que eu tinha de uma amiga em Kerrisdale. Nunca saímos sem a presença dos nossos maridos: há anos não tenho permissão para ter uma amizade da qual KJ não faça parte. Ainda assim, é o suficiente para eu me sentir mal por não ter dado nenhuma notícia por um mês inteiro.

Cecily: Oi, só queria te avisar que estou bem. Estou com um número novo se quiser conversar: (555) 259-8228. Por favor, não passe meu número para KJ. Preciso de espaço. Obrigada por ser uma amiga tão boa para mim.

Preciso de espaço. Aff.

Meus dedos hesitam sobre o teclado, enquanto me questiono se devo mesmo dar meu número para ela. Se devo me dar ao trabalho de entrar em contato com ela. Estou tentada a escrever um e-mail descrevendo toda a merda que ele me fez passar para que ela entenda por que fui embora. Mas os velhos hábitos continuam fazendo com que eu sempre arque com toda a culpa. E acho que seria legal ouvir uma voz conhecida. *Foda-se.* Aperto "enviar" e sigo em frente.

Com o estômago já revirado, não há momento melhor do que agora para fazer a ligação que prometi. Alguns anos atrás, eu já teria ligado sem nem pensar duas vezes, mas agora é estranho e desconfortável. É como fazer uma ligação de telemarketing para um desconhecido.

Minha mãe atende pouco antes da chamada cair na caixa postal.

— Alô?

— Oi, mãe.

— Ai, meu Deus! Você tem ideia de que seu pai estava prestes a pegar o carro e dirigir até a tal cidadezinha isolada para onde você disse que ia? Já faz um mês, Cecily. *Um mês!*

— Desculpa… eu não queria deixar vocês preocupados. Estou bem. Só ando trabalhando muito.

— Quando você vem para casa?

Respiro bem fundo, aflita em saber que o que estou prestes a dizer não é a resposta que ela espera ouvir.

— Estou me situando e descobrindo o que quero fazer. Não sei se quero voltar para a cidade.

— Sei que você já passou por muita coisa, mas fugir para o meio do nada não é a solução. Você não é a Reese Witherspoon em *Livre.* Venha para casa. Falei com sua tia, e ela disse que só podemos entrar com o divórcio depois que você estiver separada por um ano. Mas podemos tentar entrar com uma medida protetiva, assim KJ não pode te importunar.

Eu já sabia que não posso dar entrada no divórcio agora. Consegui pesquisar pelo menos isso antes de deixá-lo.

— Mãe, obrigada por falar com ela, mas estou muito bem onde estou no momento, de verdade. Estou ligando só para avisar para vocês que estou bem.

— Cecily…

— Mãe, por favor. Juro que você vai ser a primeira a saber se eu não estiver feliz aqui. Tenho trinta anos, não três. Posso tomar minhas próprias decisões.

Ouço as unhas dela tamborilando em uma superfície dura, provavelmente na mesa de canto da sala de estar onde eles mantêm o telefone fixo.

— Você já sumiu por tempo demais. Se pretende ficar por aí, quero notícias o tempo todo. Mesmo que seja só a droga de um joinha por e-mail. *Por favor.* Estou cansada de ficar preocupada com você, Cecily.

Merda. Isso faz eu me sentir a pior filha do mundo… e, pensando bem, talvez eu seja mesmo.

— Desculpa. Prometo mandar notícias daqui em diante. Mas estou bem mesmo. Estou mais feliz aqui do que estive em um bom tempo. Tenho amigos, estou cuidando das plantas… até *ajudei na marcação do gado.*

Ela dá risada.

— Você fez *o quê*? Cecily, acho que seu pai…

— Mãe, sério. Estou feliz aqui.

— Está bem… contanto que você esteja feliz. Nós te amamos.

— Amo vocês.

Vinte minutos de fofocas de família se passam antes que eu convença minha mãe de que preciso dormir. Depois de desligar, me vejo olhando para o contato de Austin Wells com um friozinho na barriga. Encaro o número até perder o foco e, quando pisco para reajustar a visão, dou de cara com meu próprio reflexo na tela preta. Parece uma atitude imatura mandar mensagem para ele, já que posso olhar pela janela e ver sua casa. Não estamos no ensino médio. Eu poderia muito bem caminhar até lá e falar com ele — se bem que isso provavelmente me renderia uma série de rosnados e grunhidos. Nem sei o que quero falar para ele, seja pessoalmente ou por mensagem. *Nossa, eu sou patética.* A última coisa de que preciso um mês depois de largar o babaca do meu marido é ter uma queda pelo babaca do meu chefe. *Não é?*

10

Austin

Beryl afunda na cadeira ao lado da minha mesa, jogando uma pilha de correspondências e deslizando uma caneca para mim.

— Acabei de fazer um café fresquinho e achei que você fosse querer um pouco.

Lanço um olhar desconfiado para a caneca. Ela quase nunca me entrega a correspondência em mãos depois de buscá-la na nossa caixa postal na cidade. E Beryl *nunca* me traz café. Se eu ganhasse um dólar para cada vez que ela me disse "você tem dois pés e um coração batendo" quando eu pedia para que ela trouxesse algo de que eu precisava, eu poderia contratar alguém para me trazer café todo dia. O que significa que ela está tramando alguma coisa.

— Pronto para se desculpar?

Ela joga a longa trança grisalha por cima de um ombro com um sorriso.

Aí está.

— Pelo quê?

— Você estava errado a respeito de Cecily.

Eu bufo.

— E o que faz você pensar isso?

— Você já a teria demitido se não fosse assim. Em vez disso, ouvi dizer que você a levou até a cidade e comprou umas coisas bonitas para ela.

— Ela se recusou a dirigir uma caminhonete, e eu precisava de suplementos, então só dei uma carona. Paguei as compras porque ela precisa guardar dinheiro para consertar os pneus. Depois que der um jeito nisso, ela pode dirigir para onde quiser.

— Ah, meu querido. — Ela se inclina para acariciar eu braço. — Ou você é cego ou é um bobo.

— É mesmo?

— Sabe que ela não tem nada a ver com Savannah, não sabe? Elas são diferentes.

Savannah veio para cá porque precisava ficar longe dos pais controladores e abomináveis. Ela queria fazer as coisas do próprio jeito, em vez de seguir o caminho que eles tinham determinado para ela. Trocou a elegante equitação inglesa pelo estilo western, me ensinou a organizar as finanças do rancho e me deixou apaixonado. Ela se inseriu em vários aspectos do rancho. Presumi que ela tinha planos de ficar. No momento em que decidi tornar as coisas oficiais, ela fugiu. E nunca olhou para trás. Houve outras garotas antes dela que passaram por aqui como uma brisa de verão. Perdê-las doeu, mas Sav foi de matar. Ela parecia diferente das outras. Cecily também parece diferente. E não tenho forças para enfrentar uma perda outra vez. Prefiro fugir antes que haja a possibilidade de me apaixonar.

Não respondo a pergunta.

— Você e Kate precisam arrumar algo melhor para fazer com o tempo de vocês.

Ela dá uma risadinha.

— Você pode ter razão. Mas eu costumo errar?

— Errada ou não, não estou interessado.

Sou um mentiroso patético. Estou tão interessado que isso está me tirando do sério, para ser sincero. Um sorriso aprofunda as rugas ao redor dos olhos de Beryl, obviamente ela sabe que isso é papo-furado.

— Quantas vezes você já caiu do cavalo? — pergunta Beryl.

Solto um riso debochado. Sei aonde isso vai chegar. *Monte de novo no cavalo*. Decido entrar na onda dela, porque meus olhares silenciosos nunca surtiram efeito nela. Na verdade, a falta de resposta só a faz pensar que está no caminho certo e continuar insistindo.

— Não sei. Muitas.

— E a dor da queda vale a pena, porque cavalgar faz você se sentir vivo.

— Ou porque é meu ganha-pão e não tenho escolha.

Beryl dá um tapinha na minha mão.

— Não banque o engraçadinho. Tenho certeza de que você caía de cavalos, vacas, ovelhas e qualquer outra criatura que vocês tentavam montar quando eram pequenos. Muito antes de pensar que isso poderia virar trabalho. Não tenho razão?

— Tem.

— O amor pode oferecer o mesmo tipo de adrenalina, Austin. Você se apaixonou por alguém que não ficou, mas não quer dizer que isso vá acontecer de novo. Você é jovem demais para ter perdido a esperança e deixar de tentar porque tem medo de sofrer.

— Tenho trinta e sete anos. Não sou tão jovem assim.

— Ah, meu amor. Se você acredita mesmo nisso, com certeza é um tolo.

Um tolo por perceber um padrão e fazer a escolha consciente de não permitir que ele se perpetue? Acho que não. Todas as pessoas que amei foram embora ou morreram — meus irmãos são a única exceção, e só por obrigação. Sei que eles ficaram porque acharam que não havia outra opção. Estão aqui pelo rancho. Não por mim. Nunca é por mim.

— E quando ela for embora?

— Pelo que pude perceber, ela está levando as coisas um dia de cada vez. Tentando descobrir o que quer. Talvez ela possa ser convencida a ficar. Mas você não vai saber se não tentar.

Ela passa a mão pelo meu braço com um sorriso melancólico. O gesto me lembra muito o da minha mãe me consolando quando minha namorada do ensino médio terminou comigo. Fiquei arrasado umas semanas e, depois, já estava empolgado para namorar de novo. Nem pensava na possibilidade de futuros términos. É engraçado como vinte anos de desilusões amorosas na vida adulta conseguem nos deixar tão céticos a ponto de tornar a ideia de ficar sozinho por escolha própria muito mais fácil de suportar do que a alternativa de tentar construir um relacionamento com alguém.

Devo ter tido insolação. É o único motivo lógico para eu ter concordado em tomar uma cerveja no rio. Denny me chamou enquanto eu dava banho na minha égua, Jubilee, depois de uma longa manhã verificando as novilhas, e eu estava com calor e exausto demais para discutir. As raras vezes em que topo ir, como hoje, são suficientes para que Denny continue me chamando. Pelo sorriso dele, alguém poderia achar que concordei em lhe dar mil dólares. Quase me faz querer ter aceitado o convite com mais frequência.

Caminhando atrás do grupo, ouço a conversa sobre o rodeio do último fim de semana. Sundial, um apelido mais do que apropriado, considerando que ele não serve para nada — vive parado só fazendo sombra —, está quicando de empolgação enquanto tagarela sobre a vitória de Denny na competição de sela americana. Sua voz é tão animada e irritante que penso em dar meia-volta. Quando chegamos ao topo do barranco que desce até a piscina natural, eu a vejo.

Dúvidas sobre as marquinhas de bronze sanadas.

Que inferno, agora estou mesmo arrependido de todos os convites que recusei. Sei que ela vem aqui com os rapazes de vez em quando. Sinceramente, isso nunca me incomodou. Pelo menos, não até agora. Meu cérebro não tinha considerado o fato de que ela usaria um biquíni minúsculo perto deles.

Mas ela está usando. No topo de uma pedra plana, Cecily está deitada de bruços, lendo um livro. Nem sequer olha para os rapazes correndo em debandada até o rio como búfalos-de-água. Uma tira fina amarrada em um laço delicado na parte de cima das costas e uma calcinha que é quase um fio dental, deixando à mostra a maior parte da bunda. Seu biquíni branco não deixa muito para a imaginação, mas eu com certeza estou imaginando coisa para cacete. Ela ergue os olhos do livro para aceitar uma cerveja de Denny, e seus pés balançam alegremente às suas costas.

Porra. Por que não tenho vindo aqui?

Não posso continuar encarando como se fosse um pervertido, então desço o barranco e me sento perto da água. Não tem muito espaço livre aqui embaixo, e ela está bem no meio. Não tenho muita escolha a não ser ficar a uns três metros dela, não importa onde eu me sente.

— Ei, Aus... cerveja — grita Denny antes de jogar uma cerveja gelada para mim.

É um milagre eu conseguir pegar porque, de novo, estou olhando para Cecily. Só que, desta vez, ela também está me olhando.

— Finalmente fez um dia quente o bastante para você aparecer e socializar? — pergunta ela.

Responde alguma coisa, seu merda. Dou um gole e assinto.

— Quer dizer, socializar nem tanto, porque isso poderia estragar sua fachada rabugenta, não é? — Ela fecha o livro e começa a me observar, sentando-se e abraçando os joelhos junto ao peito. — Como foi seu dia de caubói, não-caubói?

— Bom. — Limpo a garganta. — Tá lendo o quê?

Ela ergue o livro no ar, toda animada, virando-o para mostrar a capa azul-escura.

— Ah, é uma não ficção. Sobre o baleeiro Essex... É uma história bem doida. Cachalotes, navios naufragados, canibalismo. Foi uma das inspirações para *Moby Dick*.

Não era a resposta que eu esperava. Presumi que ela estaria lendo uma comédia romântica melosa ou algo mais leve.

— Você curte história?

— Um pouco. Não tanto quanto meu pai. Mas como não gostar de uma história com ataques de baleia e canibalismo?

Solto uma risada pelo nariz.

— Justo. É um dos livros das estantes da casa principal?

Não me lembro de ver esse exemplar por lá, e fui eu que comprei boa parte dos livros naquelas estantes.

— Não, eu já li quase tudo que tem lá, então fiz um cartão da biblioteca.

— Talvez eu dê uma olhada quando você terminar.

— Não sabia que você gostava de ler. — O rosto dela se ilumina. — Claro, eu te empresto quando terminar.

Agora estamos compartilhando algo. Finalmente tenho um assunto para conversar com ela. Cecily pegou, leu e — *com sorte* — amou os mesmos livros que eu. Se ao menos eu conseguisse *conversar* ou simplesmente *agir* como uma pessoa normal perto dela…

Seu cabelo escorre pelos ombros, ondulados e reluzindo ao sol. Ao que parece, eu *sou* um pervertido mesmo, porque não consigo evitar olhar quando ela afasta levemente os joelhos.

— Quer nadar? A água não está tão gelada hoje — diz ela.

— Não sou muito de nadar. E também não estou com roupa para isso.

— Que pena.

Cecily dá um sorriso e se levanta na minha frente, deslizando os polegares pelo cós da parte de baixo do biquíni para ajustá-lo, revelando um breve vislumbre da marca de bronzeado em torno dos seus quadris. Meu pau reage na mesma hora e fico grato por minha calça jeans ser grossa e justa o suficiente para escondê-lo.

Ela caminha com cuidado até a água e não consigo compreender por que os rapazes não estão tão hipnotizados quanto eu. Imagino que já tenham se acostumado com a visão — se bem que acho que não importa quantas vezes a veja passar de biquíni; porra, eu nunca vou deixar de olhar.

Submersa até a clavícula, ela olha para o céu azul e fecha os olhos, deixando o sol aquecer seu rosto como se não tivesse preocupação alguma na vida. Posso estar de jeans, mas estou pensando seriamente em entrar na água. Só que eu não saberia o que dizer ou fazer quando chegasse perto dela, porque tudo que consigo pensar é na vontade de tomá-la em meus braços e beijá-la, mas nada disso é possível.

Qual é o meu problema?

Não vim aqui para isso. Na melhor das hipóteses, ela só poderia ser um caso passageiro, e não sirvo para relacionamentos casuais ou de curto prazo. Tenho o hábito irritante de me envolver demais, e é por isso mesmo que evito criar um perfil de namoro on-line toda vez que Denny e Red insistem. Ainda assim, ajo como um pateta perto de Cecily porque cada músculo do meu peito e cada tendão do meu corpo queimam de desejo por ela. E meu cérebro grita para eu manter distância.

Quando ela pisa em terra firme, todas as minhas terminações nervosas se incendeiam.

Cecily disse que a água não estava muito gelada, mas os mamilos duros feito pedra, visíveis pela parte de cima do biquíni triangular, dizem o contrário. Assim como o arrepio que percorre seu corpo, que as gotas d'água deslizam como em uma pista de slalom. Quando ela volta da piscina, está tão perto que eu poderia tocá-la. Não que eu fosse fazer isso, porque sei que ela recuaria na mesma hora com meu gesto.

Ela ajeita o biquíni mais uma vez e torce o cabelo para tirar o excesso de água.

— Está refrescante. Você devia mesmo experimentar.

O comentário por si só é o suficiente para fazer meu pau latejar dentro da calça. Então ela se curva para pegar a toalha, e a visão é quase total. O tecido branco está justo na bunda e na... Engulo em seco ao perceber que não há quase nada cobrindo suas partes íntimas. Uma fina tira de tecido implorando para ser levemente puxada. Um movimento errado revelaria mais do que ela pretendia, e eu estaria completamente perdido.

Beleza, essa é a minha deixa para partir, senão vou sair daqui com uma ereção completa em vez da meia bomba que já preciso esconder antes de levantar. Quase posso jurar que ela se inclinou daquele jeito, por tanto tempo, só para me provocar.

Deixo a água gelada do chuveiro relaxar meus músculos, saboreando a sensação do jato forte sobre meus ombros. Tinha esperança de isso acalmasse meus nervos em frangalhos, mas um filete de água desce pelo meu peito, e minha mente é transportada para a imagem de Cecily saindo do rio. O modo como as gotas d'água pontilhavam sua pele bronzeada, escorrendo pela curva do seio e descendo pela barriga. O minúsculo biquíni que mal conseguia esconder a exuberância de seus peitos deslumbrantes, e aqueles mamilos duros que pareciam implorar pelas minhas mãos quentes. Ou pela minha boca.

Meu pau fica duro só de pensar, e eu o agarro com a mão direita, me masturbando com frustração. Imagino como seria sentir a mão macia dela em vez da minha. Ou a sua boca — aqueles lábios carnudos ficariam lindos em volta do meu pau. Minhas mãos ásperas agarrando seus cabelos, ou percorrendo seu corpo macio, enquanto ela me chupa.

— Caralho — murmuro. Tanto por raiva de mim quanto por êxtase ao imaginar Cecily.

Minha mente divaga pelos sons que ela faria se eu puxasse a calcinha do biquíni para o lado e passasse os dedos entre os lábios úmidos. Sua voz melosa se tornaria ofegante e cheia de desejo quando eu a tocasse. Deixo escapar um gemido só de pensar. Fecho os olhos e encosto na parede do chuveiro, tentando desesperadamente imaginar a mão dela em vez da minha.

Será que ela toparia transar comigo ali mesmo, ao ar livre? Imagino-a ajoelhada, engolindo meu pau tão fundo até engasgar. Sua língua deslizando por toda a extensão, as bochechas contraídas ao chupar com força. Aquelas lindas unhas pintadas cravariam em minhas coxas enquanto eu a segurava pelos cabelos, enfiando meu pau ainda mais fundo em sua garganta.

A excitação escorre pela cabeça do meu pau, e eu a espalho por toda a extensão, fingindo sem o menor pudor que estou fodendo sua boceta molhada em vez da minha mão. Meu aperto se intensifica, movendo-se com força enquanto me imagino estimulando seu clitóris, até Cecily me implorar para penetrá-la ali mesmo. E eu a tomaria. Eu a curvaria sobre a pedra perto do rio, deslizando aquele biquíni minúsculo pela curva de sua bunda. E meu pau se encaixaria perfeitamente no seu calor úmido.

O prazer percorre minha espinha, e minhas bolas se contraem diante da imagem. Minhas estocadas ficam mais rápidas, irregulares e desesperadas. Punitivas. Já sei que não demoraria muito para eu gozar quando estivesse dentro dela. Faz tempo demais que não transo com nada além da minha mão, e Cecily seria perfeita. Deslizando para dentro e para fora, sentindo as bolas baterem na sua pele úmida a cada estocada. Ela gemeria meu nome com a mesma voz rouca que usa ao cantar, a boceta se apertando ao redor do meu pau enquanto ela goza.

Um calor percorre minhas veias, e meu aperto se afrouxa enquanto luto contra o ímpeto de desabar. Fechando os olhos com mais força, deslizo a mão mais uma vez, imaginando Cecily e o jeito como ela diz meu nome.

O gozo quente jorra em uma onda contínua de orgasmo enquanto bato punheta furiosamente — a ideia de que Cecily um dia transaria comigo se torna, de repente, ridícula. Eu sou um idiota. A ilusão se estilhaça ao mesmo tempo em que meu gozo cai no piso do boxe do banheiro.

11

Cecily

Ainda estou me punindo por ter agido como uma gata no cio no rio, como se eu achasse que ele fosse pular em cima de mim na frente de todo mundo. Eu o provoquei e fiquei deliciada com o jeito que seus olhos percorreram meu corpo, os músculos de sua garganta se contraindo cada vez que engolia em seco e a tensão em seus dedos enquanto se agarrava aos joelhos dobrados como se sua vida dependesse disso.

Ele até me olhou, mas foi embora.

Porém, pelo jeito, a humilhação de ontem não é suficiente para me impedir de me sujeitar a mais rejeições.

Desabo no meu lugar de sempre em frente a Austin. Sua camiseta preta, justa nos ombros largos, quase me faz esquecer o que vim perguntar.

— Oi — digo.

Sentamos aqui todas as manhãs, então era de se esperar que ele não se retrairia com minha presença, mas é o que acontece. É verdade que não costumo dizer nada em voz alta para reconhecer a presença de Austin. As bochechas dele assumem um tom rosado intenso quando ele olha para mim.

Interessante.

— Jackson me disse para te perguntar se... hã... — Eu me enrolo com as palavras quando seu olhar perscrutador faz meu coração martelar no peito. — Bom... eu só...

— Não tenho o dia todo.

— Posso ir ao leilão com você?

Ele faz uma careta.

— Não.

Eu já esperava essa resposta dele, mas fico irritada mesmo assim.

— Qual é, a Kate vai, e parece bem empolgante.

— Meu bem, se você acha que um leilão de gado é empolgante, então tem sérios problemas.

A boca dele se contorce no que quase poderia ser considerado um sorriso, e aproveito a oportunidade. Provocá-lo costuma me fazer conseguir o que quero, porque ele se fecha e desiste.

Uma vitória é uma vitória.

— Mas você está sorrindo porque acha minha empolgação fofa. — Pisco rapidamente para ele. — Além disso, você nem sabe de que tipo de coisa eu gosto. Me deixa ir com você.

— Vamos sair em dez minutos, e não quero ouvir reclamações sobre a viagem longa ou o leilão chato — diz ele.

Dou um gole no café, orgulhosa, relaxando na cadeira bamba de madeira. Mas, em vez de voltar à sua revista de pecuária, ele continua a me olhar com um ar de dúvida.

— Você não vai se arrumar?

— Acho que sim. — Bebo o café de uma vez e, sentindo o peso do olhar dele em meu corpo, me viro e dou uma piscadinha. — Não acho que você queira que eu te deixe em paz. Acho que só quer me ver pelas costas, e apreciar a vista.

Ontem, quando Kate sugeriu que eu fosse com eles, ela se esqueceu de mencionar que eu passaria duas horas espremida entre Austin e Jackson no banco da frente da picape. Com a enorme cadeirinha de Odessa, não há espaço para Kate e eu ficarmos confortáveis no banco de trás.

A perna de Austin roça na minha quando ele entra na caminhonete, fazendo um calor irradiar logo abaixo do meu umbigo. O ar fica denso no mesmo instante e é difícil de engolir com ele sentado tão perto. Perto o suficiente para eu sentir o cheiro do sabonete líquido — amadeirado com um toque de especiarias — a cada inspiração. *E eu inspiro.* Respirações rápidas e superficiais. Só o suficiente para sentir o cheiro dele e deixar que a onda percorra meu corpo sem ninguém perceber.

— Eu… hã… preciso entrar aqui.

Austin estica o braço entre as minhas pernas, incendiando ainda mais a minha pele, que já formigava. É um pequeno milagre que eu esteja usando jeans e uma blusa de manga comprida, que escondem os arrepios pelo meu corpo todo. Sua mão grande desliza suavemente pela alavanca do câmbio, engatando a primeira marcha, e tenho que me controlar para impedir que minhas coxas se contraiam. A mão dele continua firme no câmbio, apesar do antebraço roçando de leve minha coxa cada vez que ele troca de marcha. Jackson e Kate não param de falar, mas não consigo me concentrar em nada além do ínfimo espaço entre nós dois.

Quando chegamos a Wells Canyon e entramos na rodovia, é um milagre meus pulmões terem recebido oxigênio suficiente para me manter viva. Quando a mão dele volta para o volante, permito que minhas mãos entrelaçadas se soltem e escorreguem para as laterais. E torço para que a sensação dos nós dos meus dedos roçando na perna dele deixem sua mente rodopiando tanto quanto a minha.

Estou exausta pela onda de adrenalina depois de passar duas horas ao lado de Austin — e ao mesmo tempo temendo o momento que nossos corpos terão que se afastar —, quando a caminhonete entra no estacionamento do leilão de gado. Dezenas de caminhonetes, quase todas com trailers, estão estacionadas do lado de fora de um grande prédio de alvenaria.

— Quero meu cavalinho — exige Odessa assim que seus pés tocam o chão.

O tio Austin obedece como se já fosse rotina e a ergue até as costas com um braço, esperando que ela se acomode antes de continuar andando.

— Não me sufoque — avisa ele quando os bracinhos dela se apertam ao redor do pescoço dele —, ou vou leiloar você.

Ela dá uma risadinha e balança os pés toda feliz. A mão de Austin salta para segurar a pequenina bota de caubói, centímetros antes do calcanhar bater em seu flanco.

— E sem chutar, mocinha. Não sou seu cavalo de tambor.

Escondo um sorrisinho com a mão, seguindo-os pelas pesadas portas duplas. Jackson entra no escritório da frente enquanto Austin, Kate e eu seguimos em direção à placa "*Recinto de leilão*". Arquibancadas se estendem das vigas até um pequeno curral arredondado, com uma entrada em cada extremidade. Sem surpresa, o cheiro de estrume de vaca paira no ar. Como prova do tempo que passei no rancho, nem sequer franzo o nariz.

— Se estiver agitada, com coceira ou quiser fazer qualquer outro gesto maluco, o momento é agora — diz Austin.

— O quê?

— O menor movimento conta como um lance e, se você coçar o nariz e me fizer comprar uma vaca leiteira, vou descontar do seu pagamento. Portanto, faça o que tiver que fazer agora.

— E o que eu devo fazer se não estou com coceira agora, mas daqui a dez minutos estiver?

Esfrego o nariz, como se de algum modo isso pudesse evitar coceiras mais tarde.

— Você não faz nada.

Valeu. Ajudou muito.

Um senhor mais velho, de cabelos grisalhos, se aproxima de nós enquanto Austin coloca Odessa de volta no chão.

— Austin, como vai? Separei uns bons animais pra você hoje.

Austin assente.

— Jackson está lá atrás dando uma olhada. Obrigado, Rick.

O rosto enrugado e maltratado pelo sol de Rick se volta para mim.

— E vejo que temos uma novata. Primeira vez?

— Meu nome é Cecily. Estreante e empolgada.

Estico a mão e aperto a mão grande e calejada do homem.

— Trate essa daí como uma criança, Rick. Nenhum dos lances acidentais dela vale — diz Austin, arrancando uma risadinha do homem.

— Bom, é melhor vocês arrumarem bons lugares. E providenciarem um belo milk-shake para essa mocinha. — Ele toca na aba do chapéu de caubói rosa de Odessa. — Digam que é por minha conta.

Kate e eu nos acomodamos em nossos assentos. Em seguida, observo os rostos desconhecidos ao redor, que, aos poucos, vão lotando o recinto. Quase todo mundo vem falar com Austin e, por mais que ele ainda seja um homem de poucas palavras, é um choque vê-lo tão simpático. Absurdamente simpático. Fico cativada pela facilidade com que ele interage com outros rancheiros, embora eu não entenda a maioria das coisas que eles falam. Só quando Odessa pergunta a ele aos berros sobre o milk-shake é que saio do meu transe e percebo que estava encarando Austin, hipnotizada.

Eles voltam logo depois com um milk-shake e Jackson a reboque. O recinto vai ficando cada vez mais cheio, e Rick, que por acaso é o leiloeiro, ocupa um assento do outro lado do cercado. Sua presença impõe silêncio absoluto no local, e Austin se acomoda ao meu lado no banco duro.

Como era de se esperar, parece que peguei pulgas já nos primeiros cinco minutos. Juro que nenhuma parte do meu corpo formigou e coçou tanto quanto agora. Tentando me distrair, olho ao redor e observo discretamente a variedade de homens e mulheres presentes. No momento em que me pergunto se Austin não estaria exagerando sobre os mínimos gestos contarem como lances, vejo um homem de uns setenta anos tocar a lateral do nariz e comprar cinco bezerros.

Merda.

A coceira implacável, como se pequenos insetos rastejassem por baixo da minha roupa, não me dá trégua. Quanto mais penso que não devo me coçar, pior fica. *Foda-se.* Estou coçando minha coxa com todo o cuidado quando sinto o joelho de Austin bater no meu. Uma corrente elétrica se espalha a partir do ponto onde nossas pernas se tocam, e meu coração acelera. Viro para ele e dou de cara com um olhar irritado.

— Para de se coçar — diz ele sem emitir som.

— Não dá. Está coçando muito.

Falar sobre isso intensifica a sensação, e coço com mais força. Ninguém conseguiria ver minha mão se movendo lá embaixo, não é? Com certeza o enorme rancheiro à minha frente está bloqueando a maior parte do meu corpo.

— Meu Deus.

A mão dele agarra a minha com um bote e aperta meus dedos tão forte que dói. Dou um sobressalto no banco, mas ele não solta.

O comichão sob minha pele cessa no mesmo instante que toda minha atenção se volta para a mão dele na minha. Para o contraste entre meus dedos delicados e suas mãos calejadas e maltratadas pelo trabalho. Depois para o joelho dele, ainda encostado no meu. Meus olhos percorrem toda a sua coxa até chegar ao ponto que faz minhas bochechas corarem e minha garganta secar. Um devaneio muitíssimo inapropriado sobre desafivelar seu cinto e ver o que há por baixo daquele jeans desperta um desejo incontrolável entre minhas pernas. Não consigo parar de pensar em como seria a sensação das pontas ásperas dos seus dedos em outras partes do meu corpo.

O aperto de sua mão afrouxa um pouco, permitindo que seus dedos se entrelacem nos meus, e agora ele está apenas segurando minha mão. *Austin Wells está segurando minha mão.* Se eu quisesse, poderia me soltar facilmente e continuar a desafiá-lo com minhas coçadas discretas. Mas não quero.

Ficamos em silêncio enquanto Jackson dá lances em um enorme touro preto e vence a disputa. Deixamos o calor crescer entre nossas palmas, fingindo que o único motivo parar estarmos nessa posição é impedir que eu compre um animal sem querer. Isso não explica por que nossos joelhos continuam colados.

Quando seu polegar começa a traçar pequenos círculos no dorso da minha mão, me sinto invadida por borboletas. Elas viajam do meu peito até o ponto quente entre minhas pernas. Meu estômago dá uma cambalhota só de pensar no polegar dele fazendo o mesmo movimento em um lugar bem diferente. É um desejo que não sinto há anos, e luto com todas as forças para afastar a imagem antes que se transforme num gemido ávido.

No instante em que o último lote é vendido, ele larga minha mão como se fosse ferro em brasa. Fui ingênua de pensar que ele estivesse sentindo as mesmas faíscas que eu. Nunca tive tanta certeza de que é só um delírio meu.

Na manhã seguinte, Odessa sobe na cadeira da mesa de jantar, dançando enquanto Beryl aumenta o som de "She's In Love With The Boy" na caixa de som bluetooth. Kate saiu para uma consulta médica, então a manhã virou uma verdadeira festa. Odessa até ganhou gotas de chocolate e chantilly em suas panquecas, o que explica a hiperatividade.

— Eu amo essa música — grita ela.

— Você vai se machucar, menina — resmunga Austin, sem tirar os olhos do jornal. — E vê se melhora esse gosto musical.

Odessa mostra a língua para ele, mas desce da cadeira e corre até mim, agarrando minhas mãos para rodopiarmos pela cozinha. Tenho que puxá-la pelos braços para evitar que ela bata no balcão ao jogar a cabeça para trás com uma risadinha doce.

— Olha aqui, você não ouse falar mal da srta. Yearwood.

Beryl bate no braço dele com o pano de prato enquanto limpa a mesa ao redor.

— Ele não tem culpa se saiu desfavorecido… sabe, no quesito inteligência. — Giro Odessa por baixo do meu braço como se ela fosse uma princesa em um baile de conto de fadas. — Espere aí, acho que sei de qual música ele vai gostar.

Solto a mão de Odessa e pego meu telefone. Escolho a música que tenho em mente e apoio o cotovelo na bancada. De olho em Austin, aumento aos poucos o volume dos acordes iniciais até que ele ergue os olhos do jornal.

— "Should've Been A Cowboy"? Foi o melhor que conseguiu pensar? — pergunta ele, arqueando uma sobrancelha.

— Está bem, está bem. Vou encontrar algo mais a sua cara. Só um instante. — Tamborilo os dedos no balcão enquanto penso. Odessa já perdeu o interesse e foi embora; provavelmente foi lá para fora perseguir os gatos do celeiro. — Hum, que tal Waylon e Willie? Se estiver disposto a admitir que sua mãe deixou, sim, você virar um caubói? Algo sobre não ser fácil de amar, sempre sozinho... É, essa letra encaixa mais.

Estou brincando, mas dá para ver que passei do ponto, porque um vinco profundo surge entre as suas sobrancelhas, e ele vai embora. Se foi antes mesmo que eu pudesse colocar a música na fila.

— Merda. Toquei num ponto sensível, não foi?

Faço uma careta e me viro para Beryl.

— Ah, minha querida. Você não faz ideia.

Ah, que merda. Achei que estávamos brincando. Como eu ia saber que algo simples como uma música country de mais de quarenta anos poderia incomodá-lo tanto assim? Mas isso não impede que eu me sinta uma bela merda.

— Austin! — grito, correndo pela varanda da frente.

Do jeito que está ventando, eu ficaria surpresa se ele pudesse me ouvir acima dos sininhos aqui fora.

— Austin! — grito de novo, correndo até ele. — Ei, me desculpa. Eu não queria ter agido como uma babaca.

— Está tudo bem.

— É óbvio que não está, ou você não teria saído tão furioso.

— Eu não... Tenho trabalho a fazer. Nem todo mundo pode ficar de bobeira o dia inteiro.

Os passos largos dele aceleram, e eu o sigo quase num ritmo de marcha atlética de Jogos Olímpicos até nos aproximarmos no celeiro.

— Você nem terminou o café, então eu *sei* que você não saiu correndo para trabalhar. Sinto muito, tá? Era só isso que eu queria dizer. Não quis mesmo ferir seus sentimentos.

Ele balança a cabeça.

— Não dá para ferir sentimentos se eles não existem.

Dou uma risada. Na verdade, quase gargalho.

— *Sei.* Desculpa. Era para ser uma piada, mas foi maldosa. Se vale de alguma coisa, Austin, não acho que aquela letra se aplique a você.

— Tudo bem.

— Não precisa aceitar minhas desculpas.

Estamos dentro dos estábulos, subindo um lance de escada íngreme. Não sei nem por que não parei de segui-lo ainda ou por que ele não me mandou embora. De repente, estamos em um lugar que parece estranhamente um escritório secreto.

É aqui que ele desaparece todos os dias.

— Então é aqui que você está sempre se escondendo.

Observo o espaço pequeno. A mesa dele está perfeitamente organizada e limpa, o que não é uma surpresa. Se tem uma coisa que aprendi a respeito de Austin, é que nada nele é minimamente indisciplinado.

— É bonitinho.

— Trabalhando, não me escondendo. — Ele se senta à mesa, virando a cadeira preta para me encarar. — Se eu aceitar suas desculpas, você me deixa trabalhar em paz?

— Sim, deixo você *remoer* em paz. — Afundo na poltrona macia de frente para ele. — Me desculpa, de verdade. Eu não sabia que ia te chatear, mas isso não justifica. Eu passei do ponto.

— Desculpas aceitas.

O redemoinho de fogo em seus olhos se acalma quase no mesmo instante, e ficamos nos encarando na penumbra do cômodo. Com um piscar de olhos, ele observa meus lábios e, de repente, me dou conta de que estamos completamente sozinhos. Eu poderia andar pelas tábuas rangentes e me sentar no colo dele. Beijá-lo do jeito que prometi a mim mesma que faria assim que os lilases em flor desaparecessem. E eles já sumiram *há muito tempo.*

— Beleza — digo.

A força no olhar dele me avaliando, com a atenção inabalável de um predador, torna difícil falar alguma coisa.

— Você não ia embora agora? — pergunta ele com a voz rouca. — Tenho muito trabalho a fazer.

— Sim... é... acho que sim. — Eu me levanto com relutância da poltrona, desejando que ele me pedisse para ficar, pressionasse os lábios nos meus e me envolvesse em seus braços fortes.

Se ele quisesse, tomaria uma atitude. Mas Austin não quer.

12

Austin

A casa principal ainda está um breu quando entro devagar pela porta da frente e sigo pelo corredor pouco antes das quatro da manhã. Kate está ainda mais irascível em relação ao sono desde que engravidou, então não quero ser expulso por fazer muito barulho. Dada a escuridão, um forte aroma de café fresco me pega de surpresa quando entro na cozinha.

Duas figuras altas estão sentadas à mesa, iluminadas apenas pela luz da lua, que entra através da janela panorâmica, e pela fraca iluminação sob os armários. Vim para cá mais cedo em busca do conforto silencioso de um café solitário sentado à velha mesa, herança de família. Esperava ter alguns momentos de sossego e cair fora antes que o resto da turma aparecesse. Mesmo doze anos após sua morte, o aniversário da minha mãe não é um dia fácil.

— O que os dois idiotas estão fazendo aí? — sussurro para meus irmãos.

— É que a Kate falou que consegue ouvir o zumbido da lâmpada do teto aqui. — Denny se vira para mim, com enormes olhos brilhantes.

— Ela sabe que isso aqui é um rancho e a gente precisa estar de pé em horários absurdos para trabalhar, não sabe? O mínimo que ela pode fazer é deixar a gente enxergar o que está fazendo na hora de preparar o café. Austin, por favor, fala para o imbecil do nosso irmão aqui que isso é uma insanidade total.

— Eu que não vou me arriscar, Den.

Por sorte, conheço a casa da nossa família tão bem que conseguiria fazer tudo vendado. Pego uma caneca, tomando o cuidado de não deixar a porta do armário ranger, e me sirvo até parecer cheia o suficiente.

— Não estou vendo você correr para acender a luz — sussurra Jackson para Denny.

— Não quero correr o risco de zoarem minha comida — retruca Denny. — Ainda mais quando é ela quem vai preparar a carne de porco desfiada hoje à noite.

— Você vem?

A pergunta de Jackson claramente é dirigida a mim, já que sou a única presença incerta. Embora nem precisassem perguntar: eu *nunca* participo do jantar de aniversário da nossa mãe.

Tomo um gole de café enquanto me sento e balanço a cabeça.

— Vocês já estão quase terminando de enfardar o campo do riacho ao norte? Precisam de ajuda?

— Deve estar tudo pronto na hora do almoço. Ainda está querendo evitar uma certa potranca? — pergunta Denny.

Jackson cospe o café. E, mesmo no escuro, sei que os dois estão me encarando com sobrancelhas arqueadas e sorrisinhos maliciosos.

— Cala a boca. Vai ver o cara só quer fazer uma porcaria de um trabalho de verdade em vez de ficar lidando com a papelada.

— Oooou o cara tem uma baita paixonite e não sabe lidar com isso. — Denny ri. — Se você não correr atrás, talvez eu tente a sorte.

— Não é hora pra isso, Denny.

Jackson pousa a caneca com cuidado na mesa. Cada um de nós se move em câmera lenta, apavorados de acordar Kate.

Não tem como começar o dia com menos privacidade e menos paz do que isso.

Coloco a caneca quase cheia com todo o cuidado na pia e quase me esqueço de pegar minha marmita ao sair apressado. Em algum momento, alguém vai ter coragem de acender as luzes, e nunca mais me deixarão em paz se virem como meu rosto ficou vermelho só de mencionarem Cecily.

— Vai trabalhar, Denver — digo saindo pela porta.

— Te amo — diz ele, abafando a voz.

Enfardar o feno deveria me ajudar a esvaziar a cabeça, mas subestimei o que quinze horas solitárias num trator são capazes de fazer com meus pensamentos. Passei semanas preocupado que ela distraísse os peões do rancho, e agora sou eu quem está traçando linhas tortas pelo campo. Tenho certeza de que Jackson e Denny terão muito o que falar sobre o meu trabalho porco. Não consigo pensar direito. E menos ainda dirigir em linha reta.

Sei que não deveria gastar nem um segundo pensando nela. Ainda assim, não consigo evitar.

De vez em quando, parece que tem algo rolando entre nós. Ela faz comentários em tom de flerte, seu olhar se demora no meu, e o sorriso dela parece ser só para mim. Então, quando faço algo, chego bem perto dela, cogito beijá-la ou seguro sua mão durante o leilão de gado, cada centímetro de seu corpo fica tenso, como se ela não suportasse a ideia de me tocar. E eu odeio essa porra.

Logo ela vai embora, lembro a mim mesmo várias e várias vezes. Só preciso me controlar mais um tempo. Elas nunca ficam. Nem mesmo as pessoas que deveriam ficar. Meu avô, minha mãe, meu pai, Savannah.

Meu avô e minha mãe não tiveram escolha, é óbvio. Mas meu pai e Savannah? Eles foram embora apesar de todos os motivos que dei a eles para não fazerem isso. Nada do que eu fiz foi suficiente para que eles ficassem, então por que seria diferente desta vez?

Tudo isso deveria me fazer parar de desejá-la, mas não faz. Eu disse a mim mesmo que nunca mais passaria por isso, mas a avalanche de sentimentos que me assola quando ela está por perto faz parecer que vale o risco. Se houvesse qualquer chance de conquistá-la e tê-la, ao menos pelo tempo em que ela estiver por aqui, eu não hesitaria nem por um segundo. Prefiro um dia, uma semana, um mês que seja a passar o resto da vida me odiando por não ter tentado. Pode me considerar um trouxa que adora sofrer. Que se dane o coração partido no futuro.

Cacete, eu acabei de admitir para mim mesmo que quero conquistar Cecily?

Estou exausto e dolorido, e a última coisa que eu queria era que meu irmão caçula me seguisse até em casa depois do trabalho. Mas ele parece uma porcaria de um golden retriever. Então aqui estamos.

— Tem certeza de que não vem? — Denny dá um gole na cerveja, colocando os pés em cima da minha mesa de centro.

Finalmente terminamos o segundo corte do feno e, depois de seco, vamos enfardar e guardar para o inverno. Com uma primavera tão amena e adiantada, não devemos ter problema em conseguir um terceiro corte este ano. O que significa que vamos conseguir alimentar todos os animais da propriedade durante todo o inverno sem gastar dinheiro. Era para eu estar de ótimo humor…

— Não — rosno. — Não tenho o menor interesse em vê-lo.

Nosso pai amava profundamente nossa mãe. Ele ficou no Rancho Wells não por causa dos meus avós, mas pela minha mãe. Se não fosse o amor dela por esta terra e seu desejo de criar uma quarta geração no rancho da família dele, ele teria se mudado no dia em que completou dezoito anos. E é por isso que, menos de uma semana depois que ela morreu, foi exatamente o que ele fez. E me deixou no comando de tudo quando eu tinha vinte e cinco anos. Talvez não fosse tão difícil ignorar a partida dele se ele não fizesse questão de voltar aqui duas vezes por ano: no aniversário dela, 7 de julho, e no dia de sua morte, 2 de outubro.

— Kate está fazendo a carne de porco que você adora — diz Denny.

Balanço a cabeça.

— Não tem comida que me convença a passar um tempo com aquele escroto.

— O vovô não ia gostar disso. Ele fez aquela mesa de jantar gigantesca especificamente para jantares de família.

Agora meu irmão caçula resolveu apelar. Ele sabe que se tem um jeito de me fazer amolecer, é invocando nosso avô ou nossa mãe na conversa. E usa a dor que ainda guardo para me deixar culpado e me obrigar a fazer coisas que não quero.

— É, e acho que ele também não ia gostar que nosso pai desistisse do rancho — digo em voz alta. *Ou de nós,* guardo para mim mesmo.

— Já pensou que ele pode se sentir mal por ter ido embora e é por isso que volta?

Denny Wells, tão doce e ingênuo.

— Sente, sim, claro. — Solto uma risada pelo nariz e esvazio a garrafa. — É melhor ir para casa jantar com seu querido papai, Denver.

Ele me dá um soco forte no ombro antes de virar o resto da cerveja e ir embora. Durante anos, eu costumava sair do rancho só para não correr o risco de encontrá-lo por acaso. Mas conquistei o direito de estar nesta propriedade e não vou deixar que a presença dele me prive de ficar na minha casa. Em vez disso, abasteço a geladeira de cerveja, assisto à televisão, que só ligo duas vezes por ano, e espero até amanhecer.

Meia hora depois, sinto um ímpeto de tentar a sorte com uma mensagem de texto. Meus polegares grandes se atrapalham na tela, ao tentar digitar no minúsculo teclado.

Austin: Oi

Em segundos, ouço a notificação do celular. Não consigo evitar me perguntar o que ela está fazendo para ter respondido tão rápido. Fico tentado a ir até a janela e olhar para o chalé dela, embora eu já saiba que não dá para ver nada, a não ser a varanda da frente.

Cecily: Nossa. E eu achando que você estava brincando quando falou de trocarmos mensagens

Cecily: Você não devia estar em um jantar de família?

Austin: Não fui convidado

Claro, é mentira. Mas só porque Denny não se aguenta. Jackson já desistiu de me convencer pela culpa há anos. Na verdade, até Odessa nascer, ele também não ligava para esses jantares. Mas agora ele tem uma filha que *supostamente* merece um avô. Se nosso pai merece ter um relacionamento com a neta, é questionável, mas não cabe a mim decidir.

Cecily: Eita, que dureza

Cecily: Então, o que está fazendo?

Austin: Vendo *Dias felizes* e tomando cerveja

Cecily: Desculpa, acho que é engano

Cecily: Achei que estava falando com o Austin, mas parece que estou trocando mensagens com um senhor de setenta anos

Austin: Engraçadinha

Cecily: Quer companhia? Não posso confirmar nem negar se roubei um pouco do jantar da casa principal antes de vir embora. Quem sabe algo me convença a dividir…

Uma risada leve vibra em meu peito. Todo mundo — a não ser Cecily, eu acho — sabe que as únicas pessoas com quem eu falo nos dias relacionados à minha mãe são Denny e Jackson. E, sinceramente, depois de ter que me esquivar do convite de Denny para jantar, estou pensando em acrescentar os dois à lista "não perturbe" daqui em diante.

Não choro pela minha mãe. Não mais. Mas ainda preciso do dia. Então o aperto instantâneo no peito ao ver a pergunta dela me pega desprevenido... Mesmo nos meus melhores dias, faço um péssimo trabalho tentando agir como um ser humano normal perto dela. Hoje, mais do que nunca, não tenho a menor chance de conseguir formular um pensamento coerente.

Há diversos motivos racionais pelos quais eu deveria recusar. *Ainda assim.*

Austin: Como você conseguiu roubar a carne de porco desfiada?

Cecily: E bolo de chocolate... Não darei mais detalhes por mensagem para não me incriminar

Austin: Então é melhor vir me contar pessoalmente

Cecily: Chego em cinco minutos :) Não comece o próximo episódio sem mim, velhote.

Puta merda. Convidei Cecily para vir aqui. Agora. Minhas mãos estão suadas e minha cabeça, girando.

Em pânico, corro para catar a bagunça espalhada pela casa. Ainda bem que o chalé é pequeno: um quarto, um banheiro e uma pequena sala que mal cabe um sofá, uma lareira e uma minúscula cozinha. Troco a calça de moletom por um jeans e uma camisa xadrez de botão, escovo os dentes...

Por que estou escovando os dentes? Acorda, cara. Ela não vai te beijar.

Quando estou começando a recuperar o fôlego, ouço uma batida na espessa porta da frente.

— *Você* tem um capacho de boas-vindas? Quanta hipocrisia. — Seu tom brincalhão me atinge antes que a porta esteja toda aberta. — Você devia ter um capacho escrito: "Cai fora".

Ela equilibra dois pratos, um em cada mão: um cheio de sanduíches de carne de porco desfiada e o outro com bolo de chocolate. Um sorriso se abre em seu rosto quando pego a comida e meus dedos roçam nos dela. Cecily está usando legging e um moletom bem largo, e seu cabelo loiro está preso em um coque frouxo. Alguns fios escapam casualmente. A julgar por sua aparência, ela também tinha planos de passar uma noite tranquila.

— Você esperava ter companhia para o jantar ou costuma roubar comida suficiente para um batalhão?

Cecily passa por mim ao entrar pela porta. O leve roçar do braço dela faz minha cabeça rodar. Um frio na barriga. Um aperto no peito.

— Era tudo para mim — responde ela. — Mas estou disposta a dividir.

Não consigo evitar um sorriso quando ela arranca o papel filme cheia de entusiasmo e revela o verdadeiro banquete sobre minha mesinha de centro. Entrego uma cerveja gelada a ela, sentando o mais longe possível que meu sofá de três lugares permite. O fato de Cecily estar na minha casa já parece um passo gigantesco. Não vou forçar a barra ao invadir o espaço dela.

— Preciso me preocupar com a polícia batendo na minha porta, procurando pela ladra de bolo?

— Do ponto de vista da lei, não sei se configura roubo quando ajudei a preparar a comida, não é? Ainda mais o bolo... que fiz só para mim.

— Então você é uma simples ladra de ingredientes? Acho que esse tipo de crime te garantiria um lugar na cela da Martha Stewart.

A risada dela enche o ar como fogos de artifício.

— Por que você não é sempre engraçado assim?

— Acho que alguém tem que ser o babaca de plantão.

— Foi por isso que não te chamaram para o jantar de família?

Cecily aninha os pés sob o corpo na outra ponta do sofá, olhando para mim como se acabasse de fazer a pergunta mais casual do mundo.

— Na verdade, eu fui convidado. Mas não quis ir.

Ela me olha surpresa. Seu interesse genuíno — e um quê de preocupação — me desperta o ímpeto de revelar informações demais sobre minha vida. Contar toda minha história, como um livro aberto.

— Não quis ir porque meu pai está lá, e eu não falo com ele.

— Ah... isso explica o clima tenso na casa hoje. Imaginei que não fosse um jantar de família comum. Ele costuma visitar?

Esfrego a mão pela barba por fazer enquanto decido o quanto devo contar a ela.

— Ele só aparece nos dias do aniversário e da morte dela. Mas... ele foi embora bem rápido depois que ela faleceu, e eu nunca o perdoei por isso. Sei que deve parecer estupidez, porque já faz muito tempo.

Minha língua pressiona a parte interna da bochecha, e me preparo para ouvir algo que minimize a situação. Espero que ela o defenda, dizendo que ele não teve outra escolha a não ser ir embora. É o que Denny, Jackson, Kate e até Beryl sempre fazem. *Ele também estava de luto. Ele está tentando encontrar um jeito de mostrar que ainda se importa. Você já era adulto, então qual o problema de ele ter ido embora?*

— Beryl e Kate comentaram que era o aniversário da sua mãe. Sinto muito, Austin. Deve ser muito difícil.

Ela está me olhando do jeito que sempre faz: como se realmente me enxergasse. E isso me assusta para cacete.

— É, e não fica mais fácil tendo que lidar com meu pai. Então eu opto por não fazer isso.

— Bom, é bem egoísta da parte dele só aparecer nesses dias, você não acha? Ele alguma vez perguntou se vocês querem a presença dele? — Ela tampa a boca com a mão, abafando a voz que ainda escapa por entre os dedos. — Desculpa, que grosseria minha. Eu não devia falar mal do seu pai.

Contenho um sorriso.

— Não se desculpe. Você é a primeira pessoa que não o defendeu.

— Não tenho mais o hábito de defender homens.

Presumo que o comentário tenha algo a ver com o que quer que seu ex tenha feito. Se ele a perdeu, com certeza é um imbecil. *É, ele foi um belo de um idiota, mas eu sou ainda mais.* Perdi tanto tempo tentando não gostar de Cecily… e para quê?

— Você me defendeu para Kate quando estávamos marcando o gado — lembro a ela.

Na verdade, ela fez isso pelo menos duas vezes. Denny me contou que ela saiu em minha defesa quando os rapazes estavam reclamando do trabalho. Eles são funcionários do rancho, o que significa que, às vezes, precisam perder um rodeio para ajudar com o feno antes que o tempo fique ruim. Podem me odiar o quanto quiserem por isso. É por isso que sou o chefe.

— Tá, retiro o que eu disse. Não tenho mais o hábito de defender *escrotos*.

Um calor brota em meu peito, como se eu acabasse de virar um gole de Fireball em uma noite fria no meio da temporada de parição. Quase consigo sentir meu rosto se iluminar ao olhar para Cecily.

— Então — ela toma um gole —, como você costuma passar o aniversário da sua mãe se não fica na casa principal com todo mundo?

— Sozinho.

— Ah. — O rosto dela murcha. — Se quiser que eu vá embora, tudo bem. Pode até ficar com a comida.

— Não. — Expiro fundo. Se quero essa mulher, preciso parar de ser um babaca fechadão. — Costumo tomar cerveja e assistir *Dias felizes* porque era o programa favorito dela.

— Não conheci sua mãe, óbvio, mas aposto que ela ia gostar disso. Quando eu morrer, espero que todo ano alguém sente para assistir reprises dos meus programas favoritos para celebrar minha vida. Senão, vou voltar para assombrar cada um dos meus amigos. É melhor se cuidar, Aus, ou posso aparecer aqui e ficar piscando as luzes só para te irritar.

Meu coração não tem o direito de gelar do jeito que fez agora. Ser chamado de amigo deveria aliviar meu medo de ser magoado se ela for embora. *Quando* ela for embora. Isso deveria dar um basta de vez nessa história, confirmando que ela não tem interesse em ir além. Eu devia aceitar meu lugar na famosa *friendzone* e ficar feliz por isso. Mas, por algum motivo absurdo, o efeito é o oposto. Meu peito se enche de borboletas. De esperança. Se eu consegui evoluir de chefe babaca para amigo, posso me tornar algo mais.

Cecily parece alheia ao meu pânico interno enquanto ri de algo que Potsie falou na TV. Odeio admitir, mas estou feliz de verdade por não estar sozinho esta noite.

— Agora que você sabe um monte de merda sobre a minha família, me conta mais sobre a sua — digo.

— Hummm… mas já vou avisando que é bem sem graça em comparação com a sua. Sou filha única. Meu pai é professor de história, e minha mãe trabalha em um consultório odontológico. Nasci e fui criada na cidade grande…

— Óbvio.

O canto do meu lábio se ergue, e nossos olhos se encontram, sustentando um olhar brincalhão.

— Ei, acho que agora estou me encaixando muito bem por aqui.

O tom provocador dispara uma pontada em meu peito.

— Está mesmo. — E nem é mentira. Ela conseguiu se encaixar no rancho de algum modo. Ou talvez o rancho tenha se moldado a seu redor. Enfim, não há dúvida de que agora o lugar dela é aqui. — Por que o Rancho Wells? Você simplesmente abriu um mapa da Colúmbia Britânica, fechou os olhos e apontou um local aleatório?

— Tenho quase certeza de que isso é o que minha mãe acha que eu fiz, sim. Ontem mesmo ela me mandou um e-mail com dicas para sobreviver ao ataque de um urso-pardo. Aliás, acabei de lembrar que preciso avisar a Beryl sobre uma possível encomenda de spray antiurso chegando pelo correio.

— Tenho certeza de que é ilegal enviar spray antiurso pelo correio.

— O que eu posso fazer? Somos uma família de criminosos. — O tom dourado do pôr do sol cascateia ao redor de Cecily enquanto ela relaxa ainda mais no sofá. — Mas não vou pegar no pé dela por isso. Não tivemos uma relação tão próxima nos últimos anos. Então aceito de bom grado qualquer forma de mimo.

— Ah, é?

Fodam-se todas as regras que eu tinha em relação a não me meter na vida dos meus funcionários. Quero saber tudo sobre ela.

— Fiz algumas escolhas duvidosas, e uma delas foi me afastar dos meus pais. Mas seria legal consertar as coisas, sabe?

Acho que é uma pergunta retórica, mas respondo mesmo assim.

— É, acho que sim.

Seria bom consertar as coisas com meu pai? Não tenho muita certeza. Nunca fui tão próximo dele quanto era da minha mãe, mas não tenho grandes queixas sobre o tipo de pai que ele era. Pelo menos, até ele decidir perseguir seus sonhos de meia-idade porque a esposa havia falecido e os filhos já estavam crescidos. Eu diria que rapazes de vinte e cinco, vinte e dois e dezoito anos mal são adultos o suficiente para cuidar de si mesmos... que dirá de uma fazenda de vinte mil cabeças de gado. Ainda mais enquanto têm que lidar com a perda de um dos pais. Ele não precisava nos fazer perder os dois.

Depois de mais alguns episódios, percebo sua atenção dividida entre o bolo e a TV. O sol já se pôs há muito tempo, e nenhum de nós saiu de seus respectivos cantos do sofá, então há apenas o brilho frio da televisão iluminando seu rosto. Ela se espreguiça, e os dedos do pé tocam a lateral da minha coxa. Não é exatamente o toque suave de sua mão que imagino em meus sonhos, mas é a primeira vez que ela não age como se qualquer contato entre nossos corpos fosse repulsivo.

— Vou pegar faca e garfos para o bolo — aviso.

— Mas em que tipo de lugar chique você vive? Somos foras da lei comendo bolo roubado... pega só uns garfos.

— Então você admite que é roubado. — Lanço um olhar para ela. — Me mande cartas quando estiver na prisão. Quero saber como é Martha Stewart.

Cecily me empurra com o pé.

— Para. Pega logo os garfos antes que eu use os dedos, igual a Odessa. Além disso, já faz anos que ela saiu da prisão. Suas referências de cultura pop estão precisando de uma atualização.

Cecily ri. O tipo de risada que deixa suas bochechas rosadas e os olhos marejados. Não achei que fosse dar risadas hoje, mas é uma sensação boa. Tudo com ela é uma sensação boa. Ela é a luz do sol do rancho, trazendo à tona partes de mim que achei que ficariam trancadas na escuridão para sempre.

Minhas pernas demoram um pouco para voltar a funcionar direito depois de ficar sentado tanto tempo. Deve ser quase meia-noite. Já passou muito da minha hora de dormir.

Mas não sou *tão* estúpido assim. Não tem a menor chance de eu dar a noite por encerrada até que ela queira.

Ao voltar, me sento no lugar do meio. Afinal, não temos como dividir um bolinho se não estivermos lado a lado. A instantânea rigidez de Cecily quando me sento não me surpreende, mas dói mesmo assim. Depois de um segundo, seu corpo relaxa no sofá. Eu a sinto em todo lugar, embora nem um centímetro da nossa pele esteja em contato. Sei que não estamos nos tocando porque olhei. *Várias vezes.*

Enquanto comemos, Cecily fala. Conta histórias bobas da sua infância e sobre o livro que está lendo. Sobre os vegetais que estão quase prontos para colheita na horta e o que ela planeja fazer com eles. Não falo muito, mas ou isso de fato não a incomoda ou ela é compreensiva à beça. Para um dia que costumo passar irritado e sozinho, não me canso de estar com ela. Mesmo nos momentos de silêncio, sua presença me acalma.

— Vamos continuar o episódio? — pergunta ela, no momento que estou tentando encontrar as palavras certas. Algo que me leve a beijá-la.

Com sorte minha mãe compreenderia o fato de eu ter passado mais tempo encarando os lábios perfeitos de Cecily do que assistindo ao seu programa favorito. De todo modo, sei todos os episódios de cor. Não consigo desviar os olhos quando ela desliza a língua para lamber uma migalha de bolo do lábio inferior. Ela solta um gemido baixinho ao pegar um "pedaço perfeito" — que, segundo ela, é uma parte com cobertura suficiente para causar uma cárie instantânea. É impossível não imaginar como seria a sensação daqueles lábios na minha boca, no meu peito, no meu pau. *Minha nossa.* Será que ela soltaria esse mesmo gemidinho com meu pau na boca? Se dependesse de mim, com certeza. Agradeço em silêncio pela preguiça de me levantar para acender as luzes quando o sol se pôs. Não há como esconder o volume se formando rapidamente dentro do meu jeans.

Preciso puxar um assunto para tirar da cabeça a imagem dela ajoelhada entre minhas pernas, olhando para mim. Ou inclinada no encosto do sofá — *para com essa porra.*

— Não sei se você reparou, mas os lilases se foram.

— É, eu reparei.

— Então... Agora você não precisa mais pensar no que eles representam. Como você falou.

O garfo escorrega da sua boca, e seus lábios entreabertos preenchem o espaço à nossa volta com um silêncio denso e incômodo. *Fiz merda de novo. É por isso que prefiro ficar calado.*

— É. É, hum... você tem razão. Enfim, acho que é melhor ir para casa. Está bem tarde.

Ela pousa o garfo no prato e faz menção de levantar.

— Cecily.

Instintivamente, agarro o braço dela para detê-la, e ela se encolhe. Ela *se encolhe de verdade*. Em um único gesto, muitas coisas a seu respeito se tornam cristalinas. Eu já desconfiava que ela tinha vindo para cá por algum motivo, mas agora acho que entendo do que ela está fugindo. Entendo por que fica tensa quando me aproximo demais. *Aquele filho da puta escroto*. Solto o braço dela e dou um passo atrás — não como um cachorro ferido, mais como um cavalo assustado.

— Eu não tinha intenção de... eu jamais faria isso. Se quiser conversar. *Você quer conversar?*

Ela balança a cabeça na mesma hora.

— É melhor eu ir dormir. Você está bem... em relação ao aniversário da sua mãe e tudo mais? Vai ficar bem aqui sozinho?

— Estou bem.

Ela vai mesmo fingir que não aconteceu nada? Vai se esquivar mudando de assunto e falando do aniversário da minha mãe? Por um breve instante, penso em mudar minha resposta e dizer que não, só para ver se ela ficaria.

Em vez disso, espero até ver as luzes do chalé dela se apagarem antes de pegar minha última cerveja e ir lá para fora. Mando mensagem para a única pessoa com quem posso contar para embarcar no meu plano insano enquanto sigo pela trilha iluminada pela lua. E *é* um plano totalmente maluco.

Austin: Tá acordado? Preciso de ajuda com um projeto.

Denny: Um projeto à uma da madrugada? Abandonar o rancho da família é uma opção? Se for, considere esse meu pedido de demissão.

Austin: Sim ou não? Me encontra na entrada de carros.

Denny: Tá, tá, tá. Só vou colocar uma calça.

Meu irmão aparece sete minutos mais tarde com uma garrafa de uísque na mão. Ele dá um gole e me entrega.

— Para que isso? — pergunto. Tomo um, dois e então três goles antes de limpar os lábios ardidos com o dorso da mão.

— Deduzi que qualquer coisa que fôssemos fazer a essa hora só poderia ser ilegal ou perigoso… possivelmente as duas coisas. Achei que um pouco de coragem líquida seria bom. — Ele dá mais um gole devagar e assente na direção das serras elétricas a meus pés. — Então, o que vamos fazer?

— Vamos cortar a porcaria dos arbustos de lilases.

13

Cecily

A agitação habitual da cozinha está ainda mais intensa às cinco da manhã. Quase dá para sentir a casa vibrando com tanta energia. Vozes altas, falando umas por cima das outras, me atingem antes mesmo de eu passar pela porta telada.

Fico surpresa ao ver todos reunidos em volta da ilha da cozinha. Os peões já deveriam estar enchendo os copos térmicos com café preto, pegando as marmitas na enorme geladeira industrial na despensa e enfiando na boca os muffins de mirtilo ou os bagels caseiros de Beryl enquanto saem. Beryl diz que somos responsáveis apenas pelo almoço deles, mas eles sempre podem contar com algum quitute recém-assado. O cheiro de massa assando é uma presença constante na casa.

— O que está rolando? — pergunto em meio a um bocejo enquanto vou até o bule de café.

— Fomos atacados por vândalos — diz Kate, em um sussurro. — No meio da noite.

— Cacete.

Arregalo os olhos e aguço os ouvidos para me concentrar no que os rapazes estão dizendo. *Merda, estão falando em vingança.* Os caubóis, que quase nunca falam sério, estão imersos em discussões sobre armar postos secretos de vigilância, quais armas manter à mão e perguntar aos ranchos vizinhos se eles foram atacados. Fico surpresa ao reparar que uma voz que eu esperava ser a mais importante em qualquer discussão sobre a proteção do Rancho Wells não está presente. Aliás, duas vozes. Examino todos os rostos, e não vejo nem Austin nem Denny em lugar algum.

— Cadê o Austin? — Lanço a pergunta no ar, sem dirigi-la a ninguém em específico.

Vários ombros erguidos e resmungos percorrem o grupo. Parece que só agora se deram conta de sua ausência. Em geral, Austin é o observador calado no ambiente, então não é uma grande surpresa que os rapazes não tenham reparado. Na maioria dos dias, eles mal se dão conta da presença de Austin bebericando seu café no ponto mais distante da mesa da cozinha. Eu, por outro lado, nunca *deixo* de notar. É como se ele fosse um ímã, e meu sangue contivesse minúsculas limalhas de ferro. Quando ele está no mesmo ambiente, é impossível não sentir o campo magnético.

Sinto uma pontada no peito ao sentar de frente para seu lugar habitual e dou um gole longo e exausto no café. Tive dificuldade de dormir essa noite, querendo voltar até o chalé dele e explicar minha reação exagerada quando ele começou a falar dos lilases. É claro que reparei nas flores murchando: eu os verifico todos os dias nas últimas duas semanas. O Google foi rápido em me garantir que morar em casas separadas é o suficiente para ser considerada separada do marido. Mas fui uma tola em fazer um acordo comigo mesma de esperar até que os lilases murchassem, e então esperei mais um pouco para ter certeza. Foi por isso que concordei em ir até a casa dele ontem à noite, como se fosse só uma transa casual. Mas não consegui simplesmente dizer *isso* quando ele mencionou as flores.

E bem na hora que eu começo a duvidar se ele estava realmente bem para ficar sozinho ontem à noite, alguém diz uma frase que corta meus pensamentos como uma faca.

— Cortaram todos os arbustos de lilás do portão da frente.

Kate atualiza o marido, Jackson, sobre o drama matinal enquanto ele coloca Odessa na mesa.

— Espera aí, fizeram o quê?

Eu me viro tão rápido que minha cadeira quase tomba para trás. Sinto meu estômago revirar mais ainda.

Kate balança a cabeça, incrédula.

— Os vândalos usaram uma motosserra nos lilases. Que tipo de pessoa faz isso? Já lidamos com manifestantes e adolescentes encrenqueiros, mas isso é muito esquisito.

Os olhos escuros de Beryl encontram os meus. Desde nossa primeira conversa sobre KJ no balanço da varanda, venho contando pequenos fragmentos aqui e ali. Contei sobre os arbustos de lilases. Sobre a promessa que fiz a mim mesma de deixar que os pensamentos em KJ murchassem junto com as vívidas flores roxas. Tomei cuidado para não mencionar a paixonite crescente por Austin Wells, mas a piscadinha dela enquanto nos encaramos do outro lado da cozinha lotada me confirma que ela sabe.

A porta telada quase despenca das dobradiças quando disparo por ela ao sair da casa. O sangue pulsando em meus ouvidos abafa o som do cascalho sob meus pés, e corro pelo caminho irregular. Uma brisa quente e úmida carrega o aroma doce e terroso de feno recém-cortado até o quintal. Um cheiro que aprendi a amar desde que parei de me importar em sentir cheiro de lilás a cada respiração.

Austin está saindo pela porta do seu chalé assim que subo os degraus aos pulos, trêmula e sem fôlego. Seu chapéu de caubói cobre os olhos castanho-claros, fazendo pouco para esconder a vermelhidão da falta de sono.

— Você — digo entre arquejos. Para ser sincera, não sei muito bem por que vim até aqui. Não tenho ideia do que dizer.

— Dia, garota da cidade.

Se ele tem alguma ideia de por que estou aqui, está disfarçando muito bem.

— Você os arrancou.

Levo a mão às costelas, tentando massagear uma fisgada. Austin me olha com curiosidade.

Ele só pode estar de sacanagem comigo, ele tem que saber do que estou falando.

— Os lilases.

— Ah, é? — Ele retorce os lábios.

Espere aí, foi ele *mesmo* que os arrancou, não foi? Só comentei algo sobre aqueles arbustos com ele e Beryl. É estranho demais para ser só coincidência.

— É, sim, tenho certeza de que foi você que fez isso. Todo mundo está achando que foram vândalos. Mas por que você fez isso?

— Para o caso de você ficar até a próxima primavera. Aí nunca mais vai precisar pensar *nele* de novo.

O jeito como Austin fala faz parecer que tem uma questão pessoal com KJ, o que não pode ser verdade, porque ninguém lhe contou nada sobre meu ex-marido.

Minha visão fica turva, e os músculos das minhas pernas tremem. Mesmo que eu tivesse a capacidade de formular palavras em meio à pressão esmagadora em meu peito, não sei o que dizer. Nunca fizeram algo assim por mim.

— Posso não saber sua história toda, mas entendi o bastante para decidir que não vale a pena pensar nele nem por um único instante. E eu não queria que você precisasse se preocupar com os lilases. Quer se sentar? — pergunta ele, olhando meu corpo que treme como vara verde.

Eu desabo nos degraus sem pestanejar, e ele se senta ao meu lado, pendurando o chapéu cor de areia em um dos joelhos dobrados. De perto e à luz do dia, seu cabelo escuro está entremeado por alguns fios grisalhos que brilham como veios de prata. Não consigo suportar o jeito como seus olhos estão suaves ao me olhar nesta manhã — tão diferente do jeito como se transformam em lava derretida quando tenho certeza de que ele está me secando ou em duas fendas escuras quando está irritado. Este olhar é novo e parece cheio de pena, o que é a última coisa que eu quero.

Será que Beryl deu mais detalhes a ele? Como ele sabe de alguma coisa? Por que ele se importa?

— Você está... Posso plantar tudo de novo se você quiser. Ontem à noite você teve uma reação bem intensa depois que falei daquelas malditas flores, e eu fiquei... eu precisava fazer alguma coisa. Provavelmente você nem vai ficar tanto tempo, mas eu queria... bem, caso você fique. Achei que talvez fosse bom não ter que se preocupar com a próxima florada. Vamos desenterrar as raízes durante o dia. — Ele está atropelando as palavras como se tivesse muito mais a dizer, mas não consegue ou não sabe como. — Fala alguma coisa? Estou acostumado que você seja a tagarela.

— Desculpa, só estou um pouco surpresa. Eu não imaginava que você fosse capaz de falar tantas palavras em sequência. — Os olhos dele lampejam com algo que não consigo identificar. Essa conversa expôs mais emoções dele do que eu jamais tinha visto. Ele está magoado ou furioso? Não sei dizer. — Desculpa, que grosseria a minha. Eu tenho o péssimo hábito de falar besteira quando estou desconfortável.

— Tudo bem. Eu entendo... Você também me deixa nervoso.

As bochechas de Austin assumem um tom rosa pastel, e ele baixa os olhos para suas botas de caubói empoeiradas.

— Não replante os lilases. Você não tem ideia do quanto significa para mim você ter feito isso. — Eu poderia abraçá-lo. Ou beijá-lo. Ou os dois. — Aqueles arbustos deviam estar na sua propriedade há, tipo, uns cem anos. E se os seus bisavós os escolheram por algum motivo ou algo assim?

— Os dois estão mortos. — Ele dá de ombros. — Você está aqui agora: viva e bem no meu rancho. Você se sentir confortável é muito mais importante para mim do que a possibilidade de os espíritos deles ficarem chateados por causa de umas flores bestas.

— Austin. — O nome dele sai ofegante, como uma súplica. Meu corpo se inclina intuitivamente em sua direção, e nossos braços se tocam. Se eu inclinar a cabeça só um pouquinho, a apoiaria confortavelmente no ombro dele.

O rosto dele se move na minha direção, e meu coração quase para. *Ele vai me beijar?* Inspiro seu cheiro amadeirado, guardando-o em meus pulmões como uma recordação. Não há mais lilases, não há mais KJ, e eu quero que esse homem gostoso das montanhas me faça esquecer que ele um dia existiu.

O calor tórrido de seu polegar desenha a linha do meu queixo, traçando caminho até meu lábio superior. Pela primeira vez em anos, sinto uma necessidade desesperada de ser beijada, e meus lábios se entreabrem levemente, minhas pálpebras se fecham, trêmulas. Para cada lembrança cruel de KJ, tento pensar em duas imagens de Austin. Como se pensar o suficiente em um arrancasse por completo o outro da minha cabeça.

Um murmúrio grave escapa pelo peito dele.

— Eu queria muito te beijar agora…

O jeito como sua voz se dissipa me diz que o pensamento está incompleto. Então, eu sussurro:

— Mas…?

— Mas não vou querer parar por aí. Vou querer passar as mãos pelo seu corpo e beijar cada pedacinho da sua pele. E não posso. Não quando você está sempre se esquivando do meu toque.

— Eu não… — tento argumentar, negar que reagi com nada além de puro desejo só de imaginar as mãos dele em mim.

Encarar a ideia de que posso ter sido destruída por KJ — nunca mais tolerar ser tocada por outro homem sem me retrair — é devastador.

— Se esquiva, sim. Quando chegar o dia em que eu puder fazer isso — sua mão áspera segura com delicadeza meu queixo, e sua garganta pulsa quando ele engole em seco — sem sentir cada músculo do seu maxilar tenso, vou te beijar até você não conseguir mais respirar. E farei muito mais se você permitir.

Um calor percorre todo meu corpo, obrigando minhas coxas a se apertarem e fazendo minha mente flutuar. Se houvesse um jeito de convencer meu corpo a deixar acontecer agora mesmo, eu faria. Não há nada que eu queira mais do que permitir que Austin Wells apague para sempre cada lembrança do merda do meu ex, com seus beijos, sua barba, as mãos calejadas pelo trabalho e o que houver por baixo dos jeans justo.

Minha voz falha quando admito meu medo recém-descoberto.

— Mas e se isso nunca acontecer?

— Ah, meu bem. Não tenho a menor dúvida de que vai acontecer. — Seus olhos não desgrudam dos meus lábios, nem quando ele afasta a mão. — Não é a mesma coisa, mas, quando eu era pequeno, convenci meu avô a comprar uma égua para mim no leilão. Ela era arisca, maltratada e apavorada. Não dava nem para chegar a três metros sem que ela se assustasse. Vencemos o campeonato de rodeio do ensino médio por dois anos seguidos na prova do laço. Só exige tempo. Confiança.

Confiança. Será que consigo confiar em alguém outra vez?

14

Austin

Com dezesseis peões trabalhando e nada além de cercas para consertar, estou exilado no meu escritório. Tenho trabalho a fazer e contas a pagar. Ainda assim, prefiro admirar a vista. A janela, que antigamente era usada para encher este sótão de fardos quadrados, me proporciona uma vista inspiradora das Timothy Mountains. Não olhei para aqueles picos o dia todo porque não consigo tirar os olhos de uma imagem muito mais deslumbrante. Cecily está trabalhando na horta ao lado da casa com uma regata preta e macacão jeans, o cabelo loiro preso numa trança francesa. Enquanto admiro seu trabalho árduo, observo-a se curvar, o que me faz concluir que não sou muito melhor do que um animal de olho na próxima refeição.

Quem diria que um macacão podia ser sensual para cacete?

Incapaz de suportar mais um minuto a admirando de longe, viro o resto do café, me levanto e caminho até a horta. Balançando a caneca vazia entre os dedos, abro o portão de madeira branco. As dobradiças rangem, e Cecily se vira na direção do som com um sorriso.

— Oi — dizemos ao mesmo tempo.

— Eu, hã, me deparei com esse livro e achei que você pudesse gostar. Já que curte história e tal, sabe? É sobre a história de Wells Canyon.

Mostro o livro de bolso para ela. Com "me deparei", quero dizer que fui especificamente ao centro de informações turísticas local e o comprei no dia seguinte ao que estivemos no rio. Eu deveria ter dobrado a lombada, feito orelha em algumas páginas... para que parecesse menos novo. Tornar mais crível que ele estivesse só jogado em algum lugar.

Ela se levanta, bate a terra das mãos e vem até mim. Faíscas saltam da sua pele para minhas veias quando nossos dedos se tocam. Não é só coisa da minha cabeça. Não há dúvida: ela também sente. E me encara com um olhar encantador e os lábios levemente entreabertos.

Cecily vira e revira o livro nas mãos.

— Que legal... obrigada. Noventa por cento deve ser sobre sua família, não é?

Faço uma careta.

— Merda... provavelmente. Imagino que também deve ter muito sobre a história indígena. Se não for o tipo de história que você curte, tudo bem. Acho que deve ser meio chato, mas você falou que gostava de livros de história e, bem... deixa pra lá.

— Não, Aus. É muita gentileza. Estou animada para ler. — Seus olhos me atravessam e seu sorriso suaviza minha expressão tensa. — Obrigada.

Porra. Não pensei no que faria depois de dar o livro a ela. Alterno o peso entre os pés, tentando obrigar o sangue a fluir para minhas pernas, e não para meu rosto.

Caneca de café, idiota. Balanço a caneca vazia para cima e quase a deixo cair.

— Enfim, só vim buscar um refil.

— Perfeito. Minhas costas precisam de uma folga. Vou com você.

Subimos as escadas juntos, e sou tomado pela decepção ao ver Beryl e Kate na cozinha, preparando o almoço do dia seguinte. Não é uma surpresa encontrá-las ali. Mas sinto uma pontada aguda no peito ao vê-las e perco o mísero fio de esperança de ficar sozinho com Cecily por mais tempo.

— E aí? — diz ela.

Eu me viro, cheio de expectativa, só para descobrir que ela não está falando comigo. Como um cachorrinho escorraçado, encho minha caneca e me arrasto em silêncio até minha cadeira. Tudo isso enquanto escuto discretamente — mas atento — Cecily falar toda empolgada sobre a variedade de tomates prontos para colher. Ouço-a argumentar com Kate sobre fazer salsa mexicana em vez de molho de tomate, porque é "mais difícil dar um toque especial à salsa comprada pronta, então precisa ser caseira".

Sua presença, afundando na cadeira à minha frente, me obriga a erguer os olhos da mesa desgastada.

— Ajude a resolver o impasse, Aus. A gente faz salsa mexicana ou molho de macarrão com a fartura de tomates que vem por aí?

— Salsa mexicana, óbvio.

— Resposta correta.

Seu pé toca o meu de leve. Eu poderia presumir que foi sem querer se não viesse acompanhado de um sorriso furtivo, que logo desaparece por trás de sua caneca azul-esverdeada. Só os olhos dela, radiantes e reluzentes, continuam visíveis por cima da borda enquanto ela dá um gole — fixos nos meus.

Nos seis dias desde que admiti que quero beijá-la — tanto para ela quanto para mim mesmo —, houve uma mudança indescritível entre nós. Mesmo que eu ainda me enrole com as palavras e acabe não dizendo nada. Mesmo que algumas coisas que eu diga saiam do jeito errado e me façam parecer um babaca. Embora o corpo dela ainda se retraia por instinto quando chego muito perto ou faço gestos bruscos.

Há um entendimento mútuo de que vamos nos beijar — é só uma questão de tempo. E, por enquanto, estou feliz com os olhares demorados, os sorrisos furtivos e o roçar de pés sob a mesa da cozinha. Tudo isso é um lembrete constante de que nós dois queremos que aconteça. E estou disposto a esperar o tempo que for para beijá-la.

15

Austin

Entro na casa principal para jantar depois do dia mais improdutivo que já tive. Pelo menos, a única tarefa que consegui concluir vale mais do que qualquer papelada: coloquei pneus novos na maldita lata-velha dela. Era evidente que ela não estava com pressa alguma de fazer isso, e não consigo evitar a esperança de que também seja porque ela não está com pressa de ir embora do rancho. Porém tenho plena consciência de que é uma esperança tola. Já entreouvi conversas entre ela, Kate e Beryl sobre Vancouver, confirmando meu receio e embrulhando ainda mais meu estômago.

— Vamos sair para o Stampede logo cedo. Última chance de mudar de ideia, Aus — diz Denny, me seguindo até a cozinha, onde Jackson, Kate e Odessa já estão sentados à enorme mesa de madeira.

Ocupo meu lugar de sempre, sentindo as marcas deixadas por milhares de horas passadas nesta cadeira. Caramba, tem até um círculo desgastado na mesa onde eu coloco minha caneca todos os dias há trinta e tantos anos.

— Alguém tem que ficar por aqui.

— Jackson dá conta da equipe reduzida, tenho certeza — diz Denny, enquanto o vapor do purê de batatas que ele se serve sobe e embaça minha visão de seu rosto. — Relaxa ao menos uma vez. Vai ser divertido. Muita cerveja, muitas gatinhas de rodeio.

— Eu adoro as gatinhas de rodeio! — exclama Odessa entre goles em seu copo de dinossauro.

— Nós dois, pequena — responde Denny, com um largo sorriso, apontando os dedos como uma pistola para nossa sobrinha, que cai na risada. Ele abre uma cerveja e acrescenta: — Se eu tiver sorte, algumas vão estar usando meu chapéu e cavalgando comigo depois que o rodeio terminar. Vamos, Austin. Relaxa um pouco.

Odessa se inclina até Kate e, num sussurro alto demais, pergunta:

— Mamãe, por que uma gatinha vai cavalgar com o tio Denny?

Kate dá um tapa em Jackson como se, de alguma forma, fosse culpa dele nosso irmão mais novo ainda não ter aprendido a medir as palavras na frente de uma criança de quatro anos. Apesar de Kate fingir que está brava, não conseguimos conter o riso. É impossível que a pobrezinha saia ilesa crescendo neste rancho — e duvido que isso seja a pior coisa que ela já ouviu.

— Se acha que isso vai me convencer, é bom parar de olhar só para o próprio rabo. — Sinto Kate me fuzilando com o olhar, e olho rápido para Odessa. — Quer dizer, traseiro. Para de olhar o próprio traseiro.

A menina ri e continua a comer o jantar com as mãos. Como mencionei, ela já ouviu coisa muito pior passando tempo nesta cozinha com os peões do rancho. Mas, por outro lado, duvido que haja uma garotinha mais protegida no país inteiro, então acho que Kate está disposta a relevar um linguajar duvidoso de vez em quando.

— Você está se esquecendo de uma coisa, Den. Por que ele iria para o Calgary Stampede se a garota que ele quer conquistar vai ficar aqui no rancho? — observa Kate, de um jeito carinhoso.

Na realidade, o fato de Cecily ficar no rancho tem pouco a ver com minha decisão de não fazer uma viagem de dez horas só de ida até o Calgary Stampede. E mais do que isso: eu preferiria quase qualquer coisa a participar do rodeio, farrear e dormir com mulheres aleatórias. Nos primeiros vinte e cinco anos da minha vida, eu não recusaria um convite para um rodeio por nada no mundo. Passei a infância vendo meu avô e minha mãe organizarem nosso rodeio local e sonhava em seguir os passos deles. Desde a adolescência até meus vinte e poucos anos, eu era movido pela emoção de uma apresentação vitoriosa, pela atmosfera animada do rodeio e pelas companhias femininas ocasionais. Mas faz um *bom* tempo que não me interesso por nada disso.

— Achei que você tinha dito que não queria mais se envolver com as garotas da cidade depois do que rolou com a Savannah?

Jackson lança um olhar de soslaio para mim. Denny dá uma risada.

— Isso foi antes de a gente cortar todas os lilases porque ela não gostava. O rapaz já está envolvido.

— Cala a porr... porcaria da boca, Denny. Não estou envolvido, e não vou me envolver. Sei muito bem que ela não vai ficar aqui.

— Nunca se sabe. Eu fiquei. — Kate dá de ombros, cruzando os braços sobre a barriga. — Olha, eu gostava da Savannah, mas ela não era feita para esta vida. Você estava apaixonado demais para ver isso, Aus.

— Uhum.

Aperto a ponte do nariz e olho para as sombras do pôr do sol que escorrem pelas montanhas. Essa conversa já deu.

— É verdade, cara. — Denny aponta o garfo para mim. — Ela sempre curtiu passar o verão, andar a cavalo, flertar com os caubóis e depois se mandar para o sul no inverno. Tipo um passarinho. Não sei por que você ficou tão surpreso quando ela foi embora de vez.

— Às vezes eu queria que você se mandasse para a porra do sul no inverno, Den. Dá um tempo.

Viro o resto da caneca com cerveja e coloco o guardanapo no prato.

— Olha a boca — repreende Kate com o olhar.

— Desculpa.

Denny ainda insiste no assunto.

— Mas a potranca não é assim... pelo que eu pude ver. Não flerta com os outros caras. Rala à beça aqui. E nunca mencionou irmãos na Flórida.

— O jantar estava ótimo, Kate. Valeu.

Minha cadeira arrasta no chão de madeira quando me levanto e saio. Eu a ouço chamar meu nome sem convicção enquanto cruzo a porta da frente. Estou a um passo de virar um recluso completo e deixar de ir aos jantares na casa principal. Parece que esses três sempre dão um jeito de virar a conversa para mim... e, ultimamente, para mim e Cecily.

Com a equipe reduzida pela metade nos próximos dias, sou obrigado a assumir mais tarefas do que de costume. Logo me ofereço para ajudar os peões no manejo do rebanho — mover mil cabeças de gado de um pasto para outro parece o jeito ideal de manter distância de Cecily. Posso até ter bancado o durão quando falei sobre esperar o tempo que fosse preciso para beijá-la, mas a promessa fica mais difícil de cumprir a cada sorriso, a cada rastro de seu perfume doce e a cada vislumbre de pele nua, quando ela se curva na horta. Se pretendo manter a promessa de não beijá-la até que ela esteja pronta, o melhor a fazer é dar o fora daqui por um tempo.

Talvez eu devesse ter ido para o Stampede.

Já estou pronto e com a montaria selada antes mesmo do sol raiar. Red vem cambaleado pelo estábulo pouco depois das quatro da manhã, com os olhos vermelhos e uma expressão carrancuda.

— Dia, patrão.

— Não foi para o Stampede?

— Não, que nada. Não foi muito bom para mim ano passado. Muitos caubóis de fachada querendo briga, muitos policiais montados querendo prender os caubóis de verdade por darem aos fajutos o que eles mereciam.

— Não posso dizer que estou chateado por não termos que tirar você da cadeia de novo.

— Sabia que ia gostar de me ver aqui, Aus. Você adora minha companhia.

Dou um grunhido.

— Você não me conhece mesmo, não é?

— Ah, não fode. Você me ama como se eu fosse um irmão, só é babaca demais para admitir. Ainda bem que o Denny fala por vocês dois.

Ele joga a manta e a sela sobre o dorso da sua égua alazã, Heathen. É um nome apropriado: "selvagem", pois ela o desafia sempre que pode. Para garantir que os cavalos descansem adequadamente, cada um de nossos peões reveza entre dez montarias. Por algum motivo, Red parece sempre ficar com os animais mais temperamentais a cada remonta.

O restante dos rapazes vai chegando aos poucos, até sermos nove ao todo. Alguns estão irritados por estarem em uma posição tão baixa na hierarquia que não puderam ir para o Calgary Stampede, e o resto está irritado por ter que fazer o dobro do trabalho enquanto estamos com pessoal reduzido. Todos resmungam do mesmo jeito enquanto selam os cavalos.

— Chega de reclamar. Temos gado para mover e Deus não vai nos dar mais horas de luz só porque estamos com pouca gente — grito enquanto monto minha égua de trabalho, Jubilee.

Depois de mais algumas reclamações, os homens seguem o exemplo e, na maior parte do tempo, permanecem calados durante a cavalgada até o outro lado da colina.

O grupo conta com nove homens a cavalo e quatro cães boiadeiros. Passamos horas conduzindo o rebanho de novilhos de um pasto para outro, por uma longa estrada de terra e atravessando as águas cristalinas do rio Timothy. Não consigo evitar de me perguntar se Cecily está lá no rio, pegando sol de biquíni na margem. *Cara, como eu queria estar lá.* O sol da tarde torra meus antebraços, por isso puxo a bandana de algodão para cobrir mais o pescoço e evitar uma queimadura.

Quando estamos voltando, o céu tingido de tons de roxo e rosa oferece luz suficiente para encontrarmos o caminho de volta até os estábulos. Com um grunhido cansado, tiro a sela de Jubilee, que se sacode, relaxando os músculos. Solto a pesada sela de couro sobre o suporte com um baque e sinto uma onda de relaxamento percorrer meu corpo. Suor de cavalo e poeira dominam o estábulo, e respiro fundo o cheiro reconfortante.

— Eu sei, garota. Precisamos sair mais vezes, certo? É bom, não é?

Acaricio o focinho de Jubilee com delicadeza enquanto escovo seu flanco encharcado de suor.

Quando ela está pronta para o merecido descanso, a lua já está alta no céu e milhares de mosquitos criam um zumbido suave no ambiente. Há uma grande chance de eu dormir em pé se parar de me mexer por tempo suficiente. Mas, quando vejo Cecily sentada nos degraus da varanda da frente da minha casa, sinto que poderia ser persuadido a ficar acordado a noite inteira.

Ela ergue os olhos ao ouvir minhas botas triturando o cascalho e seca os olhos rapidamente. Eles estão vermelhos de tanto chorar, e ela treme como se a temperatura estivesse bem abaixo dos agradáveis vinte e cinco graus. Ao vê-la nesse estado, o fato de eu estar morto de cansado e todo dolorido perde a relevância.

— O que aconteceu?

Eu a olho de cima a baixo. Ela está ferida? Aconteceu algum acidente? Meus pensamentos desenfreados disparam a mil por hora nos segundos que levam para ela responder.

— Desculpa, eu só… eu não sabia mais para onde ir. Eu estraguei tudo. Acho que posso estar em apuros e… — A voz dela falha, e preciso me conter para não tomá-la em meus braços. Qualquer que seja o problema, vou fazer desaparecer. Preciso que ela pare de chorar. — Posso ir embora. Deixa pra lá, não se preocupe. Eu precisava falar com alguém, e Beryl foi visitar a família. Kate está grávida e não tem que lidar com as minhas merdas. Eu só… entrei em pânico e vim até aqui, mas você não estava e… desculpa.

— Ei, não. Não. Fica. Estou feliz por você ter vindo. Entra.

Estendo a mão e, para minha surpresa, ela a aceita e me segue para dentro de casa. Encho um copo de água e o entrego a ela, que se senta no sofá.

— O que aconteceu?

Cecily solta um longo suspiro, enxugando as bochechas molhadas.

— Eu fiz merda, e ele sabe que estou aqui. Dei meu telefone a alguém que pensei que fosse minha amiga, e, quer dizer, só *pode* ter sido ela que deu o número para ele. *Merda.* Eu tinha ficado na dúvida se deveria passar o telefone para ela, e ela nem me ligou, por que fui me preocupar com isso? Ele pegou o número, procurou no Google, descobriu minha localização aproximada e ameaçou aparecer aqui. Não acho que ele pense em me procurar aqui no rancho, mas e se ele descobrir de algum jeito? E se ele aparecer aqui?

Não é necessário esclarecer quem é *ele*.

— Tudo bem. Não é culpa sua... Vamos lidar com isso se ele aparecer. Mas está tudo bem.

— Não, Austin, não está. *Não* está tudo bem. Ele vai aparecer aqui e — a voz dela se reduz a um sussurro quase inaudível, apesar da sala em total silêncio — tenho medo de que ele me mate.

Meu sangue ferve até o ponto de ebulição em um instante.

— Só por cima do meu cadáver.

Cecily solta o ar pelo nariz, como se achasse que estou brincando. Não estou.

— Eu só... não sei. Deixa pra lá, minha cabeça está um caos.

— Fale comigo, me ajude a entender o que está se passando na sua cabeça.

Tiro a bandana do pescoço e chuto as botas para um canto, antes de afundar no sofá ao lado dela.

— Não quero que você ache que precisa se envolver nisso se eu te contar.

— Meu bem, você vive na minha propriedade, e somos amigos, não é? Se tem alguém ameaçando você, já estou envolvido.

Ela assente com um ar sério.

— Beleza, acho que devo começar contando que... eu sou casada.

Passo a ponta dos dedos pela testa ao sentir uma dor aguda na têmpora. Havia uma marca no seu dedo anelar quando ela apareceu por aqui, mas, depois de todo esse tempo sem nenhuma menção a isso, comecei a me perguntar se não tinha imaginado coisas.

Casada.

Quase beijei uma mulher casada. Estava quase disposto a me arriscar a ser magoado de novo... por uma mulher casada.

— Bom, separada. E, supondo que ele assine os papéis, divorciada assim que puder entrar com o pedido. Precisamos estar separados durante um ano antes que eu possa fazer isso. Quis esclarecer isso por causa de… nós. — O canto dos lábios dela se ergue por um breve instante quando nossos olhares se encontram. — Conheci Beryl na internet, mas não através de um site de emprego, como ela contou para todo mundo. Nós nos conhecemos em um fórum para mulheres vítimas de violência doméstica.

Sinto meu sangue ferver de novo. Fecho os punhos no meu colo. Quando os olhos dela recaem sobre minhas mãos, vejo o medo atingi-la. Então relaxo os punhos e estico os dedos sobre as coxas, sentindo a tensão pulsar em cada um deles. A última coisa que quero é provocar ainda mais medo nela. Sei que Beryl tem um passado conturbado. Ela nunca entra em detalhes, mas já entreouvi comentários vagos ao longo dos anos, suficientes para saber que as coisas foram bem ruins com o ex-marido. Mas nunca pensei que ela poderia estar falando sobre isso com estranhos na internet.

— Beryl e eu conversamos por mensagem durante meses depois que KJ… esse é o nome dele… ia para a cama. Ela me ofereceu um emprego e um lugar seguro para ficar, mas eu sempre protelava. Eu sabia que o jeito que ele me tratava não estava certo, mas ele não me batia. Ele também sabia ser um doce, então eu ficava me questionando se precisava mesmo ir embora já que não estava em perigo. Ele fazia muitas outras coisas, mas nunca tinha me batido…

Sei quais vão ser as próximas palavras dela pelo tremor no queixo e pelo lento deslizar de sua língua pelo lábio inferior.

— Até que ele bateu, na noite em que vim para cá.

Entrelaçando os dedos atrás da cabeça, encaro o teto com um suspiro trêmulo. Uma saliva espessa se acumula no fundo da minha garganta.

— Ele *bateu* em você.

As palavras não parecem reais, ainda que eu já suspeitasse que ele era o motivo por trás das reações tensas dela.

— É burrice, mas acho que eu nem teria vindo até Wells Canyon se ele tivesse parado por aí. Eu teria saído para dar uma volta de carro, esfriado a cabeça e depois voltado para casa. Pelo menos, ele ficava incrivelmente amoroso por um tempo depois que brigávamos. Mas ele demonstrou uma calma sinistra enquanto eu pegava minhas coisas e, para ser sincera, essa devia ter sido minha primeira dica. Não havia chance de ele me deixar ir embora sem briga.

Foco o olhar nas nodosas tábuas de madeira aos nossos pés, seguindo cada sulco para conter a ardência furiosa por trás das minhas pálpebras.

— Mas ele não parou por aí?

Finalmente dou uma utilidade a minhas mãos trêmulas e seguro as dela. Cecily me olha como se precisasse de um abraço, e não há nada que eu quisesse mais do que ser a pessoa a consolá-la. Cada tendão do meu braço dói com o desejo de abraçá-la. Se ao menos eu tivesse certeza de que ela também quer isso.

— Não — sussurra ela. — Quando tentei ir embora... ele apareceu com uma arma. Ameaçou atirar se eu entrasse no carro.

Nossa respiração preenche o silêncio absoluto do cômodo pelos segundos seguintes. Tudo parece pesado, o ar é espesso e cada osso do meu corpo implora para estar mais perto dela.

Que se foda, ela precisa de um abraço.

— Vou te abraçar, tudo bem?

Observo-a com atenção, esperando o lento e sutil aceno de cabeça.

Solto suas mãos, e logo meus dedos roçam os braços dela antes de envolvê-la pelos ombros, puxando-a para mim. Ignoro a tensão em seu corpo contra meu peito e a abraço com força, deixando que seus olhos úmidos encharquem minha camisa até que suas lágrimas inundem meu coração. Rezo em silêncio para que exista um jeito de absorver a angústia dela e aliviar sua dor.

Tento lembrar a última vez que abracei alguém. Que senti o peso de um corpo pressionado contra o meu, o calor de uma respiração em meu pescoço. Ela precisa ser abraçada, e estou consumido por uma necessidade infinita de abraçá-la.

Ela solta um soluço entrecortado, e eu, egoísta, a aperto ainda mais. Não demora para que os músculos dela se derretam nos meus, então uso a mão apoiada em suas costas para puxá-la ainda mais para perto. Tão perto que nossos corações batem em uníssono e nossa respiração forma uma melodia perfeita. Ela se aninha no espaço entre minhas pernas e meu queixo repousa firme no topo de sua cabeça.

— Desculpa despejar todo esse trauma. Foi coisa demais para jogar em cima de você, com certeza a última coisa que você queria era voltar para casa e acabar com uma garota chorona no colo.

Odeio vê-la chorar. Mas definitivamente não me incomodo que ela esteja no meu colo.

— Não precisa se desculpar. Você não deveria ter que lidar com toda essa merda sozinha. Estou feliz por ser seu confidente. Gostei de você ter vindo aqui em vez de ficar sozinha.

— Não me senti segura em casa e não sabia bem para onde ir. Achei que estaria segura… com você.

Ela desliza a cabeça ainda mais sob meu queixo, aninhando-se em mim. Sinto o aroma doce de coco do cabelo dela, e instigado por um único pensamento — *foda-se* — me arrisco e acaricio os fios sedosos com minha mão áspera.

E foda-se meu coração também. Não consigo manter distância nem fingir que só quero algo casual com ela. Para falar a verdade, duvido que eu seria capaz de fazer qualquer uma das duas coisas. Vai doer para cacete se ela for embora, mas vai ter valido a pena.

— Você está segura. Contanto que esteja aqui comigo, estará segura. Não vou deixar nada de ruim te acontecer — sussurro em seus cabelos.

Sinto um nó apertado no peito e duvido que conseguirei respirar normalmente até que chegue o dia em que ela não precise sentir medo.

— Eu sei.

Duas palavras simples que aquecem meu coração. Se não fosse a dor queimando em meu peito, eu estaria nas nuvens.

— Austin? — A voz dela é um sussurro.

— Hum? — Estou lutando contra o sono nesta posição, a cabeça apoiada na dela e seu corpo me envolvendo como um cobertor quente.

— Você está cheirando a cavalo e suor.

— Aposto que sim. — Dou uma risada. — Vou tomar um banho e depois vamos te colocar na cama. Você vai dormir aqui esta noite. Vou ficar acordado de vigia para que possa descansar de verdade.

Ela apenas assente, uma prova do quanto está assustada. Parte de mim torce para que aquele desgraçado seja burro o suficiente para aparecer aqui hoje à noite. Eu adoraria descarregar a raiva reprimida que se enraizou em meu estômago desde que ela me contou tudo. A outra parte quer que ela nunca mais tenha que ver a cara dele de novo.

Vou até o banheiro e abro o chuveiro. Com sorte, uma ducha fria vai me deixar desperto o suficiente para passar a noite toda sentado à janela.

— Austin? — A voz de Cecily vem acompanhada de uma batida na porta.

Abro a porta depressa.

— O que aconteceu?

— É bobeira. Mas posso ficar aqui enquanto você toma banho?

Ela está pedindo porque está com medo de ficar sozinha, mas meu pau parece ter entendido outra coisa. E o súbito atrito na minha calça só alimenta meus pensamentos impróprios. *Talvez seja mais seguro se a gente tomar banho juntos.* Puta que pariu.

Mas consigo dar uma resposta adequada.

— Sim, claro.

Ela se senta no chão do lado de fora do banheiro, e eu balanço a cabeça.

— Não se sente no chão. É melhor… posso deixar a porta aberta e você fica na sala ou pode se sentar aqui dentro.

— Está bem. — Ela senta em cima do vaso fechado e tapa os olhos com as mãos. — Beleza, vai em frente. Prometo não olhar.

Meus dedos trêmulos demoram mais do que o normal para desabotoar minha camisa, mas enfim fico só de cueca no pequeno banheiro. A menos de um metro dela. Quando enrosco os polegares no cós, o único pensamento que me vem é: *Merda, ela pode abrir os olhos a qualquer momento.* A possibilidade de ela me espiar — me ver completamente nu — me deixa ereto de vez antes que minha cueca chegue ao chão.

— Pode abrir os olhos — digo por trás da cortina do chuveiro.

Apesar do jeito como a água massageia meus músculos doloridos, este é o banho menos relaxante que já tomei. É um sufoco me concentrar em qualquer coisa além da mulher linda do outro lado da cortina, do desgraçado do marido abusivo dela e da ereção totalmente fora de hora que precisa sumir. Ainda mais porque não posso fazer absolutamente nada em relação a esses problemas agora.

Quando a água gelada enfim produz efeito o suficiente para eu sair sem armar uma barraca na toalha, enrolo uma toalha azul-marinho na cintura e dou um passo para fora da cortina. Os olhos dela percorrem meu corpo como um toque fantasma antes de se fixarem no meu peito.

— Minha nossa! Isso é... uma marca a ferro quente?

Cecily se levanta num salto e passa os dedos pela cicatriz desbotada. Ela desenha com cuidado a marca do rancho, o "W" com o caibro, como se fosse um ferimento recente. Seu toque causa uma onda de faíscas que percorre todo o meu corpo. Por mais que eu esteja ávido para sentir as mãos dela em mim, eu esperava que fosse em circunstâncias diferentes.

— Eu disse que tinha experiência.

— Achei que você estava só brincando comigo. *Nossa.* É um pouco insano, mas te dá um ar de fodão. Doeu muito mesmo?

Ela ergue os olhos para encontrar os meus, mas não afasta a mão. Minha pele parece estar sendo queimada de novo sob seu toque quente e suave. Se eu soubesse que ela reagiria assim, teria deixado de usar camisa semanas atrás.

— Não foi uma delícia... a gente não tem o couro grosso do gado. O uísque ajudou um pouco.

— Aliás, Denny e Red têm uma dessa também, não é? Nunca perguntei, mas presumi que tinham perdido uma aposta ou acharam que era uma boa ideia depois de uma bebedeira. Todo mundo aqui tem uma ou você esconde um lado selvagem por trás dessa pose de responsável??

— Só quem fica tempo suficiente por aqui para merecê-la. Eu, meus irmãos, Red... meu pai. Aliás, nem sempre fui esse chato que sou hoje em dia. Eu costumava ser um cara bem divertido.

Ela balança a cabeça com uma risada, o cabelo loiro esvoaçando pelos ombros.

— Dizer que era "um cara bem divertido" não convence muito, e eu não falei que você é chato. É muita responsabilidade ter um rancho inteiro para administrar e pessoas que dependem de você. Se agisse com metade da imprudência de alguns caras por aqui, esse lugar já teria desmoronado. É admirável a forma como administra tudo, mesmo que isso te deixe rabugento às vezes.

A mão dela continua acariciando meu peito distraidamente, a pontinha dos dedos traçando o "W" em relevo sem parar. É uma espécie de feitiçaria — o jeito que ela parece tocar direto no meu coração.

— Sabe... — diz ela, reflexiva. — Eu também costumava ser divertida.

Costumava? Ela está sempre fazendo piada com os rapazes, curtindo à beira do rio, dançando pela cozinha com as garotas e cantando na horta.

— Você ainda parece ser bem divertida.

— É porque estou fazendo um esforço consciente para voltar a ser quem eu era. Sabe, não te faria mal tirar um tempinho para você de vez em quando. Relaxar. Se divertir... ser um pouco imprudente.

As pontas de seus dedos deslizam pelo meu peito de um ombro a outro, deixando um rastro de arrepios pelo caminho.

— É?

Meus olhos encontram os dela. A iluminação quente do teto faz os pontinhos azul-claros em seus olhos cintilarem. Não parece que estamos falando de um tipo inocente de imprudência neste momento.

O canto de seu lábio estremece, e ela parece mais perto de mim do que há um segundo. Não sei se ela está se aproximando ou se sou eu que estou me inclinando para ela. Mas não há como negar que o espaço entre nós diminuiu, porque a mão dela, ainda acariciando minha marca, mal cabe entre nós.

— Você é um bom homem, Aus. Mas não há vergonha em fazer o que *quer* de vez em quando, não só o que acha que deve fazer.

Eu *quero* beijá-la. Arrancar o jeans de seu corpo e deixar minha toalha cair no chão. Envolver aquelas lindas pernas bronzeadas na minha cintura e carregá-la até minha cama para transar até ela esquecer o escroto do ex. Saboreá-la, beijar cada pedacinho de seu corpo, fazê-la gozar e depois abraçá-la a noite toda. Transar com ela até cansar, levar o café da manhã na cama e passar o dia seguinte mostrando a ela como eu sei ser *um bom homem*.

Não há vergonha em fazer o que você quer... de vez em quando. Mas na mesma noite em que ela é ameaçada pelo marido e vem chorar em meus braços? Não. Não é hora de fazer nada que eu queira fazer.

— Vou me lembrar disso, meu bem — digo, com um sorriso gentil.

Cecily dá um passo para trás e deixa a mão pender ao lado do corpo, como se só agora percebesse o quanto havia se aproximado. Não que eu me importe. Na verdade, eu queria que ela chegasse ainda mais perto.

— Não me ocorreu perguntar no dia da marcação, mas qual o significado do desenho?

Limpo a garganta.

— O W é de Wells, claro. Essa forma acima é chamada de caibro ou meio losango. Quando meus bisavós criaram o desenho, queriam que o caibro simbolizasse o lar que estavam construindo aqui. Acho que eles não faziam ideia de que estavam criando um legado. Só estavam tentando alimentar os seis filhos e, naquela época, o governo dava terras de graça se a pessoa estivesse disposta a cultivá-las. Então, eles se mudaram para cá, e foi assim que tudo começou.

— Que lindo.

Nunca parei muito para pensar nisso, mas acho que é, sim.

— Vem, quer uma camiseta para dormir? Ou quer que eu vá até seu chalé pegar algo para você?

Saio do banheiro atrás dela, deixando para trás o momento mágico e íntimo entre nós.

— Uma camiseta está ótimo. Não quero mesmo ficar sozinha, e com certeza não quero ir lá fora esta noite.

— Então vamos te colocar para dormir. Está tarde, e aposto que está cansada.

— E você? — Ela boceja, pegando a camiseta cinza do rancho das minhas mãos. — Você trabalhou o dia inteiro. Não está cansado?

— Meu bem, já passei muitas noites de vigia com uma arma nas mãos na temporada de parição. Vou ficar muito bem. Você precisa descansar mais do que eu.

Vou beber café direto da garrafa a noite toda. Mas não ligo.

16

Cecily

Não foi uma noite tranquila, mas, se era para ficar acordada e ansiosa, pelo menos estava em uma cama king size aconchegante com o cheiro do sabonete de cedro e especiarias de Austin. Talvez eu tenha inspirado de leve o travesseiro dele, tentando reunir coragem para convidá-lo a se juntar a mim. Nem que fosse só para sentir o mesmo aconchego que ele me deu no sofá. Estou perdida nesse pensamento, com medo de encarar o dia, quando vejo a vela que ele comprou comigo na mesinha de cabeceira e não consigo evitar um sorriso.

Ao abrir a porta do quarto de mansinho, fico um pouco surpresa ao vê-lo ainda sentado, vigilante, em uma poltrona que ele arrastou para perto da janela da sala. Como ele disse que faria, há uma arma grande em seu colo, o que por um instante aciona um alarme na minha cabeça.

Nem todas as armas são ruins, Cecily. Se ele quisesse me matar, já teria feito isso um milhão de vezes. Respiro fundo, controlando o pânico, até minha frequência cardíaca voltar quase ao normal. O mais próximo possível do normal quando Austin está por perto.

O sol nascente se infiltra através de um grande pinheiro lá fora, projetando sombras em forma de galhos pelo piso de madeira e pela parede do fundo. Parecida com meu chalé, a casa de Austin é feita de madeira e tem comodidades simples. Embora ele tenha a sorte de ter um quarto separado e uma cozinha um pouco maior.

— Bom dia, meu valente defensor — provoco, sempre tentando minimizar as situações que envolvem KJ.

— Dia. Tem café na garrafa.

Austin se vira na poltrona. Seus olhos vermelhos e injetados encontram os meus, então sou tomada pelo arrependimento de fazê-lo pensar que precisava se envolver nisso. Ainda mais porque KJ obviamente não apareceu na noite passada. Austin havia passado o dia conduzindo o gado. Ele precisava dormir mais do que eu.

— Desculpa deixar você acordado.

— Não precisa pedir desculpa por coisas que não exigem um pedido de desculpa.

— Descul...

Ele balança a cabeça, então um sorriso sonolento se abre em seu rosto.

— Precisamos trabalhar nisso. Enfim, já liguei para Jackson, e ele vai sair com os rapazes hoje. Nós vamos ajudar Kate com o que quer que ela precise. E depois você vai ficar na minha casa até os rapazes voltarem de Stampede. Quando eles chegarem, vamos nos certificar de manter alguém do lado de fora da sua casa toda noite até *ele* admitir a derrota... ou aparecer por aqui e encontrar uma recepção calorosa no Rancho Wells. De qualquer forma, você não precisa se preocupar mais com ele. Ele não vai chegar nem perto de você.

Quero dizer a ele que não precisa de nada disso, mas não sei bem se é verdade.

— Nossa, quantas palavras vindas de você, grandão.

— Cecily. — Seus olhos se estreitam, num olhar quase paternal.

— Obrigada. Hã... você contou a Jackson e Kate o que está acontecendo? — Engulo em seco.

— Não. Todo mundo tem um passado, meu bem. Não cabe a mim falar do seu. As pessoas aqui confiam umas nas outras, e vamos à guerra uns pelos outros sem nem ao menos saber o motivo.

Se eu não tivesse esgotado meu estoque de lágrimas ontem, estaria chorando agora. E bem que eu gostaria que ao menos uma única lágrima brotasse em meus olhos para que ele me aninhasse em seu peito outra vez. Adoraria passar a manhã toda sentindo seus dedos acariciarem meu cabelo, ouvindo apenas as batidas do seu coração. Se a noite passada foi a tempestade da qual Beryl falou, então Austin foi o cobertor quente que me envolveu. Perto de uma lareira tão aconchegante que é impossível não adormecer. Mantendo-me aquecida, confortável e *segura*.

— Vamos tomar café da manhã. Se eu não levantar e me mexer, vou desmaiar.

Austin esfrega os olhos e boceja.

— Vai dormir um pouco. Vou para a casa principal ficar com Kate e Odessa.

— Não, de jeito nenhum. Mais um motivo para eu estar lá, só por precaução.

Ele se levanta e espreguiça, revelando a parte inferior do abdômen, e eu me lembro de como estive perto de beijar seu peito nu ontem à noite. Do quanto eu queria deslizar a mão da marca logo acima do coração até a trilha de pelos escuros e cobrir seu abdômen de beijos.

— Austin? Posso te abraçar?

— Não precisa pedir, meu bem.

Ele me puxa para si, descansando a bochecha no topo da minha cabeça. Enrosco os dedos no tecido de sua camisa e respiro bem fundo. Sua mão desenha círculos lentos nas minhas costas, aliviando a tensão entranhada em meus músculos. *Agora* estou pronta para encarar o dia.

Enquanto caminhamos até a casa, tiro o telefone do bolso e o entrego a Austin. A essa altura, é melhor colocar todas as cartas na mesa. É bom que ele veja a merda com a qual estou lindando, por isso não vou culpá-lo se ele me mandar embora do rancho. Ainda mais agora, que ele me lembrou de que minha presença não é um perigo apenas para mim ou para ele. Se KJ aparecer aqui, todos estão em risco.

Bastaram só algumas mensagens de texto de um número restrito para me fazer ter certeza de que — por mais que eu achasse que estava perto de seguir em frente — KJ ainda tem poder sobre mim.

Número restrito: Última chance, Cecily. Achou que eu não conseguiria seu número novo, né? Achou que eu não ia procurar no Google o código de área? Já restringi bastante sua localização. Está entre algumas poucas cidadezinhas.

Número restrito: Você sabe que aí não é seu lugar, linda. Aposto que está sentindo falta das manicures, das massagens e das comprinhas que tanto adora.

Número restrito: Vem pra casa, e a gente finge que esse seu pequeno surto psicótico nunca aconteceu.

Número restrito: Não esqueça que somos casados, Cecily. Se você não vier para casa, eu vou até você. Vou achar a merda de cidadezinha em que você se enfiou e te arrastar para casa por bem ou por mal. Até que a morte nos separe, linda.

Austin para de repente, as botas levantam poeira quando ele se vira para me encarar.

— Meu Deus. Para mim, isso aqui com certeza é uma ameaça.

Faço uma careta.

— Se for demais, é só falar e vou embora. Não quero colocar sua família em risco por ficar aqui, porque não tenho dúvida de que ele vai cumprir com o que está dizendo. Talvez não hoje, nem amanhã, nem semana que vem. Mas tenho certeza de que cedo ou tarde ele vai aparecer.

— Também tenho certeza. Quer dizer… dá para entender por que ele quer você de volta. — Austin fica corado, o que faz meu coração disparar. — Mas não posso, em sã consciência, deixar você ir embora assim. Se quiser ir um dia, vou entender. Mas não antes que a gente dê um jeito nesse cretino. Entendeu?

— Entendi.

— Pode contar para Kate o que está acontecendo se quiser. Mas talvez seja melhor deixar de fora a parte da arma, tudo bem?

Ele segue em direção à casa principal, sem esperar minha resposta. Suponho que ele não queira que ela saiba da história toda porque é uma mulher inteligente e tem uma família com a qual se preocupar. Não importa que tenhamos nos tornado amigas. Serei expulsa da propriedade num piscar de olhos se ela pressentir qualquer perigo grave.

— Mas o que aconteceu? — Kate está na varanda da frente, o jeito como suas mãos sustentam a lombar faz sua barriga parecer mais saliente do que o normal. — Por que mandou Jackson sair logo cedo? Aliás, só para constar, eu e Odessa acordamos com a ligação, seu babaca.

— Foi mal — murmura Austin, passando por ela e entrando na casa.

Kate balança a cabeça para mim, completamente confusa e preocupada por seu marido ter sido tirado da cama antes do amanhecer, justo em seu dia de folga. Ainda mais depois de ver que Austin não saiu com a equipe como combinado.

— Kate, tenho que te contar umas coisas complicadas.

Indico com a cabeça as cadeiras de vime ao lado da porta da frente.

Conto uma versão resumida de tudo, parando para responder suas milhões de perguntas sobre minha vida antes do Rancho Wells. Toda a merda que KJ me fez passar nos últimos três anos. De canto de olho, vejo Austin se esgueirar pela porta e se sentar nos degraus da frente com um café fresco. Um observador silencioso. Ele só tinha ouvido os detalhes da noite em que fui embora e da minha situação atual, então essas outras informações também são novidade para ele. Graças aos hormônios da gravidez, Kate chora... *e muito.* Austin está sentado com a cabeça enterrada entre as mãos e a perna sacudindo de ansiedade sobre o degrau. E, durante todo esse tempo, de forma surpreendente permaneço apática. Entorpecida. Fria. Como se estivesse narrando um livro que li, e não contando a minha história.

Quando chegamos à situação atual, sigo o conselho de Austin e deixo de fora a parte da arma. Kate chora tanto que parece até que o trauma é dela, não meu. Não preciso aflorar ainda mais suas emoções de grávida, então não me sinto tão culpada pela omissão.

Depois que ela finalmente para de chorar, nós três entramos. O dia segue quase normal, exceto pelo fato de Austin trabalhar com sua papelada à mesa da cozinha e Kate me bombardear de perguntas. Termino os afazeres do dia e, a esta altura, estou mental e emocionalmente esgotada. Quando Austin sugere voltarmos para a casa dele, nem consigo encontrar palavras para responder. Um simples aceno de cabeça e uma caminhada lenta até a porta da frente bastam.

Ficamos pelo menos uns vinte minutos sentados em um delicioso silêncio antes de reunir coragem para conversar.

— Será que a gente deve jantar aqui?

Austin me encara com olhos suplicantes da outra ponta do sofá.

Suspiro bem alto.

— Por favor. Acho que não dou conta de mais choro hoje. Será que a gravidez deixa a produção lacrimal cem vezes mais eficiente do que o normal? Eu estava começando a ficar com medo de ela desidratar.

Durante o dia inteiro, os olhos de Kate ficavam marejados toda vez que olhava para mim. *Toda santa vez.* Se, sem querer, eu mantivesse contato visual por tempo demais — pronto, mais lágrimas. Falei a ela que responderia sem problemas a qualquer outra pergunta que tivesse, e me arrependi na mesma hora. Não por ficar desconfortável em responder, mas porque a fazia chorar. Chegou ao ponto de Austin precisar sair para brincar com Odessa lá fora, para que a menina não se preocupasse. Apesar da minha apreensão por ela passar o dia inteiro estressada, o que não é nada saudável, Kate insistiu em saber de todos os detalhes. Admito que foi bom ter conversas abertas e profundas, sem precisar mais carregar o fardo de um segredo tão pesado. Depois de três anos sem ter ninguém com quem contar, tendo que lidar com tudo sozinha, comecei a duvidar que ainda seria capaz de deixar as pessoas me conhecerem de verdade, até chegar ao Rancho Wells.

— Beleza. Pode ser macarrão instantâneo com queijo? — pergunta ele. — Não tenho muita coisa na despensa aqui.

KJ nunca teria permitido macarrão instantâneo com queijo em sua casa. Para ele, só refeições caras e sofisticadas valiam a pena — tudo muito diferente dos lanches congelados, do macarrão com queijo e do cereal que eu amava quando era criança. Mesmo que eu insistisse em comer algo assim, ele *nunca* prepararia para mim. Ou qualquer outra coisa, na verdade.

— Nossa, sim, *por favor.* Não como isso há anos. — Afundo ainda mais no sofá com um gemido que o faz arquear as sobrancelhas. — Aaaah, você tem salsicha também?

— É fácil te agradar. Gostei. — Ele dá um tapa nas coxas e se levanta. — Salsicha e macarrão com queijo saindo.

— Eu posso ajudar. — Eu o sigo, ciente de que a cozinha é pequena demais para que a gente trabalhe lado a lado sem se esbarrar. Sinto um calor percorrer minha pele, como se eu fosse uma adolescente nervosa torcendo para que o dedo mindinho do garoto fofo roçasse no meu durante nosso encontro supervisionado. — Coloca a água para ferver, e eu pego as salsichas.

Encarar a panela até a água ferver não vai encher meu estômago faminto mais rápido, então olho para ele. Austin está encostado nos armários de carvalho, de braços cruzados. As veias do antebraço traçam um caminho tentador até o bíceps, sob a manga da camisa, e minha mente divaga sobre como ele estava bonito na noite passada. Os pelos do peito ainda úmidos depois do banho, as saliências das clavículas, os músculos fortes dos ombros. Um espetáculo de beleza rústica, e ele parece nem se dar conta. Ele é tão bonito que ofusca os outros caubóis — apesar de alguns deles serem *muito* atraentes pelos padrões convencionais.

Ao me flagrar olhando, ele dá um sorrisinho.

— No que está pensando?

No quanto eu quero rasgar suas roupas. Mas não tenho coragem de dizer o que estou pensando. Não quando seus olhos estão me despindo como agora.

— Kate me fez mais ou menos um bilhão de perguntas pessoais hoje, já você não perguntou nada. Agora é sua chance.

Austin pressiona a língua no interior da bochecha e desvia o olhar para baixo. Após alguns instantes silenciosos, ele pergunta com sua voz grave:

— Você ainda o ama?

— Nossa, não — respondo num impulso, pega de surpresa. É a verdade. — Por muito tempo, no começo, eu o amava, sim. Achei que meu amor seria suficiente para fazê-lo mudar. E mesmo quando comecei a perceber que eu já não o amava mais, lutei contra isso. Muito. Quer dizer... às vezes ainda fico triste por ver o rumo que essa história tomou. Mas, para responder sua pergunta, não. Não o amo há muito, muito tempo. Falei sério quando te disse que vou entrar com o pedido de divórcio assim que puder.

Bem do jeito Austin de ser, ele emite um único grunhido e me encara.

— Mais alguma pergunta?

— Ah, eu tenho perguntas, mas nenhuma é para você.

— Beleza, posso te fazer uma então?

Ele arqueia uma sobrancelha e um músculo de seu maxilar se contrai.

— Você me vê de um jeito diferente agora?

Engulo em seco, esperando sua resposta. Pela primeira vez, olho para todos os lados, menos para ele. Os puxadores pretos do armário, a toalha listrada pendurada na alça do forno, o único ímã em forma de árvore na porta da geladeira — que parece ser obra de Odessa. Não sei bem se quero que ele diga sim ou não. Nenhuma das duas parece a resposta *certa*.

— Vejo. — Ainda bem que ele respira bem fundo por nós dois, porque meus pulmões travaram. — Aconteceu tanta coisa com você... coisas das quais as pessoas mais resilientes que conheço não conseguiriam se recuperar. Ainda assim, de alguma forma, você é o raio de sol deste maldito rancho. Eu jamais teria adivinhado que você está passando por tanta merda. Porra, não faço a mínima ideia de como você consegue ser tão forte.

Suas palavras são como um bálsamo suave.

— Acho que não tenho nem metade da força que você acha que eu tenho. Hoje eu só não chorei porque já esgotei esse poço tantas vezes que perdi a conta. Não é que eu seja forte, já estou entorpecida com tudo isso, e não sei se é algo digno de admiração.

— Pode acreditar, já passei por isso…

Um breve incômodo lampeja em seus olhos, desaparecendo quando ele se vira bruscamente. O gesto desarruma um pouco mais seu cabelo escuro e revolto.

O macarrão cru cai na água da panela com um respingo, em seguida Austin se aproxima de mim.

— Eu vi que tinha algo errado no aniversário da minha mãe, quando segurei seu braço e você se retraiu, mas não esperava tudo aquilo que você nos contou. Quero que saiba que eu nunca teria feito aquilo… te segurar daquele jeito… se soubesse. Desculpa.

— O lance de guardar segredos é que não se pode culpar as pessoas por não saberem deles.

Os braços dele pendem nas laterais do corpo, e, tomada pelo impulso inesperado de estar mais perto dele, dou um passo em sua direção. Meu tórax toca no de Austin, e relaxo contra seu corpo grande e quente. Seus braços firmes enlaçam minhas costas, me puxando para mais perto com delicadeza. Cada ponto de contato entre nossos corpos está em chamas, como se eu tivesse caído em uma banheira de gel quente e frio. Queima de um jeito tão bom. As pontas dos dedos de Austin desenham uma linha descendo pelo meu braço, o toque suave dispara uma centelha que dança e rodopia pela minha pele.

Inclino a cabeça para encará-lo e passo a palma da mão em seu queixo, atraindo seu olhar até o meu. Meus olhos se fecham e eu me aproximo para sentir sua respiração na minha pele. Nos meus lábios. Ao redor da minha cintura, seu braço me segura mais forte e sua mão aperta de leve meu quadril. O mesmo gesto que KJ fazia em público quando queria fazer parecer que estávamos apaixonados. Sem aviso, meu corpo se retrai como se eu estivesse caindo. Um reflexo traiçoeiro que nem me dá tempo de refrear. Sempre observador, Austin se afasta, e seus olhos se abrem, cheios de preocupação. Estou vulnerável e desolada, incapaz de enxugar as lágrimas de vergonha que umedecem meus olhos.

— Cecily, eu não posso. *A gente não pode.*

— Me desculp…

Ele franze as sobrancelhas e aprisiona a palavra na minha garganta. *Nada de pedir desculpas.*

— Quero que você me toque, mesmo que meu primeiro instinto ainda seja de recuar. Porque pode ser que essa ferida nunca sare. Não quero que seja assim, mas tenho medo de que seja. E se for… isso significa que eu não mereço mais sentir um toque carinhoso? Estou tão arruinada assim?

— Você não merece nada além de toques de carinho. Sempre. Você não está arruinada nem ferida. Você é perfeita, mas seu corpo está assustado… e com razão, porra. E não quero fazer nada que a deixe desconfortável. Ainda mais quando não sei se você me diria se estivesse.

Ele… *não* está de todo errado, por mais que doa admitir para mim mesma. Duvido que um dia eu tenha coragem, ou a vontade, de dizer a ele se estou desconfortável com alguma coisa. Eu o quero demais. Sei que não importa o que eu disser não será suficiente para fazê-lo acreditar em mim, então levo a mão até seu rosto e acaricio seu maxilar bem devagar. Nossos peitos sobem e descem em harmonia a cada respiração sem dizer nada, deixando um beijo faminto pairar entre nós.

— Vou esperar o tempo que for até você confiar em mim — diz ele.

Com um leve meneio, descanso a cabeça em seu peito e me deleito em seu calor como se fosse uma sauna, aliviando o peso do dia, até que ele sussurra baixinho em meu cabelo:

— Acho que a comida está pronta.

Minhas mãos roçam em seu torso robusto, e dou um passo atrás para encará-lo e decifrar o que ele está sentindo. Seus olhos sempre entregam cada emoção e, neste momento, está claro que ele não queria que eu saísse de seu abraço mais do que eu. Talvez eu esteja mais faminta por carinho do que pelo jantar.

E acho que ele também.

— Vem para a cama — murmuro quando saio do banheiro, ajeitando o short do meu pijama. Deve ser verdade o que dizem sobre a falta de sono prejudicar seu julgamento da mesma forma que o álcool. — Desculpe. Não nesse sentido. Só para dormir.

Se bem que...

— Estou tranquilo aqui.

Ele dá um tapinha no sofá puído com um sorriso ressabiado.

— Por favor. Eu quero muito que você venha. — *De novo: só posso estar fora de mim.* — Podemos ser adultos e dormir na mesma cama, não? Nada além de abraços amigáveis. Você precisa dormir direito esta noite, e eu... não quero dormir sozinha.

Parece ainda mais digno de pena dito em voz alta do que na minha cabeça. Amigos podem dividir a cama, não é? Mesmo que sejam um homem e uma mulher? Mesmo que eu fique tentada a beijá-lo o tempo todo?

Cansado demais ou incapaz de pensar em um argumento válido para rebater meu raciocínio lógico, ele me segue até o quarto. Sem pensar, ele leva as mãos até a barra da camisa e então para.

— Tira isso. — Eu me arrasto para debaixo do edredom grosso e macio. — Tá, de novo, não nesse sentido. Desculpa, eu perco a capacidade de agir como uma pessoa normal quando estou cansada. Foi mal.

Uma risada rouca ressoa pelo peito de Austin enquanto ele tira a camisa e depois a calça jeans.

— Para de ficar me pedindo desculpa.

Quando ele me encara, parado sob o brilho da luminária na cabeceira, usando só uma cueca boxer, uma sensação quente e borbulhante, como o primeiro gole de champanhe, fervilha em minha barriga. Por uma fração de segundo, penso em pedir para ele tirar o resto.

— Desculpa. É que você é... *demais.*

Dou uma risadinha, embriagada pela exaustão emocional, sem a menor vergonha de admirar seu corpo. Alto, largo e confiante. À medida que ele se aproxima da cama, fica evidente na flexão de cada músculo como ele é forte, e veias de um azul-escuro se ramificam por seus antebraços enquanto ele ergue o edredom em seu lado da cama. Mas o que eu mais amei quando toquei a marca de queimadura desbotada em seu peito foi sua textura macia. Ele é quentinho e aconchegante, não esculpido em pedra. É o corpo de um homem que trabalha arduamente em uma fazenda o dia inteiro e, à noite, tudo o que mais quer é voltar para casa, saborear um belo jantar e se aconchegar nos braços da mulher que ama.

Talvez só por esta noite eu possa ser essa mulher.

— Você está fora de si de tanto cansaço. — Ele balança a cabeça.

— Verdade. Mas você precisa entender que é absurdamente atraente.

Ele se estica para apagar a luminária de cabeceira e aperta minha mão no escuro.

— Nada comparado a você, garota da cidade. Você é... *porra.*

O peso do corpo dele faz o colchão afundar enquanto se acomoda. Se estivéssemos no meu chalé, na minha cama de casal, nossos corpos não teriam escolha a não ser se tocar. Por mim, não haveria problema algum, na verdade seria bem melhor do que esta cama tão grande que daria para construir uma parede de travesseiros entre nós se quiséssemos. Não demora muito para que a respiração dele se altere, ficando mais profunda e lenta. Ao contrário de todas as vezes recentes em que compartilhei a cama com um homem, não fico tentada a fugir assim que ele mergulha em um sono profundo. Em vez disso, me aproximo alguns centímetros e me aninho um pouco mais em seu braço pesado e quente, que pende sobre meu torso, me prendendo ao colchão. Não me lembro da última vez que procurei esse tipo de aconchego por vontade própria na hora de dormir, em vez de apenas tentar manter distância de KJ a todo custo. Com o braço de Austin feito um cobertor pesado, é difícil imaginar como sobrevivi anos sem um toque humano carinhoso.

17

Austin

Acordo sentindo um aroma de coco e suponho que Deus foi generoso comigo, me deixando entrar no céu. Mas, quando meus olhos se abrem, é ainda melhor. Meu rosto está a menos de um centímetro do cabelo loiro-dourado de Cecily, meu peito colado em suas costas, meu braço ao redor de sua cintura e meu… *porra*. Eu me afasto a tempo de ouvir uma risadinha baixa e sonolenta.

— Austin… isso que senti me cutucar é o que eu estou pensando?

Limpo a garganta, tentando bancar o indiferente.

— Você está na minha cama, praticamente nua, e não sou de ferro, meu bem. Não pode esperar que isso não me afete.

Ela pega minha mão e se envolve em meu braço outra vez. Não me dou ao trabalho de lutar contra isso. Sua barriga estremece contra minha mão com uma risada silenciosa, e sinto o calor de sua pele através do tecido fino de sua regata.

Ela solta um suspiro de satisfação.

— Essa foi minha melhor noite de sono… possivelmente da vida.

— Melhor irmos andando. Antes que o calor aperte — digo porque sinto que é o que devo fazer, embora cada parte do meu corpo implore para que eu fique bem aqui.

Também não lembro a última vez que dormi tão bem. Hoje, passaremos o dia verificando se as câmeras de trilha, situadas ao longo da estrada e em todos os portões, estão funcionando direito. Embora eu esteja empolgado por ter horas para conversar com Cecily sem interrupções, prefiro ficar aqui, onde posso sentir o corpo quente dela contra o meu.

Ela geme.

— Argh, está bem. Ainda não acredito que vou andar a cavalo hoje.

— Não acredito que levou tanto tempo para fazer isso.

— Não foi por falta de tentativa do Colt e do Red. — Ela remexe os quadris de leve, que ficam pressionados nos meus. — Faz semanas que eles estão tentando me convencer a andar a cavalo.

Deus, me dê forças. Se estivéssemos de conchinha por qualquer outro motivo que não fosse o *marido* dela — embora só de pensar que ela tem um marido me deixe enjoado — tê-la deixado apavorada, eu estaria beijando seu ombro nu agora mesmo e insistindo para ficarmos bem aqui.

— Que honra você aceitar meu convite então. Se bem que... não conte a ele... Red deve ser nosso melhor caubói. Então não posso dizer que você não estaria em boas mãos.

— Convite? Você falou que eu não tinha escolha. E está admitindo que ele é melhor do que você? Se é assim, talvez eu devesse ir com ele então.

Claramente ela está me provocando, só pelo jeito que seus dedos se entrelaçam nos meus, ainda apertados contra sua barriga.

— Não sou caubói, lembra? — Aperto nossas mãos. — Mas, se eu fosse, seria muito, mas muito melhor que o *Red*. Eu seria o melhor da região. Qual é, você já viu a gente fazendo a marcação a ferro.

— Ahhh, mas eu não entendia o suficiente para julgar direito naquela época. Não dá para saber quem é melhor?

Nossos corpos estão tão perto de se entrelaçarem que dá para sentir os batimentos de Cecily acelerarem quando ela se vira para mim com um sorriso brincalhão, do tipo que faz meu coração disparar. Estou perdendo o autocontrole bem depressa. É quase impossível não me jogar em cima dela, vendo-a tão linda assim às cinco e meia da manhã, com a luz do sol se infiltrando pela fresta da cortina, e com a certeza de que não há ninguém esperando a gente em lugar algum. É o cenário perfeito para uma manhã de preguiça na cama. Uma manhã que não vou poder aproveitar porque ainda não criei coragem para beijá-la. Amigos que dormem de conchinha não passam o dia todo entre os lençóis.

Cecily se senta e joga as pernas para fora da cama. O shortinho do pijama e a pequena regata não cobrem tanto quanto deveriam, levando em conta que somos "amigos" dividindo a cama. O cenário não está ajudando em nada na minha ereção matinal. Não é de admirar que eu tenha acordado excitado, colado naquela bunda.

— Tudo bem, não-caubói. — Ela boceja. — Vamos antes que eu pegue no sono outra vez. Sua cama é bem aconchegante. Como você consegue sair dela de manhã?

— Costuma ser muito mais fácil do que hoje, por algum motivo.

E me arrasto para sair atrás dela.

Os cavalos percebem a atitude cautelosa e otimista de Cecily logo de cara e a recebem com fungadas suaves e relinchos baixos. Em geral, o primeiro a chegar ao estábulo é recebido por um grupo de cavalos famintos, prontos para fazer um motim se não receberem ração na mesma hora.

— Pronta, meu bem?

— Nem um pouco, mas eu falei que você precisava ser mais imprudente, então acho que devo seguir meu próprio conselho.

Assim que ela se acomoda na sela, amarro o cavalo dela ao meu, sempre checando para ter certeza de que ela está bem enquanto entramos na trilha sinuosa que leva até a primeira câmera. Jackson e eu instalamos câmeras de trilha há quatro anos, depois que um problema com caçadores ilegais nos fez perder vinte cabeças de gado em um verão. Quem diria que um dia elas seriam úteis contra ex-maridos vingativos? Quer dizer, dado o histórico de alguns dos nossos funcionários, talvez não fosse algo tão absurdo assim. Mas eu nunca teria imaginado estar envolvido na história. Eu estava com Savannah. Pensei que com ela seria para sempre. Dois anos de incontáveis cavalgadas juntos por esta trilha — e eu não sabia, no dia em que instalamos essas câmeras, que estava a poucas semanas de perdê-la. Sou atingindo por um *déjà vu*. Tenho certeza de que já percorri essa mesma trilha de terra pelo menos umas quinhentas vezes desde aquela época, mas esta é a primeira vez que me faz pensar em Sav. Quase como um aviso.

Então penso *nela* indo embora. E não me refiro a Savannah.

Verificamos as câmeras da trilha enquanto eu me debato com pensamentos conflitantes sobre Sav e Cecily. Não que eu ainda sinta algo pela minha ex-namorada. É só que é impossível não fazer uma comparação entre as duas quando as circunstâncias são estranhamente parecidas. É bem verdade que Sav estava fugindo de pais terríveis em vez de um marido cruel. Mas, em ambos os casos, as duas são garotas da cidade grande usando o Rancho Wells como esconderijo. Um lugar para enfrentar a tempestade até que seja seguro ir para outro local.

— Meu Deus, como vocês fazem isso todo dia, o dia inteiro? — Cecily se alonga, massageando as coxas com delicadeza quando paramos para almoçar. — Acho que não vou conseguir me mexer quando voltarmos. Se KJ vier atrás de mim essa noite, só me deixe para morrer. Não há a menor chance de eu conseguir manter o ritmo se precisarmos correr.

— Você sempre sente a necessidade de amenizar situações literalmente de vida ou morte?

— Eu fui a burra que ficou em um casamento abusivo até o cara apontar a porra de uma arma para mim. Se eu não fizer piada de vez em quando, vou desabar. Você vai ficar desconfortável de um jeito ou de outro, então é melhor se acostumar.

— Ele é o burro… não você. Você, jamais. — Não tenho como discordar do resto. Tirando o almoço da sacola, aponto para um local sombreado sob um álamo. — Vem.

Ontem, passei horas tentando assimilar tudo e encontrei um pouco de consolo em saber que, se ele tivesse um pingo de decência, ela não estaria aqui. Não seria eu ao lado dela. Ao ouvir cada história perturbadora, eu tentava entender como alguém poderia manipular, menosprezar, assustar e abusar de Cecily. Embora minha pressão arterial disparasse e meu coração martelasse no peito a cada coisa que ela contava sobre ele, eu reprimia tudo por ela. Mas, meu Deus, *mal posso esperar* para liberar minha fúria se aquele desgraçado aparecer aqui algum dia.

— Ah, meu Deus, que vista linda — diz ela caminhando em direção à beira do penhasco.

Ela não está errada sobre a paisagem deslumbrante — tem um motivo para eu ter escolhido parar aqui. É um dos melhores mirantes no nosso rancho de mais de quarenta mil hectares, e eu sabia que ela ia adorar. Em um dia claro, como hoje, é possível ver toda a cadeia de Timothy Mountain, com os prédios de Wells Canyon parecendo tic-tacs aos pés das montanhas. Copas de árvores verdejantes, estradas de terra sinuosas e pequenas colinas ondulantes cercam a cidade. Em primeiro plano, o Rancho Wells parece ao mesmo tempo vasto e minúsculo. Construções com telhados vermelhos, do tamanho de casas de bonecas, parecem se estender a perder de vista, cercadas por nada além de terras agrícolas por dezenas de quilômetros.

— Humm.

Minha vista com certeza é linda, embora eu não esteja olhando o vale. Meus olhos se recusam a assimilar qualquer coisa além do vento soprando no cabelo dourado de Cecily. A blusa dela esvoaça a cada sopro, revelando um pedacinho de sua lombar que me deixou absurdamente obcecado. O jeans sujo se estica por seus quadris e sua bunda arredondada, implorando para ser removido. E sei que os olhos dela estão arregalados de entusiasmo, os cantos franzidos pelo sorriso que, tenho certeza, ilumina seu rosto.

— Acho que estou começando a entender o encanto dessa vida de caubói. — Ela se senta ao meu lado e desembrulha seu sanduíche. — Adoro piquenique no alto da montanha.

Deixo escapar um suspiro divertido pelo nariz.

— Odeio te decepcionar, meu bem. A gente não costuma parar para fazer piqueniques.

— Pois deveriam. Qual o sentido de ter toda essa terra se vocês não tiram um tempo pra aproveitar?

— Bom, o sentido é alimentar o gado.

— Humm... mas que desperdício de uma vista tão bonita. Aposto que as vacas não dão o devido valor. Embora, vai saber, talvez elas deem, sim. Na verdade... gosto de pensar que elas passam seus últimos dias de vida aqui, com uma vista deslumbrante, sabe? — Ela para por um instante antes de cair na gargalhada, que ecoa pelo vale. — Nossa, essa frase foi *bem* coisa de "garota da cidade", né?

Dou uma risada.

— Foi.

— É só que... eu almoçaria aqui todos os dias se pudesse. Acho que esse é meu novo lugar favorito no mundo.

— Era o do meu avô também. Sem querer estragar o clima, mas a gente espalhou as cinzas dele aqui, na verdade.

Assim que as palavras saem, percebo que nunca tinha pensado muito nisso até agora.

Será que isso torna esse lugar inadequado para trazer uma garota de quem eu gosto para um piquenique?

— Não estraga em nada, pelo contrário, no mínimo deixa mais especial. Como se a gente estivesse almoçando com ele.

— Se ele estivesse aqui, mandaria a gente parar de enrolar e cuidar do gado. "Para cavalgar, basta uma mão. Come a porcaria do almoço enquanto trabalha." — Faço a melhor imitação que consigo da voz grave e objetiva do meu avô e me lembro dele gritando essas palavras para Denny, ainda garoto, que sempre foi grande fã de piqueniques. — Ele era um velho rabugento... difícil de lidar às vezes. Mas tiraria a camisa do corpo para te dar.

— Ah, então ele basicamente era você. — Ela me cutuca com o ombro.

— Você não é a primeira que fala isso. — Tomo um gole da minha garrafa de água morna. — Antes de decidir que esse é seu lugar favorito, me deixa te mostrar o meu.

— Vai ser difícil superar este, mas vamos ver se você consegue me impressionar.

Ela se levanta num salto e bate a poeira da calça jeans. Vejo suas mãos deslizando pela parte de trás e lembro de como foi incrível ficar colado nela hoje de manhã. Queria ter tido coragem de passar a mão pelo corpo dela, pela pele macia onde a bunda encontra as coxas. Minha obsessão por sua bunda não melhora em nada quando a ajudo a subir na sela. Com o pé esquerdo no estribo, ela dá impulso com o direito e se lança para cima. Seguro firme na parte de cima da coxa dela, dando o apoio necessário para que ela passe a perna direita para o outro lado. Cecily já não precisa mais de mim quando se acomoda na sela, mas minha mão continua ali.

— Vamos?

Ela sorri, me olhando de cima. A parte racional em mim sabe do que ela está falando. Mas isso não impede o fluxo de sangue em minha virilha.

O sol escaldante do meio-dia brilha implacável, criando ondas visíveis de calor na trilha coberta de folhelho. O cheiro de suor dos cavalos enche minhas narinas enquanto os animais enormes resfolegam ao longo do caminho sem sombra até o lago. Mas, ao olhar para Cecily logo trás, ela não parece se incomodar com nada disso. Mesmo quando reclamo do calor ou peço desculpas por ter me enganado sobre quanto tempo levaríamos para chegar, ela sorri com carinho e diz que não há outro lugar onde quisesse estar hoje. Descemos até um pequeno vale, onde o ar é mais fresco, enquanto os cavalos caminham em direção à vegetação densa e verdejante. Embora eu já tenha visto esse lugar mais vezes do que consigo contar, o lago azul-turquesa ainda me deixa sem ar.

— Beleza, talvez o seu lugar seja o melhor, afinal. — Cecily salta do cavalo como se tivesse feito isso a vida toda, sem desviar os olhos da água cristalina e cintilante. — Se a gente puder nadar nele, serei obrigada a reconhecer que este lugar é melhor que o topo da montanha.

— Vá em frente.

Começo a arregaçar as pernas da calça, presumindo que só vou molhar os pés, quando ergo os olhos e vejo a camiseta de Cecily voando por cima de sua cabeça. Enquanto a pele bronzeada e o cabelo loiro reluzem sob o sol da tarde, meus olhos percorrem seu corpo todo.

— Está um calor dos infernos aqui. Sei que não gosta de nadar, mas você *tem* que vir comigo. — A fivela do cinto dela tilinta ao bater em uma pedra quando a calça atinge o chão, mas eu não sigo o exemplo. Diante da minha hesitação, ela acrescenta: — Já estou *mais do que* familiarizada com você de cueca, e minha roupa íntima não é mais reveladora do que meu biquíni. Para de frescura.

Beleza. Foda-se. Sigo seu exemplo e tiro a roupa, ficando só de boxer, e de repente me sinto constrangido com a palidez do meu corpo perto do corpo perfeito e bronzeado de Cecily. Mais um motivo para eu ter aceitado os convites para ir ao riacho com os rapazes. Caminhamos com cuidado pela margem quente e rochosa do lago, até que a água gélida alimentada pela geleira nos atinge como um caminhão. Ela solta um pequeno arquejo por causa do frio, e o som reverbera direto no meu pau.

— Puta merda. Eu lembro que era fria, mas não gelada *assim*.

Juro que cada centímetro do meu corpo está azulado e meu pau deve ter se enfiado dentro do corpo a esta altura.

— Quando foi a última vez que você nadou aqui? — pergunta ela.

— Hum... provavelmente uns dez anos atrás. Talvez mais. Aqui era o lugar preferido da minha mãe. Passamos muitos dias de verão aqui quando eu era criança.

— Pelo que ouvi até agora, eu teria gostado da sua mãe. Eu também curto um belo lago e *Dias felizes*.

Ela entra mais até a água chegar à altura do peito. Os raios de sol refletem na superfície cristalina do lago, iluminando a pequena depressão na pele bronzeada logo acima da clavícula.

Mamãe também teria gostado da Cecily.

— Todo mundo adorava ela. Quando éramos crianças, ela inventou um "clube do caubói" para mim, meus irmãos, Red e os quatro irmãos dele. Hoje percebo que era um jeito de ela ter um pouco de paz. Ela nos mandava em caças ao tesouro malucas e nos atribuía tarefas que hoje em dia provavelmente fariam alguém ligar para o conselho tutelar. Tipo fazer a gente coletar os ovos, mas a única forma permitida de ir e voltar do galinheiro era montado em uma ovelha. Acho que nenhum ovo chegou inteiro. Todas as crianças da escola morriam de inveja das aventuras que ela inventava para a gente.

— Parece que ela era uma mãe incrível. Não é à toa que os filhos se tornaram homens tão bons.

— Sim, ela era a melhor.

Engulo em seco. Eu não vou chorar no lago, de cueca, ao lado de uma linda mulher. *Não vou.*

O jeito como ela logo muda de assunto me faz pensar que ela percebeu meus olhos marejados.

— Você não tinha me contado que Red cresceu com você. E os irmãos dele não ficaram por aqui?

— A história não é minha para contar, mas todos foram embora depois que o pai deles causou alguns problemas. Red voltou. Ele é meio como um gato de rua... sempre volta.

Ela inclina a cabeça, deixando o cabelo se espalhar pela água cristalina atrás dela. Os seios flutuam na superfície. É impossível não olhar quando são tão perfeitos, redondos e estão bem na minha linha de visão.

— Parece que o Rancho Wells tem um problema com gatos de rua. Tem muitos de nós rondando por aqui. Mas você sabe o que dizem sobre alimentar bichos de rua, e Beryl está sempre assando coisas deliciosas.

— Acho que vou ter que dar um aumento para ela se essa for a única coisa que mantém as pessoas aqui.

— Ela com certeza merece, mas não acho que os muffins dela sejam a única razão para ficar por aqui.

Quando ela ergue a cabeça, uma gota d'água escorre da têmpora até a bochecha e para no maxilar. Antes que eu tenha tempo de pensar se devo, estendo a mão e recolho a gota com a ponta do dedo. Um sorriso lento se desenha nos lábios dela.

— Ei, Austin, reparou em alguma coisa diferente?

Estreito os olhos, ansioso para entender do que ela está falando. Ela desliza pela água na altura do peito. Mais perto. Mais perto. Até estarmos quase nos tocando, e ela continua me encarando com aquele sorriso. Não faço a menor ideia do que deveria ter notado, mas essa pergunta sempre parece um teste vinda de uma mulher, então começo a entrar em pânico.

— Vou te dar uma dica. — Ela ergue a mão acima da cabeça, e água escorre pelas pontas de seus dedos. Gotas aterrissam na linha do cabelo antes de deslizarem graciosamente por sua bochecha. Seus olhos não desgrudam dos meus. — Você não vai secá-las para mim?

— Sim, senhora.

Ergo a mão, o frio na barriga crescendo com a expectativa de que ela se esquive.

Nem um mínimo tremor, nenhum sinal de medo, nenhuma pontada de ansiedade. Simplesmente... nada.

É impossível que ela não esteja ouvindo as batidas descontroladas do meu coração, não quando o resto do mundo parece ter ficado em total silêncio. Minha palma envolve o rosto dela, e sua mandíbula relaxa sob meu toque, enquanto os lábios se entreabrem lentamente. Meu dedo mindinho repousa na pele delicada do seu pescoço, e as batidas do seu coração alteram o ritmo do meu. Estou à mercê dela, e é exatamente onde quero estar.

18

Cecily

Os olhos dele — escuros, inebriantes e cheios de emoções indecifráveis — estão fixos nos meus.

Uma mão áspera e calejada toca meu rosto com uma carícia inesperadamente terna. Em um gesto rápido, seu toque sobe até meu cabelo, e é como se ele riscasse um fósforo, acendendo um fogo bem dentro de mim. Seus dedos percorrem meu cabelo molhado até chegar à nuca. E um leve puxão dispara um arrepio pelas minhas costas, o que faz as narinas dele se dilatarem.

— Por favor — sussurro, rezando para que meus lábios toquem os dele enquanto falo. — Por favor, não se afaste.

— Meu bem, eu te falei que…

— Mostre para mim como você sabe ser gentil. Mostre que posso confiar em você. — Minhas mãos deslizam por seu peito nu, sentindo a pele saliente da cicatriz, depois por seus ombros, descendo por seus braços fortes. Minha respiração está por um fio. — Quero que você me beije.

Estou paralisada pela expectativa enquanto seus lábios se aproximam. Bem devagar, mais perto. E mais perto. Até estarem tão perigosamente perto que consigo sentir seu hálito quente em meu rosto. Seus olhos permanecem cravados em mim, e não consigo fechar os meus. Em vez disso, estou nadando no melaço daquele olhar, totalmente indefesa. Ainda bem que estamos flutuando na água do lago, ou meu corpo teria derretido como se fosse de cera.

Nossos lábios se roçam em um toque tão suave que me pergunto se aconteceu de verdade. E só me provam o quanto anseio por esse momento. Consumida por expectativa e desejo, me delicio com o anseio que pulsa sob meu osso pélvico.

Então ele me beija. *De verdade.* Com lábios quentes e macios e uma ternura que eu nunca tinha sentido. Lento e explorador. Ele inspira fundo e, quando expira, me devora com um beijo profundo e apaixonado. Mergulho em seus lábios com um gemido baixo. É a sensação de voltar para casa depois de uma longa viagem. É sentir o calor do sol de verão deitada em uma rede preguiçosa na companhia de um ótimo livro. É o tipo de beijo que dura para sempre e termina rápido demais.

Quando suas mãos sobem por minhas costas nuas, tenho que resistir à vontade de me esquivar. Não quero ser essa garota. Quero que meu corpo saiba, sem a menor sombra de dúvida, que estou segura com ele. Quero que Austin perceba que não há mais um único pedaço do meu corpo fora dos limites. Quero ser tocada. Ser amada. Luto contra meu sistema nervoso e relaxo em suas mãos quentes.

Seus lábios queimam os meus, como se gravassem seu nome a fogo na pele macia. Sinto um ardor latejante em meus ossos e um suave tremor em meu coração. Pedacinho por pedacinho, Austin está me curando. E eu o beijo com mais força, com a plena consciência da preciosidade deste momento.

Nunca me senti tão viva.

É impossível ignorar o jeito como seus dedos se esticam enquanto suas mãos percorrem meu corpo. Como se ele tentasse sentir o máximo possível da minha pele. Como se não se cansasse. Ele recua por um instante e me observa. Os olhos de Austin espelham as emoções intensas e conflitantes que borbulham dentro de mim. Pelo que vejo, este beijo é tão extasiante, curativo e assustador para ele quanto é para mim.

Seus lábios roçam minha bochecha até que o calor de sua voz sopra em meu ouvido.

— Posso te beijar de novo?

Sim. Sim. Porra, sim.

— Por favor.

Seus lábios se chocam nos meus e ele me beija com uma fome insaciável. Mordo seu lábio inferior e ele segura meus quadris, pressionando nossos corpos com força. As mãos dele deslizam para a parte de trás das minhas coxas, disparando um raio direto para o meu clitóris. Austin me ergue para que meu torso fique acima da água, e uma brisa quente seca minha pele na mesma hora. Minhas pernas envolvem sua cintura, e nos encaixamos como peças de um quebra-cabeça.

Sou devorada por suas mãos famintas percorrendo meu corpo antes de se entrelaçarem em meus cabelos. Mas não é suficiente e talvez *nunca* seja. Eu o quero por inteiro. Mais do que isso: quero que ele me tome por inteiro. Meus quadris se movem inconscientemente contra os dele, instigados por um sentimento adormecido há anos. *Desejo.*

Solto um suspiro involuntário e passo a ponta dos dedos por seu cabelo. Estou beijando Austin. Ele está me beijando. Embora eu o conheça há apenas dois meses, parece que esperei a vida toda para que ele me beijasse. É visceral, despudorado, puro êxtase.

Não sei quanto tempo se passou até pararmos para recuperar o fôlego, mas noto que o sol já está mais baixo no céu. Passo a língua nos lábios e sinto-os arder. Estou fraca e trôpega, inebriada por ele.

— É melhor a gente voltar — diz ele em voz baixa. — Eu não quero, mas…

Pela primeira vez, sou eu quem fica sem palavras.

— Hummm. — Suspiro em seu pescoço enquanto me desenrosco lentamente dele.

O ar está mais frio do que quando entramos no lago, e um arrepio percorre meu corpo. Puxo o jeans pelas pernas úmidas e passo a camiseta pela cabeça, sentindo o sutiã encharcado umedecer o algodão na mesma hora. Pela primeira vez, Austin não tenta disfarçar o olhar enquanto me impulsiona para a sela. Algo no modo como ele me olha faz com que eu me sinta sexy de um jeito que nunca imaginei ser. Como um prêmio que ele está lutando para conquistar.

— Aliás, você ganhou. Este é *com certeza* o meu novo lugar favorito — digo com um sorriso que me recuso a reprimir.

Hoje vou para a cama como uma adolescente apaixonada: com as bochechas doendo de tanto rir, o coração nas nuvens e agitando as pernas no ar com gritinhos eufóricos no travesseiro.

Queria ter trazido meu celular para registrar este momento. Mais especificamente, o sorriso enviesado e travesso estampado no rosto de Austin. A máscara de não-caubói rabugento se foi. Agora ele parece um menino, fazendo o que quer, se divertindo, sendo imprudente. Nas montanhas, é fácil esquecer tudo, exceto nós dois. Tão absortos um pelo outro por tanto tempo que todo o resto desaparece.

Apesar de amar estar no Rancho Wells, meu coração afunda no peito quando nossos cavalos fazem uma curva na estrada e as estruturas da fazenda surgem ao longe, me despertando para a realidade.

Minha camiseta enrosca nas tábuas ásperas de madeira quando Austin me pressiona contra a parede do estábulo. Seus lábios colam nos meus, por isso preciso firmar os braços em volta do seu pescoço para não desabar. Até hoje, ninguém nunca tinha me beijado de um jeito que derretesse meus ossos e fizesse meu coração querer saltar do peito.

Minhas mãos percorrem seu corpo, sentindo cada curva e reentrância dos músculos de suas costas. A ponta do dedo de Austin traça o contorno do meu sutiã através da camiseta fina, e eu o beijo com mais força. Sinto as batidas ritmadas da minha pulsação abaixo do meu umbigo. Estamos perdidos um no outro dentro do estábulo silencioso, e não entendo mais por que fiquei preocupada em descer a montanha. A magia não precisa acabar. Meus dedos se engancham nos passantes do seu cinto, unindo nossos quadris. Não há como negar o desejo dele de que nossas roupas desapareçam, então giro os quadris para sentir o volume rígido pressionando o ponto pulsante em minha pelve. Não é suficiente. Preciso de mais fricção. Um gemido frustrado escapa do fundo da minha garganta enquanto ele se esfrega em mim. Eu me atrapalho com a fivela do cinto dele quando sua mão segura a minha.

— Meu bem...

É engraçado pensar que, algumas semanas atrás, eu achava pretensioso quando ele me chamava de "meu bem". Agora estou me derretendo toda ao ouvir as palavras saírem de sua boca em um tom grave e lascivo.

— Aus — sussurro de volta.

Não quero esperar. Ter que cavalgar durante duas horas sem sentir suas mãos na minha pele ou seus lábios nos meus já foi bem torturante.

— Meu bem, eu adoraria fazer tudo o que você quiser. E prometo que será do jeito que você merece. Mas a primeira vez não vai ser aqui, em um estábulo sujo cercado de bosta de cavalo. — Seus lábios reconfortantes se aproximam dos meus como uma promessa do que está por vir.

Alguém limpa a garganta, e não é nenhum de nós dois. E lá está a maldita realidade para a qual tivemos que retornar, nos encarando com um sorrisinho divertido e cabelos ruivos flamejantes. Em vez de se afastar, a mão de Austin aperta com mais força minha cintura.

— Não gosto de interromper... E, aliás, adoro uma boa trepada no celeiro, como qualquer pessoa. Mas vocês dois estão bem no meio do caminho para a sala de arreios.

— Ah, a gente não estava... — começo a me defender, tentando aplacar o calor que sobe pelo meu pescoço, mas Red ergue a mão para me impedir.

— Não precisa explicar, potranca. Só me deixa passar rapidinho, que eu sumo daqui.

Ele desvia de nós dois e passa pela porta. Uma risadinha me escapa, e dou um último beijo demorado em Austin.

— Kate deve estar esperando a gente para o jantar — digo contra sua bochecha quente e corada. Seu suave resmungo de insatisfação reverbera em meu peito.

Sorrio e esfrego o vinco entre suas sobrancelhas com o polegar. Seus olhos se estreitam em confusão, e ele recua um pouco.

— Ninguém te contou que, se continuar fazendo essa cara, ela vai ficar assim para sempre? Quer esse rosto lindo cheio de rugas? Eu, com certeza, não quero.

Ele revira os olhos, mas se inclina para mais um beijo suave. Seus lábios se curvam em um leve sorriso ao tocar os meus.

Kate percebe na hora. Jackson também, embora se esforce mais para não deixar transparecer. Mas Kate, não. Um sorriso alcança seus olhos, que se alternam entre nós dois com evidente entusiasmo. Acho que é inútil tentar disfarçar a vermelhidão no meu rosto por causa da barba de Austin ou nossos lábios inchados pelos beijos.

— E aí, como foi o dia? — Ela corta a comida em pedaços pequenos no prato de Odessa.

— As câmeras de trilha estão funcionando — diz Austin, ignorando Kate e olhando direto para Jackson, que assente enquanto enfia um pedaço de bife na boca.

— Mas como foi o seu dia? — insiste Kate.

— Normal — responde Austin. Para ele, essa conversa está encerrada antes mesmo de começar.

Engolindo uma garfada, lambo os lábios bem devagar.

— Foi bom. Não vou competir em um rodeio tão cedo, mas não caí do cavalo. Já considero uma vitória. E Austin me mostrou o lago do outro lado da montanha… ainda bem, porque o calor lá em cima estava de matar. A gente verificou as câmeras e voltou para casa.

Quer dizer, fizemos um pouco mais do que isso, mas vou deixar que eles preencham as lacunas por conta própria.

Odessa se anima.

— Eu quero ir no lago, e sei montar cavalo. Por que eu não fui também?

— O dia foi longo, pequena. Uma cavalgada longa demais para menininhas de quatro anos.

Toda a rispidez na voz de Austin evapora quando ele fala com ela. Uma onda de emoções enche meu peito ao observá-los. Já vi os dois interagindo várias vezes, e sempre é cheio de doçura — Odessa tem muita sorte de ter tantos tios e "tios do coração" cuidando dela —, mas hoje isso mexe comigo de um jeito diferente.

Fico imaginando como ele seria com os próprios filhos.

Ela para e pensa na resposta dele.

— Talvez ano que vem, quando eu tiver cinco?

— Com certeza ano que vem, quando você tiver cinco — responde Austin.

Com um pequeno aceno de cabeça, ela parece aceitar a resposta como perfeitamente sensata e volta a jantar.

— Você levou Cecily na cachoeira também? — Kate se recosta na cadeira.

O copo de Austin bate com força na mesa de madeira.

— Não.

Olho para ele, tentando entender a súbita mudança de rabugento para mais rabugento ainda.

— Como é que eu vou escolher meu lugar favorito no rancho se você fica escondendo coisas de mim? Eu adoro cachoeiras.

— É só um filete de água nesta época do ano. Você não perdeu nada.

— Sério? Achei que mesmo assim fosse um lugar lindo. — Kate franze a testa e olha para Jackson em busca de apoio, mas ele só dá de ombros. Para além do constante mau humor de Austin, acho que Jackson simplesmente não se importa o bastante para se meter em qualquer assunto que deixe Kate agitada. É por isso que ele está sempre calado.

Durante o restante da refeição, ninguém fala, a não ser Odessa. Ela está animada para mostrar uma música nova que inventou hoje e contar ao tio Austin tudo sobre uma família de esquilos que encontrou perto do galinheiro. Ainda bem que essa criança existe. Se esse é o nível de tensão em um jantar comum da família Wells, não é de se admirar que Austin tenha se recusado a aparecer quando o pai também estava presente. A comida está uma delícia, mas eu preferia estar comendo macarrão com queijo e salsicha no sofá de Austin de novo.

— O clima sempre fica estranho desse jeito? — pergunto assim que saímos da casa.

— Não.

— Quer conversar?

— Não.

Como fui ingênua. Por algum motivo, achei que ele pudesse se abrir mais comigo depois de tudo que aconteceu nas últimas quarenta e oito horas.

19

Austin

Jantares em família foram inventados por alguém que queria criar o inferno na Terra, tenho certeza.

Kate não teve más intenções ao mencionar a cachoeira. Não pode ser. A não ser que ela tenha conversado às escondidas com Savannah desde que ela foi embora, não haveria como Kate saber nada sobre a cachoeira. Ou sobre o pedido de casamento. Mas nada disso importa, porque ela mexeu com a minha cabeça. Há ótimos motivos para eu não ter levado Cecily até a cachoeira, e nenhum deles tem a ver com o baixo fluxo de água durante o verão. Não preciso de mais um lembrete de que já estou envolvido demais com outra pessoa que, muito provavelmente, vai me deixar.

Antes do jantar, eu estava ansioso para continuar o que começamos nos estábulos. Agora, estou tão perdido em pensamentos que só quero dormir.

— O clima sempre fica estranho desse jeito? — pergunta Cecily baixinho enquanto descemos a escada da entrada.

— Não.

— Quer conversar?

Uma lufada de ar sai com força por minhas narinas.

— Não.

Quando estamos nos aproximamos dos chalés dos funcionários do rancho, ela diz:

— Se ainda quiser que eu fique na sua casa hoje, vou precisa pegar umas roupas limpas primeiro.

— Tudo bem.

— Ah, e, Austin? — Ela para na porta de seu chalé. — Se quer que eu fique, você precisa parar com esse maldito mau humor. Não estou interessada em passar a noite com um babaca rabugento. Não sei no que diabos você está pensando agora, mas ou você deixa para lá até eu voltar, ou a gente conversa sobre o assunto.

Fico chutando o pneu do carro dela e me martirizando até ela reaparecer um minuto depois.

— Tá, já sei. Me poupe do sermão sobre os pneus. — Ela revira os olhos, equilibrando as roupas penduradas no braço. — Juro que vou arrumar.

— Não tem sermão. Eu já troquei os pneus para você.

Presumi que ela tivesse percebido, mas me esqueci de falar. Afinal, os últimos dias foram meio caóticos. Os pneus do carro dela não eram bem uma prioridade para nenhum de nós dois.

— Espera, *como assim?* Não precisava. Você não devia ter feito isso. Eu queria que você não tivesse feito isso. Eu tenho dinheiro. Desta vez, tenho mesmo. Vou devolver o dinheiro para você. — As palavras saem apressadas e entrecortadas. Em pânico.

— Você precisava dos pneus, e eu conheço um cara que faz um bom preço pra gente. Troquei outro dia. Não é nada de mais.

— Não espero que entenda, mas não compre mais porcaria nenhuma pra mim. É demais, sim. Vou te pagar o dinheiro dos pneus.

De algum modo, esta noite vai de mal a pior. Quando chegamos à minha casa, o silêncio dela é doloroso, então fico tentado a inventar uma desculpa para sair. Ela pode ficar aqui enquanto eu fico de olho à distância. Ou poderia pedir para o Red ficar com ela.

Não, isso também já é demais.

Confio no Red para muitas coisas, mas não quando se trata da mulher por quem estou interessado.

— Me ajude a entender por que você está zangada, achei que estivesse fazendo uma coisa boa. — Tiro as botas e abro uma cerveja gelada. — Imagina que absurdo eu te ajudar para que você possa ir embora com segurança quando quiser.

— Não te devo explicações.

— Não deve, mas seria legal entender por que, de repente, estou na merda por ter feito algo que a maioria das pessoas encararia como um gesto de gentileza.

O sofá é um alívio para meus músculos doloridos, mas não ajuda em nada a tensão dolorosa no resto do meu corpo. É por isso que é melhor eu ficar sozinho.

É como se tivéssemos voltado à dinâmica de semanas atrás. O lago nunca pareceu tão distante.

— Está bem. Eu não lido bem com presentes, ok? Eles parecem uma armadilha ou algo assim.

— Uma armadilha? Colocar pneus no seu carro, para que você possa *ir embora* quando quiser, parece uma armadilha?

— Não tem a ver com os pneus. É que… — Ela se aninha sobre os próprios pés e respira bem fundo. — KJ vem de família rica, e o dinheiro sempre foi sua forma de conquistar as pessoas. Ele me comprava presentes caros, mas sempre dava um jeito de jogar na minha cara. Eu sinto que já te devo muito, porque Beryl me ofereceu esse emprego e um lugar para ficar. E já foi bem difícil de aceitar, porque eu não queria ser um fardo. Eu ralei muito aqui para não me sentir assim, para provar que sou útil. Agora tem essa merda toda com KJ, e você está me deixando dormir aqui, passa noites em claro para que eu me sinta mais segura, muda sua rotina por minha causa. É muita coisa, e os pneus são… é um gesto gentil. *É mesmo.* Sei que pareço biruta por reclamar disso porque, vamos ser sinceros, só Deus sabe quando eu trocaria aqueles pneus. E você só estava sendo… *você.* Percebeu isso e trocou para mim. O que é legal... muito mais legal do que as coisas a que estou acostumada. Mas não quero que isso se torne um motivo para ressentimentos ou que faça com que eu me sinta um lixo depois. Não quero te dever mais nada caso eu acabe não ficando aqui.

— Ele estava tentando te manipular. Era o único jeito de ele conseguir que alguém tão incrível como você ficasse com um babaca como ele. Eu coloquei os pneus no seu carro porque a última coisa que quero é que você sinta que não tem escolha a não ser ficar. Se eu te dou um presente, é porque quero te ver feliz. Não tem segundas intenções.

— Ainda.

Eu preferia levar um tapa na cara.

— Sempre, Cecily. Para mim, um presente é só uma porcaria de um presente. Não tenho a menor intenção de usar isso contra você no futuro. Eu poderia te dar um carro novinho em folha e, se você fosse embora amanhã, eu não me importaria.

A lata de cerveja vazia tilinta ao bater na madeira da mesa de centro. Ela fica em silêncio, mas entendo muito bem o que vejo no rosto dela. Provavelmente porque vi a mesma expressão no espelho. Ela se fechou, pronta para desistir da conversa... e provavelmente desistir de mim também. Abrir mão do que está acontecendo entre nós seria mais fácil em longo prazo, mas eu não consigo *nem pensar* nessa possibilidade.

— Eu não quis dizer... bom, eu me importaria se *você* fosse embora. Mas não pelo carro. Não sou rico, mas dinheiro não significa porra nenhuma para mim além de manter o rancho de pé e garantir que todos aqui estejam bem. E isso inclui você.

— Você não tem que cuidar de mim. Fui eu quem te colocou nessa situação com KJ me ameaçando, mas não preciso que cuide de mim além disso. Sou perfeitamente capaz de fazer isso.

— Eu entendo. Sem dúvidas, você sobreviveu ao inferno sem a minha ajuda. Mas quero ajudar você porque... — As palavras se dissipam no ar, embora o restante da frase ecoe em minha mente sem parar.

— Porque é isso que os amigos fazem, eu sei, mas...

Eu a interrompo.

— Não. Porque eu me importo com você. Eu gosto demais de você. Não sei como você é com seus amigos, mas eu não beijo minhas amigas do jeito que te beijei hoje.

O jeito como meu corpo reagiu ao beijo dela me deixou apavorado. *Nada daquilo foi coisa de amigo.* Nem foi um beijo de um casinho passageiro de verão. Eu precisava dela. Ansiava por ela. Não quero que seus lábios toquem os de mais ninguém pelo resto da vida, e não quero passar mais um único dia sem sentir o gosto dela. O dia que ela apareceu no rancho virou minha vida de cabeça para baixo, e beijá-la fez com que tudo se encaixasse no lugar.

— Ah, então você *beija* suas amigas?

Ela passa a língua pelo lábio inferior, com um sorriso malicioso.

— Meu Deus, mulher. — Balanço a cabeça e espero seus olhos encontrarem os meus de novo antes de continuar: — Se não quer que eu compre coisas para você, tudo bem. Mas você não vai pagar pelos pneus, porque você usa seu carro para fazer serviços para o rancho, então eles são uma despesa de trabalho. Na verdade, você deveria estar brava por seu patrão não te pagar por quilometragem. Pneus custam bem menos do que os cinquenta centavos por quilômetro das idas até a cidade toda semana.

— E só agora você me fala isso — diz ela.

— Pode tirar o cavalinho da chuva. Posso te ensinar a dirigir uma das caminhonetes do rancho e economizar meu dinheiro.

— Talvez você devesse me ajudar a praticar de qualquer jeito. Quer dizer, quando começar a nevar, não acho que meu carro vá dar conta de ir até a cidade e voltar.

Quando começar a nevar.

— Mesmo com as caminhonetes, as nevascas podem deixar a gente preso aqui por dias.

Fico atento à reação de Cecily, me preparando para qualquer sinal de desconforto. Savannah costumava ficar inquieta com os invernos — em retrospecto, isso deveria ter sido um sinal de que ela não pertencia a este lugar. Passar um ou dois meses, todos os anos, com a irmã na Flórida não seria uma opção se fôssemos casados e tivéssemos filhos.

— Bem, agora você me convenceu. O inverno aqui parece um sonho. Ver a neve caindo lá fora enquanto me aninho na frente da lareira com uma xícara de chá e um bom livro. Estou dentro. Se bem que precisamos arranjar outra coisa além do DVD de *Dias felizes* para assistir, porque, por mais que eu ame Fonz, vou precisar de uma pausa em algum momento. Aaah, e podemos fazer *s'mores* dentro de casa: sua lareira parece o lugar ideal para isso.

Quase engasgo com minha saliva ao ver Cecily fazendo planos para o inverno. Planos que parecem me incluir.

— Não deixe os rapazes ouvirem você falando bem da neve e do frio. É um saco. As coisas congelam, o motor não pega, dá mais trabalho manter os animais alimentados e seguros.

No entanto, tudo isso se torna muito mais suportável se significar voltar para uma casa quentinha com uma linda garota à sua espera.

— Descul… Eu não devia ter ficado tão irritada em relação a essa coisa de presente, você não tinha ideia de que isso era um problema para mim. — Ela muda de posição no sofá, e nossas pernas se tocam. Além da descarga elétrica quente que isso causa, sou inundado pelo alívio. — Você é um bom homem, Aus.

— Sou?

— Você sabe que sim. É uma pena que você não seja sempre tão humilde assim, *Sr. Melhor Caubói da Região.*

— Não há nada de arrogante em dizer a verdade, meu bem. Se eu fosse um caubói, seria o melhor.

O riso dela é pura magia.

— Está bem, não-caubói, vamos para a cama. Conchinha amigável? — pergunta ela com um bocejo.

Porra, sim, por favor.

Pode não ser bem o que eu imaginei fazer com ela esta noite, mas aceito qualquer coisa que ela esteja disposta a me oferecer. Principalmente depois de pensar, por alguns instantes, que eu não seria mais uma presença bem-vinda para ela.

— Eu deveria tomar um banho antes — digo.

— Boa ideia. Eu também. Pode ir primeiro.

— Vai ficar bem aqui?

— Acho que estou mais tranquila esta noite. Se meu ex-marido assassino aparecer, vou tentar te avisar a tempo de você vestir uma calça antes de precisar lutar com ele.

Ela sorri como se fosse a pessoa mais engraçada do mundo. Eu poderia — e talvez até *devesse* — dizer a ela que é inadequado fazer piada sobre alguém querer matá-la. Mas não vou estragar outro momento com a minha boca grande.

— Obrigado. Eu odiaria que a primeira vez que você me visse nu fosse enquanto eu estivesse dando uma surra no seu *ex*-marido.

Enfatizo o "ex", embora ainda não seja legalmente verdade. Preciso ter certeza de que nós dois concordamos que o que está acontecendo entre nós não é uma quebra de votos matrimoniais.

— Quem disse que seria a primeira vez?

Ela coloca as mãos em concha por cima dos olhos e abre os dedos para dar uma piscadinha para mim.

20

Cecily

Quando me deitei na cama ao lado dele ontem à noite, meus membros estavam doloridos e minhas pálpebras, pesadas. No quarto escuro, ele passou o braço ao redor da minha cintura. Em um abraço bem apertado, respiramos o mesmo ar. Beijos sonolentos e suaves como plumas foram trocados sob os lençóis macios enquanto suas mãos vagavam por meu corpo sem urgência. Não me lembro de adormecer, mas mergulhei em um sonho calmo e prazeroso, com o rosto enfiado entre sua clavícula e seu maxilar.

No silêncio da manhã, estendo a mão para trás e a deslizo pelos lençóis, procurando seu corpo quente, esperando encontrar o lento subir e descer de seu peito largo. Meu coração dispara com a ausência inesperada em seu lado da cama. Uma pequena pontada de medo percorre minhas veias.

Não, se algo tivesse acontecido, eu não teria sido deixada na cama. Viro-me e confirmo o que já sabia. Ele se foi. O pânico diminui quando olho para o relógio: *7h04*.

Ah, com certeza vou ouvir muito hoje. Nunca dormi até tão tarde desde que cheguei aqui, e sei muito bem o que Austin acha de quem acorda tarde. Gemo no travesseiro. Seja qual for o colchão dele, preciso economizar e comprar um igual para minha casa, porque juro que nunca dormi tão bem assim na vida. Embora, talvez tenha mais a ver com a companhia — acho que preciso de mais algumas noites aconchegada em seus braços para ter certeza. *Em nome da ciência, sabe?*

Saindo do quarto, sou recebida pelo aroma de bacon, ovos e café fresco. Austin está aconchegado no sofá, lendo. Já passou e muito da hora de trabalhar.

Claramente, ainda estou dormindo.

— Isso é um sonho? — pergunto da porta, vendo Austin colocar o livro de lado de repente e olhar para mim. — Se for, você precisa me contar. Acho que é igual a quando perguntamos a um policial disfarçado se ele é um policial.

— Não é um sonho, meu bem. Aliás, isso é um mito. Eles não têm que te falar porra nenhuma.

Ele se levanta e vem em minha direção, dando um beijo suave na minha testa antes de ir até a cozinha. Um rastro de faíscas de fogos de artifício explode no ponto em que seus lábios acabaram de tocar.

— Então o que é tudo isso?

— Uma certa garota da cidade não conseguiu sair da cama depois de um longo dia cavalgando e perdeu o café da manhã. E não foi por falta de tentativa. Eu literalmente te sacudi, mas foi como tentar reviver os mortos. Isso aqui é... como é que vocês dizem na cidade? Brunch?

— Relaxa, engraçadinho. São sete da manhã e, para pessoas normais, com certeza ainda está na hora do café da manhã.

Ele faz um gesto na direção do sofá, e eu me sento sobre meus pés. Um prato cheio aparece num passe de mágica no meu colo segundos depois, seguido por um café, que me faz desconfiar que ele prestou muita atenção no jeito que eu gosto. Olho para a xícara e depois para Austin que confirma minhas suspeitas com um único aceno de cabeça. Três anos de casamento, e aposto que KJ não teria a menor ideia de como gosto do meu café, o que é absurdamente constrangedor, porque nem é difícil — uma dose de leite e duas colheres de açúcar. Quanto mais tempo passo longe dele, mais me dou conta de como todos esses pequenos detalhes vão se somando para provar que ele nunca se importou nem um pouco.

— E aí, o que está lendo? — Eu me espicho para espiar o romance equilibrado no braço do sofá.

— Um mistério do meu autor favorito. Saiu faz um tempo, mas andei, hã, meio desconcentrado nos últimos tempos. Finalmente comecei hoje de manhã.

— Justo quando a gente acha que já conhece uma pessoa. — Mastigo um pedaço de bacon, pensativa. — Do nada, você faz apenas um comentário irônico sobre eu ter dormido até mais tarde, guarda café da manhã para mim *e* está lendo um livro em vez de trabalhar às sete da manhã. Está se sentindo bem?

Ele passa a mão pelo cabelo castanho e espesso.

— Os rapazes chegaram cedo hoje de manhã, então fui conversar com Denny. Eles vão trabalhar hoje. Quando voltarem à noite, vamos bolar um plano para garantir que alguém fique de olho em você pelas próximas semanas, pelo menos.

— Ele não apareceu aqui nem me mandou mais nenhuma mensagem. Acha que ele mudou de ideia?

Sei que não.

— O que você acha? — pergunta ele.

— Não. Duvido que um dia ele desista. Mas que merda. Não quero arrastar os rapazes para essa história.

— Venha comigo quando eu for conversar com eles. Você decide o quanto quer contar a eles sobre o que está acontecendo. Proteger o rancho faz parte do trabalho. Mesmo que você não conte nada a eles, eles vão ficar sentados do lado de fora do seu chalé noite após noite. Simplesmente porque eu vou mandar que eles façam isso.

Sei bem que, com o resto da equipe de volta ao rancho, vou voltar para meu chalé essa noite. Voltar era nosso plano desde o início. Não há um motivo lógico para ficar aqui, e alguns beijos não mudam o fato de que não estamos *juntos*.

— Beleza. Eu vou com você. — Minha voz ecoa na caneca de cerâmica enquanto dou um gole.

Assim que termino de tomar o café da manhã, Austin vai para o escritório trabalhar, e eu sigo até a casa principal para passar o dia na cozinha com Kate. Nos últimos dias, ele não me deixou sair de seu lado, e agora parece que estamos fingindo que nada aconteceu. A não ser pela ausência de Beryl — que aproveitou a oportunidade para visitar a irmã enquanto a maioria dos caubóis estava fora —, tudo parece ter voltado ao normal no rancho. Só que não, porque estou presa entre sonhar acordada com o beijo de Austin e surtar só de pensar em contar aos caubóis que meu ex psicopata ameaçou aparecer aqui.

— Agora que estamos só as meninas aqui, me conta tudo sobre ontem. Reconheço um rosto arranhado por barba quando dou de cara com um.

Kate enche cuidadosamente os potes com geleia de amora, enquanto estou concentrada picando pepinos para a conserva do outro lado da enorme ilha da cozinha.

— Paramos para almoçar no topo da montanha, e eu disse que achava que aquele lugar era meu lugar favorito no mundo. Então ele sugeriu que a gente fosse até o local preferido dele. Quando chegamos ao lago, estava um calor de matar, então fomos nadar e, de algum jeito, isso levou a um beijo. A *muitos* beijos. E depois mais beijos no estabulo, até Red dar um flagra na gente. — Balanço a cabeça quando o sorrisinho sutil de Kate assume um ar presunçoso. — E foi só isso. Depois do jantar, ele estava meio esquisito, e acabamos discutindo. Mas tivemos uma boa conversa, e achei que estava tudo bem. Hoje de manhã, ele me deixou dormir até mais tarde e preparou o café da manhã. Mas agora ele parece confortável demais em me deixar sozinha depois de não ter tirado os olhos de mim durante dias. E acho que vou voltar para o meu chalé à noite. Então, se você tem alguma ideia sobre o que se passa na cabeça dele, fique à vontade para compartilhar.

Se alguém é capaz de entender os homens da família Wells, o mais provável é que seja Kate. Ela veio para o rancho como cuidadora da mãe deles, que estava doente, então acompanhou tudo de perto.

Uma única risada escapa de sua boca.

— Menina, só o fato de que vocês tiveram uma "boa conversa" significa que você já sabe mais dele do que provavelmente qualquer pessoa aqui. Acho que ele conversa com Beryl às vezes, mas os rapazes não são muito de abrir o coração, e ele com certeza não conversa nada *comigo*. Só posso dizer que ele não era tão rabugento antes da mãe deles morrer. Acho que foi ele quem mais sentiu. E aí Savannah foi a gota d'água. Ele se isolou completamente depois disso.

Savannah? Austin pode não ser de falar muito, mas o fato de nunca ter mencionado esse nome sem dúvida faz parecer que é uma ex-namorada.

— Savannah?

— Ah, merda. Ele não falou dela. Eu devia ter imaginado que ele não falaria. Eles namoraram uns dois anos, e ele ficou arrasado com o término. Eu já tinha visto Austin sair com outras mulheres antes disso, mas acho que ele nem sequer *olhou* para outra mulher desde que a Sav foi embora. Bom... até você. Ele te olha como se você tivesse pintado o céu noturno.

Olho para os potes cheios de pepinos em conserva, me deliciando com o calor do rubor que se espalha pelo meu peito e rosto.

— Isso me deixa bem feliz. — Ela bate palmas, toda animada. — Ele é um bom homem, e eu já estava começando a ficar preocupada, achando que ele nunca encontraria alguém. Isso quer dizer que vocês estão, sabe, juntos?

— Não, não... eu gosto dele. Mas você não acha que estou indo rápido demais depois de ter sido *casada*? Se você e Jackson terminassem hoje, você não estaria procurando um novo relacionamento dois meses depois, certo?

Kate dá uma olhada rápida ao redor para ter certeza de que Odessa não entrou escondida.

— Se ele me batesse? *Porra, com certeza eu estaria.* Eu dormiria com o melhor amigo dele no dia seguinte. Talvez não, porque o melhor amigo de Jackson é o Red, e o sobrenome daquele lá é encrenca. Mas pode acreditar que eu estaria rebolando a bunda no bar da cidade na mesma noite.

Arqueio uma sobrancelha e olho para a barriga de grávida dela.

— Está bem, talvez eu não fizesse isso. — Ela ri e acaricia a barriga. — Mas, se eu estivesse no seu lugar, com certeza. É aí que quero chegar. Até onde sei, quem quebrou os votos de casamento foi ele, e agora você está livre para fazer o que quiser.

Ela tem bons argumentos. Embora rebolar a bunda no bar da cidade e possivelmente estar me apaixonando por um rancheiro rabugento sejam coisas bem diferentes.

Caminho com relutância atrás de Austin até o celeiro onde os rapazes estão tirando as selas. Meu estômago está embrulhado há horas pensando no que vou dizer. No quanto devo compartilhar. E Austin, que deveria ter sido minha cobaia para o discurso que estou prestes a fazer, resolveu desaparecer o dia inteiro. Só deu as caras quando eu estava terminando meu trabalho na horta quinze minutos atrás.

— Parece drama demais. Tenho certeza de que vou ficar perfeitamente bem sem ninguém me vigiando. Não acho que ele vá aparecer aqui no meio da noite e, mesmo se aparecesse, quem garante que saberia que eu estou aqui?

— Aposto que seu carro estacionado na frente do seu chalé será uma ótima pista. A não ser que isso seja seu jeitinho de dizer que vai me deixar comprar uma caminhonete para você usar?

— Não, com certeza não é. Só não sei o que dizer a eles.

— Como eu disse, você não precisa dizer nada.

Ele desliza a enorme porta do celeiro, revelando catorze dos vinte homens da equipe.

Denny olha para nós e meneia a cabeça com uma expressão maliciosa.

— Aus. Potranca.

— Oi, pessoal. Parabéns pela grande vitória, Jacky. — Austin aperta a mão de um homem baixo, de cabelos escuros. — Posso falar com vocês um minuto?

Alguns resmungam, o que só aumenta o redemoinho de apreensão em meu estômago.

— Então, temos uma... ameaça.

Os olhos de Austin se voltam para mim, fazendo todos os outros o acompanharem.

E lá se vai a chance de escapar sem precisar dizer nada.

— Hum, oi. — Não importa que eu já tenha virado amiga de boa parte desses rapazes, sou péssima para falar em público. — Merda, eu não queria ter que dizer nada, mas obviamente não vim parar no Rancho Wells porque sou caubói profissional ou algo assim.

Alguns rapazes dão uma risadinha.

— Meu, hã, marido... — Vejo os olhos de Red quase saltarem das órbitas ao olhar para mim e depois para Austin. — Estamos separados, então eu devia ter dito ex-marido... Enfim, não importa. Eu o deixei e vim para cá porque ele era abusivo e... hã, uma pessoa que eu achei que fosse minha amiga o ajudou a descobrir mais ou menos onde estou e, basicamente, ele me informou que *virá* atrás de mim. Então, Austin...

— Vamos garantir que isso não aconteça. — Austin me interrompe. — Durante o dia, tem bastante gente por aqui, vai ficar tudo bem. À noite, preciso de alguém de olho em tudo. Se virem algum veículo estranho subindo a estrada, me liguem.

— Pode deixar, chefe — diz Red, com a mandíbula contraída e os olhos semicerrados.

— Ninguém mexe com a potranca — concorda Colt.

— Todo mundo de acordo em revezar? — Denny olha ao redor para os outros rapazes, que assentem.

Uma decisão unânime de se revezarem para passarem a noite em claro, em uma situação de potencial perigo, para cuidar de mim. Eu poderia chorar, abraçar cada um deles e chorar mais um pouco. Mas todos voltam ao trabalho com a maior tranquilidade, como se tivéssemos perguntado se o sanduíche do almoço de amanhã poderia ser de presunto em vez de peito de peru.

— Denny, pode assumir o turno hoje à noite? — pergunta Austin.

Mesmo sabendo que esse era o plano, não posso negar que dói saber que Austin prefere passar a noite sozinho a ficar comigo, me deixando a cargo do irmão como se eu fosse uma criança pequena que precisa de babá. Mas é o que ele não diz que ecoa alto em meus ouvidos. Não consigo acreditar que fui ingênua a ponto de achar que havia uma chance de ele me chamar para ir para casa com ele.

— Combinado. Potranca, você vem para a cidade com a gente. — Denny dá um sorriso.

— Esse não era o combinado. — Um músculo no maxilar de Austin se contrai.

— Então arrume outra pessoa para ficar de olho nela, porque vou sair hoje à noite.

Os dois se encaram, e eu pergunto:

— Espera aí, ir para a cidade fazer o quê?

— Jacky ganhou a prova de apartação no Stampede, então está com o bolso cheio de grana para comprar cerveja. Além disso, com um cinturão novinho em folha, ele vai atrair todas as garotas hoje. Vamos sair para comemorar.

Ignorando a expressão furiosa de Austin, digo:

— Parece divertido. Estou dentro. Que horas a gente sai?

Denny tira o celular do bolso da camiseta para checar o horário.

— Hã, dá só uma meia hora para a gente cagar, fazer a barba e tomar banho. Aí encontra a gente na caminhonete de Red.

Eu preferia passar a noite com Austin? Sim. Mas parece que isso não está nos planos dele, então vou até o bar rebolar um pouco a bunda. *Pela Kate.*

— Cecily.

A voz de Austin atravessa o gramado atrás de mim e me alcança quando estou a caminho da minha casa. Já estou pensando na roupa que vou usar e ansiosa para me maquiar pela primeira vez em muito tempo. Quando ele enfim me alcança, estou parada nos degraus do meu chalé.

— Fica na minha casa esta noite. Assim você não precisa ir para a cidade.

Respiro fundo, pensando bem antes de dizer algo que me faça parecer uma boba. Como dizer a ele que estou chateada por ele não ter sugerido isso desde o começo. Ele estava bastante satisfeito em me deixar dormir em meu chalé, vigiada pelos peões, até saber que eu iria para o bar. Se ele quer fazer esse jogo, beleza. Vou garantir que ele se arrependa de não ter me chamado antes.

— Já parou para pensar que eu *quero* ir? Vou me arrumar, me divertir, relaxar e te dar uma noite de folga. Além disso, o Jacky ganhou, então obviamente eu tenho que comemorar.

Não faço ideia do tipo de competição que ele ganhou, mas não vem ao caso.

— É só que… e se ele aparecer na cidade esta noite?

— Aí vou estar acompanhada de meia dúzia ou mais de homens que prometeram me proteger. Acho que vou ficar bem.

— Tudo bem. — Ele suspira. — Divirta-se.

Calma aí. Só isso? Eu esperava pelo menos um mínimo de insistência. Mas ele só estende a mão, aperta suavemente a minha e desaparece na tênue luz do fim de tarde. E eu poderia correr atrás dele, mas não vou.

Exatamente vinte e cinco minutos depois, estou espremida entre Red e Denny no banco da frente da caminhonete, com Sundial e Colt no banco de trás.

Colt me dá um tapinha no ombro.

— Você está linda hoje, potranca.

— Obrigada. Estava esperando uma boa desculpa para usar um vestido bonito e passar batom.

Aliso a saia do meu minivestido azul-gelo. Sem querer parecer convencida, mas ficou fenomenal. É bem curto, com alcinhas de amarrar e costas decotadas, realçando minha pele bronzeada. Pela primeira vez desde que cheguei, estou usando um sutiã com bojo, o que dá uma bela turbinada no meu decote. Os elogios dos rapazes são legais, mas tudo em que consigo pensar é se Austin me acharia bonita.

Considerando como Wells Canyon é pequena, é uma surpresa ver o bar tão cheio. Há várias pessoas do lado de fora, fumando e curtindo o ar cálido da noite, e todas parabenizam Jacky enquanto passamos. Ao que parece, sou a única pessoa na cidade que até poucos minutos atrás não fazia ideia que ele tinha ganhado alguma coisa. E, claramente, Denny não tinha exagerado ao dizer que era um grande acontecimento.

Realmente tão grande, que o barman nos oferece uma rodada de doses de tequila por conta da casa assim que entramos. O líquido dourado desce como fogo e fica queimando em meu estômago até eu apagá-lo com um Long Island Iced Tea.

— Potranca, este é o nosso barman de confiança, Dave — Denny me apresenta ao homem bonito, forte, de uns cinquenta e poucos anos atrás do balcão. — E esta é Cass.

A bela garçonete loira se aproxima de nós.

— Impossível você ter conquistado uma garota tão bonita assim, Denver Wells. Ela ainda não deve te conhecer muito bem.

— Sabe, Cassidy Bowman, se quiser cavalgar, é só pedir em vez de tentar espantar as outras garotas para longe de mim. — Denny dá um gole na cerveja. — Esta é Cecily. Ela está trabalhando no rancho. Acho que você não vai para minha casa hoje, vai, potranca?

Reviro os olhos.

— Não nessa vida, Denny.

— Viu só, Cass? Meu coração é só seu.

— Aham, sei. — Ela dá um tapinha de leve na cabeça dele antes de se inclinar para mim. — Prazer em te conhecer, Cecily. Imagino que saiba lidar com esses caras, mas, se precisar, é só fazer um sinal pra mim.

— Mais uma rodada, por favor. — Denny bate os cílios para ela, que responde com o dedo do meio. — Também te amo, Cass!

— Então, vocês dois...? — Cutuco Denny, enquanto caminho entre ele e Red até uma mesa com o resto dos caubóis do Rancho Wells.

— Ah, não. Não, a gente cresceu junto. Somos só amigos, mas adoro provocar a Cass.

Red solta uma risada abafada.

— Além disso, Dave é o pai dela, então encostar na Cass é pedir para nunca mais entrar no único bar da cidade.

Cassidy aparece na nossa mesa minutos depois com mais doses, e me arrependo de aceitar assim que o líquido toca meus lábios. Exceto por uma cerveja ou outra com Austin, fazia meses que eu não bebia. Minha língua formiga como se estivesse carregada de estática e minha cabeça parece enevoada, mais lenta que o normal.

— Quer dançar, potranca? — Colt agarra minha mão e me puxa para a pista de dança. *Puta merda, estou bêbada.* Ficar de pé só deixa isso mais evidente.

Toca uma música country clássica atrás da outra enquanto Colt me gira pelo piso de madeira até eu ficar tonta, suada e morta de sede. De braços dados, seguimos até o bar, e meu Long Island desce que nem água. Red está recostado no balcão de madeira e, de brincadeira, roubo o chapéu preto surrado de seus cabelos ruivos bagunçados.

— Nem pensar, potranca. — Ele agarra a aba, puxando o chapéu da minha mão bêbada. — Se colocar meu chapéu, todo mundo aqui vai pensar que você vai para casa comigo esta noite. Se usar o chapéu, tem que montar no caubói.

— Merda. Bom... foi mal, mas não, obrigada.

— Imaginei.

Ele pega a cerveja e volta para nossa mesa no canto. E Colt me arrasta de novo para a pista de dança.

Eu bebo, rebolo ao som de músicas country e flerto com caras aleatórios da cidade, deixando que me ensinem o *two-step*, que se dança em casal. Tudo isso ajuda a anestesiar a dor da rejeição, mas nada é suficiente para tirar Austin de vez da minha cabeça. Aceitar drinks de caubóis muito educados e *gentis* só serve para me lembrar que, ao que parece, não curto muito os bonzinhos. Gosto dos calados, mal-humorados, *não*-caubóis. De um em especial.

Quando entro no banheiro escuro e silencioso, sou dominada por um impulso bem familiar a uma garota bêbada.

Mandar mensagem para ele.

21

Austin

Estou quase dormindo e me odiando por não ter desistido do meu plano de pedir ajuda aos rapazes para ficar de olho nela. Se eu não fosse tão covarde, teria perguntado se ela queria ficar aqui logo de cara, antes de envolver os peões do rancho. E talvez, se tivesse perguntado, ela estaria comigo agora, em vez de bebendo no The Horseshoe com outros caras. Eu não estaria sozinho em uma cama que tem o cheiro dela — que tem a presença dela — com essa angústia apertando meu peito e sem ninguém para culpar além de mim mesmo.

O som insistente das notificações no meu celular me faz dar um salto, e um nó se forma no meu estômago enquanto pego o aparelho.

Cecily: Queria que você estivesse aqui

Cecily: ou queria estar aí. Enfim. Por que você não me fez ficar?

Cecily: Acho que você não sabe as coisas que eu faria com você se tivesse me obrigado a ficar aí hoje à noite

Cecily: ou sabe, mas você é só um bebezão.

Então ela está bêbada. Muito bêbada, pelo que parece. E possivelmente com tesão, o que faz meu estômago dar cambalhotas. Mas ela está se divertindo e, apesar da quantidade de caras com quem ela possa estar conversando, está mandando mensagens para mim. Está tudo bem, não é? Não foi má escolha deixá-la ir, certo?

Austin: Estou vendo que alguém está se divertindo. Você está bem?

Cecily: Consigo pensar em algo mais divertido que eu preferiria estar fazendo

Cecily: com "alguém"

Meu pau não perde tempo em entender a insinuação e já lateja dentro da minha boxer fina de algodão. Agora estou *realmente* puto comigo mesmo por não ter pedido — implorado — para ela ficar aqui. Quando se trata dela, minha burrice não tem limites.

Austin: Só está dizendo isso porque já bebeu demais

Cecily: ou porque é a verdade

Cecily: eu quero você

Austin: quer?

Já estou colocando uma calça jeans e saindo pela porta enquanto envio a mensagem.

Cecily: Mas você não se importa. acho que vou ter que me tocar hoje à noite

Cecily: ou talvez eu faça isso agora... não tem mais ninguém no banheiro

Cecily: prometo que vou pensar em você

Puta merda. Nunca desejei tanto na vida ter ido ao bar com os peões como agora. Imaginar ela com tesão e cercada por caras dispostos a fazer tudo que ela pedisse me faz dirigir bem acima do limite de velocidade pela estrada de terra até a cidade. Vou rezando para chegar lá antes que ela acabe nos braços de outra pessoa. Achei que não fazer alarde sobre ela sair fosse a decisão certa: estou tentando fazer exatamente o oposto de tudo que imagino que o ex dela faria. Mas é óbvio que essa foi a decisão errada.

Eu deveria ter feito ela ficar comigo.

Austin: aguenta firme, meu bem. Estou quase aí
Cecily: e estou quase lá
Cecily: estou tão molhada pensando em você
Cecily: pena que você não está aqui para me ajudar

Porra, ela quer me matar.

Ligo para ela e cai na caixa postal. Ela liga um minuto depois, pouco antes de as palpitações do meu coração se tornarem fatais. O som abafado do baixo ressoa ao fundo de seu "alô" levemente arrastado.

— Você está mentindo — digo com um suspiro de exasperação.

Meu pau está desconfortavelmente apertado contra o zíper da calça jeans e meus polegares tamborilam sem parar no volante, esperando a resposta dela.

— Por que não vem descobrir?

Com certeza.

— Meu bem... — Sou interrompido por um gemido baixinho e ofegante. *Porra.* O que eu não daria para ouvir Cecily fazendo esse som pessoalmente. — Cecily, juro por Deus. — Meus batimentos disparam, e está ficando cada vez mais difícil manter a concentração na estrada. — O que você está fazendo comigo, garota da cidade?

— Estou brincando, Austin. Você acha que eu ia me tocar no banheiro de um bar? — Ela dá uma risadinha bêbada no telefone. — Mas quem diria que eu precisava fazer isso para finalmente conseguir sua atenção?

— Ah, você conseguiu toda minha atenção.

— Quer que eu te ligue quando for para valer mais tarde?

— Não precisa. Estarei presente.

Pouco depois, estaciono a caminhonete a toda antes mesmo de ela parar por completo e empurro as portas do bar com tanta intensidade que todos olham na minha direção. O rosto de Denny desaba ao me ver. Para ser justo, a única maneira de eu normalmente estar neste lugar seria sob coerção, então ele deve achar que aconteceu alguma emergência séria.

— O que está acontecendo? — perguntam Red e Denny em uníssono ao me abordarem, um de cada lado.

— Cecily me mandou mensagem. Estou aqui para dar uma carona para ela — grito por cima da música country alta.

— Está tudo bem? Ela parecia estar se divertindo da última vez que a vi — diz Denny.

Red responde por mim:

— Ah, tenho certeza de que está tudo *mais do que bem*. Vocês não foram os únicos que se divertiram nos últimos dias, Den.

— Ahhh, porra, até que enfim.

Denny ergue a mão e me dá um tapa no ombro, mas eu nem sinto o impacto porque a vejo.

Usando um minúsculo vestido azul com babados que parece lindo demais para um barzinho de cidade pequena. Mas, para ser justo, Cecily é linda demais para um barzinho de cidade pequena. Sem um pingo de preocupação, ela deixa Colt girá-la enquanto dançam, e seu vestido rodopia em torno das coxas bronzeadas. Não tem a menor chance de eu interrompê-la porque está tão linda e despreocupada. Em vez disso, eu me sento em um dos bancos do bar e apenas observo. A cada rodopio, vislumbres das costas nuas e um leve decote chamam minha atenção. Era de se esperar que eu estivesse tomado por um ciúme avassalador ao vê-la dançar assim com outro homem, mas o jeito como ela olha para Colt não se compara à maneira como os olhos dela me despedaçam em segundos.

Além disso, tenho as mensagens de texto para provar que ela é toda minha esta noite.

E, quando ela se aproxima, ainda sem fôlego e rindo de algo que Colt disse, coloco meu chapéu na cabeça dela para mostrar a todos.

— Se usar o chapéu, tem que montar no caubói... não é? — Ela me dá um sorrisinho torto. Seus olhos brilham sob o efeito do álcool, e sua voz sai rouca. — Red me contou a regra quando tentei roubar o dele.

— Você está bem bêbada. — Ajeito o chapéu que ela já conseguiu entortar.

— Estou, sim. Isso significa que estou encrencada?

Ela se senta no meu colo como se fosse a coisa mais natural do mundo, envolvendo meu pescoço com um dos braços.

— Seu sobrenome é encrenca, garota da cidade. Vamos sair daqui.

— E se eu não quiser ir? — Ela se aproxima tanto que praticamente sinto o gosto da tequila em seu hálito. Seus quadris roçam em mim, criando uma fricção ardente entre sua bunda perfeita e meu pau. — Vai me colocar de castigo? Me dar umas palmadas?

Ainda bem que a iluminação do bar é baixa, porque imagino como minhas bochechas estão vermelhas, considerando como estão quentes.

— Não me dê ideias.

Ela pega minha mão e a posiciona em sua barriga, enquanto continua a desenhar círculos discretos com os quadris. Dou um gemido baixo em seu ouvido.

— Você precisa parar com isso.

— Parar com o quê?

Ela bate os cílios na maior inocência.

Meu pau pressiona sua bunda firme, implorando para escapar do jeans grosso. Estou desesperado para senti-lo em suas mãos macias, sua boca quente, ou — *cacete* — sua boceta apertada. Não posso ficar pensando nisso ou vou gozar na minha maldita calça. Ela é uma tentação do caralho, e estou no limite.

— Parar o quê, Austin? Parar de deixar seu pau duro? Talvez eu não queira.

Senhor, me ajude, estou prestes a cometer uma besteira extraordinária. A embriaguez dela deve estar me afetando por osmose.

— Se eu colocar a mão por dentro do seu vestido, você vai estar molhadinha, meu bem?

— Quer descobrir?

Sim. Por favor, sim. Mas a maldita voz da razão me lembra que ela está bêbada. Eu deveria ter virado umas doses de uísque quando cheguei aqui para não ficar com a consciência tão pesada por me deixar levar. Porque estou *seriamente* a fim de fazer o que estamos fazendo agora.

— E aí? Seja imprudente, *meu bem.*

Ela me olha com um sorriso atrevido. O bar está mal iluminado, barulhento de um jeito irritante, e ninguém parece estar prestando atenção no que estamos fazendo. Talvez um toque de leve não seja um problema... Meu coração dispara quando ela agarra minha mão e a desliza até a parte interna da coxa, tomando a decisão por mim. Não preciso chegar até a calcinha para sentir o quanto ela me deseja. Ainda nem a toquei e já está escorrendo pela coxa dela. Saber que ela está molhada por *minha* causa me deixa ainda mais duro.

Essa mulher vai ser o meu fim.

— Porra — digo, com a respiração no pescoço dela. — O que te deixou tão molhada assim, linda? Estava imaginando meu pau dentro de você?

Movo a mão e as pontas dos meus dedos roçam de leve a calcinha encharcada. Isso aqui é, de longe, o momento mais erótico e imprudente da minha vida.

— Porra, *há semanas*, Austin.

Cravo os dentes no ombro dela. Meu autocontrole tem limite, e neste momento ela o está colocando à prova. Se eu escorregasse os dedos um pouco mais, por baixo da calcinha, e depois os deslizasse para dentro dela, admirando a expressão em seu rosto enquanto massageava seu clitóris sensível... Se eu fizesse tudo isso, estaria perdido. Eu teria que transar com ela bem aqui, no meio do bar.

Ela sabe exatamente o que está fazendo comigo, com um sorriso doce, como se não estivesse implorando para ser comida.

— Você dança, não-caubói?

Retiro a mão devagar e ajeito a calça para esconder o quanto ela me deixou duro.

— Melhor dançarino da região, garota da cidade.

— Melhor caubói, melhor dançarino... me prove.

Enlaço seu corpo, erguendo seus pés do chão pegajoso do bar, e a levo até a pista de dança para provar *muitas* coisas a ela. Puxo Cecily para perto, aninhando a mão em sua lombar. Seu cabelo se agita sob meu chapéu enquanto ela dança, rodopia e se inclina para trás — confiante de que não vou deixá-la cair. Um sorriso faz seus olhos se estreitarem ao olhar para mim, e meu coração se agita mais do que os babados de seu vestido. Admito que estou meio enferrujado. Faz mais de dois anos desde a última vez que dancei em um bar country, mas Cecily não parece notar ou se importar.

— Você está linda.

Continuamos abraçados entre uma canção e outra, ainda embalados pelo burburinho das conversas no bar.

— Gostou do vestido? — Ela ergue o olhar para mim com um sorriso. — Escolhi pensando em você.

— Gostei. Você é linda com qualquer coisa.

E — imagino — mais linda ainda *sem nada*.

Ela rodopia e aterrissa em meu peito, e então seus lábios estão nos meus. Eu a envolvo pela cintura, deslizando uma das mãos por suas costas para arquear seu corpo contra o meu. Minha língua separa seus lábios e sinto o gosto doce do álcool enquanto exploro sua boca e inspiro seu aroma. Eu a levanto do chão, ansiando em levá-la para longe deste bar lotado e torná-la minha de verdade. Se eu achasse que havia uma chance de ela se lembrar amanhã, era exatamente o que eu faria.

Música após música, dançamos o *two-step* e o *line dance*, coreografias da dança country, parando várias vezes para nos beijarmos no meio da pista lotada. A cidade inteira vai comentar sobre nós dois e, para ser sincero, a ideia me deixa animado. Provavelmente mais do que seria sensato para alguém que está prestes a virar fofoca de cidade pequena. Quero que todo mundo saiba que ela é a minha garota.

Red me dá um tapinha no ombro.

— Ei, chefe. Acho que Den e eu estamos liberados para ir embora, não é?

— Sim, Red. Eu cuido dela esta noite.

Aperto sua cintura com mais força, alimentando uma esperança tola de que a ausência de uma reação instintiva de Cecily seja porque ela confia em mim, e não porque o álcool entorpeceu seus reflexos.

— É melhor irmos para casa também.

Cecily faz beicinho, mas seguimos Red e Denny até o estacionamento. A batida da música no bar reverbera no cascalho sob nossos pés, e enfim respiro fundo um ar que não cheira a álcool, fritura e suor.

Ela sobe meio desajeitada no banco do passageiro e tira as botas. Passa os dedos pelo cabelo loiro e solta um suspiro satisfeito.

— Não me divirto tanto assim há... *nossa*... sei lá, anos.

Antes que eu tenha a chance de responder, ela continua falando, com uma voz arrastada que indica que ela ainda está meio embriagada.

— Por que não me impediu de sair? Ah, sim. Você queria uma noite só para você, e essa foi uma forma conveniente de se livrar de mim. *Como fui ingênua*. Achei que haveria um nós, e então você simplesmente desaparece feito um *babaca*.

A caminhonete fica parada por muito mais tempo do que o necessário no único sinal da cidade. Não consigo tirar os olhos dela e focar a estrada. Ela nem parece brava, apesar de suas palavras darem a entender que estou em apuros.

Mas do que é que ela está falando?

— Eu não queria me livrar de você. Você disse que queria ir.

Ela ri.

— Não, não, não. Eu com certeza queria ficar com você esta noite, mas você me deixou ir embora. Segui o conselho de Kate... tecnicamente, ela estava falando sobre ignorar o KJ, não você. Eu não entendo. A gente se beijou, e foi um beijo *bom*, e achei que havia algo entre nós. Aí você agiu como um namorado carinhoso, me deixando dormir até mais tarde e me servindo café da manhã. Só para me ignorar o dia todo e me despachar feito um pacote para o seu irmão na primeira oportunidade. Não acho que fiz nada de errado, mas parece que você não me quer mais.

Droga.

— Não é verdade. Eu te quero muito. *Muito* mesmo. Mas não quero que se sinta pressionada por mim, ainda mais quando você continua legalmente casada.

Além disso, estou morrendo de medo. Estou apavorado porque nos últimos dias senti que é para valer, e ainda nem transamos. Já estou envolvido demais.

— Austin, só sou legalmente casada porque o divórcio não acontece rápido assim. Mas eu terminei com ele. Quero transar com você. Está bem? Entende isso? Pronto. Você não está me pressionando. — Ela levanta as mãos, exasperada. — Quero tirar isso da nossa cabeça porque é exaustivo fingir que eu não quero que você me coma. Então *me come*, porra. Não preciso confiar em você para fazer sexo com você... *Meu Deus.*

Seu breve discurso deveria me deixar excitado. Deveria me deixar duro feito pedra, mas acaba só criando um buraco em meu estômago e uma fissura no meu peito. Atinge meu corpo com uma ferocidade dilacerante e mordaz.

— Acabou? — Ela está tão bêbada que duvido que vá se lembrar dessa conversa amanhã, então é melhor eu dizer tudo de uma vez. — Você quer um estepe ou quer algo de verdade? Porque tenho me esforçado ao máximo para ir devagar, te dar tempo. Quero uma coisa séria com você, mesmo que isso me assuste. Tenho tentado não fazer nada que possa te deixar desconfortável. Mas, droga, se só o que você quer é superar seu marido transando com outra pessoa, me avisa. Você podia ter me falado que precisava de um estepe, meu bem. Se para você é só isso, vou te comer até você não conseguir nem mexer um músculo por dias, sem conseguir parar de pensar em mim e sem nem sequer se lembrar do nome dele.

— Não.

— Não, o quê?

— Não, não é só isso para mim. Não estou te usando para superar ele. Você não é meu estepe. — Apesar de estar escuro, a mão dela encontra a minha no console central. Ela entrelaça nossos dedos e aperta mais. —

Talvez você me conheça melhor do que qualquer um neste momento, e eu só... não quero ser ignorada. Já fui muito ignorada, e pensei que com você seria dife...

Sua voz falha e, com um aperto firme no volante, paro no acostamento a tempo de estender a mão e pegar a primeira lágrima que escorre por sua bochecha. A fissura no meu peito se rompe de vez por saber que sou responsável por deixá-la chateada.

— Não chore, meu bem. Por favor. Isso acaba comigo.

— Desculpa — diz ela, enxugando as bochechas rosadas e úmidas. Meu Deus, eu odeio esse péssimo hábito que ela tem de se desculpar por coisas que não exigem um pedido de desculpas. Mas odeio ainda mais saber que alguém em sua vida fez com que ela sentisse que precisava agir assim. — Fico chorona quando bebo. É besteira... deixa pra lá.

Ela esfrega as mãos nos olhos, secando as lágrimas, mas também borrando rímel por toda parte, fazendo-a parecer um guaxinim fofo e bêbado.

— Eu nunca quis que você achasse que eu estava te ignorando, juro. É impossível te ignorar. Tem sido impossível desde o dia que você apareceu aqui... pode acreditar, eu tentei. Qualquer esperança de conseguir te ignorar foi por água abaixo assim que te vi na beira da estrada. Tudo em você me deixa desconcertado de um jeito que eu nunca senti antes... minha cabeça vira um caos quando se trata de você. Sei que não tenho lidado com isso da melhor forma, e eu sinto muito.

Seus dedos pousam delicadamente na minha bochecha, roçando em minha barba áspera. Então seus lábios encontram os meus no escuro, em um encaixe perfeito, como se nossas bocas tivessem sido feitas para sempre encontrarem o caminho até a outra. Embora não seja minha bebida favorita, eu beberia tequila dos lábios dela todo dia.

— Posso ficar com você esta noite? — sussurra ela, tímida. Como se achasse de verdade que eu poderia dizer não. Ela podia pedir para se mudar de vez, e eu esvaziaria metade do meu armário para ela hoje à noite. Nunca quis que ela voltasse para o próprio chalé, para começo de conversa. É só que estou obcecado em tentar agir como acho que *deveria*.

— Minha cama é sua cama, meu bem.

— Hummm. Bom, você tem uma cama *maravilhosa.* — Ela recosta a cabeça na janela enquanto volto para a estrada. — Sei que você dirigiu até a cidade porque te mandei mensagens picantes... então estou tentando me recompor. Mas, *puta merda*, estou exausta.

— Eu já estava me preparando para ir te buscar desde a primeira mensagem, e não por querer me aproveitar de você bêbada. Mas sou todo ouvidos se quiser falar comigo assim quando estiver sóbria.

Ela está ressonando antes que eu termine a frase. Seu rosto está recostado na janela, e meu chapéu pende torto na cabeça dela. Reduzo a velocidade a cada curva na estrada, desvio de buracos o melhor que posso e, quando entro na entrada de carros, tomo a rota mais longa para evitar as luzes fortes do celeiro. Ela está tão tranquila que não quero acordá-la.

Abro a porta do passageiro bem devagar, deslizando a mão com cuidado para evitar que Cecily caia. Com ela aninhada em meus braços, sigo pelo caminho escuro. Eu me atrapalho com a maçaneta, e ela se remexe, murmura algo incoerente e se aconchega mais em mim, aninhando a cabeça sob meu queixo. Fico paralisado, esperando até que ela se aquiete antes de seguir para o meu quarto e deitá-la com cuidado na cama.

Mesmo bêbada, duvido que ela queira dormir de maquiagem e vestido justo. Eu me esgueiro até o banheiro, umedeço uma toalha de rosto e volto para pegar uma camiseta na cômoda.

— Meu bem, ei. — Tiro o cabelo de seu rosto. Ela nem se mexe. Na remota possibilidade de ela estar apenas me ignorando, acrescento: — Vou te ajudar a se preparar para dormir, ok?

Como era de se esperar, ela nem responde. *Essa garota dorme como uma pedra.* Com a toalha morna, começo a limpar o rímel borrado dos seus olhos. Ela abana a mão em câmera lenta, na tentativa de se livrar de mim, mas desiste e a aninha embaixo do travesseiro. Quando acho que consegui remover o máximo de maquiagem possível, considerando que tenho apenas a suave luz vinda do banheiro para me orientar, olho para a camiseta ao meu lado. Um milhão de pensamentos conflitantes passam pela minha cabeça.

Talvez ela fique bem com o vestido.

Mas não parece muito confortável.

É esquisito tirar a roupa dela enquanto ela dorme?

Eu já a vi de sutiã e calcinha... na verdade, seu corpo quase nu já esteve colado ao meu.

Por fim, cedo e deslizo as alças do vestido pelos ombros dela, muito atento a qualquer indício de que ela esteja acordando. Enquanto estou tentando puxar o vestido justo pelo corpo dela, ela murmura alguma coisa. Quando olho para ela, seus olhos estão semiabertos e me encarando.

— Achei que você ficaria mais confortável usando algo sem ser esse vestido — me apresso em me defender.

Ela assente, erguendo os quadris para me ajudar a despi-la. Pego a camiseta e começo a procurar a gola, quando ela tira o sutiã em um movimento ágil e o joga no chão.

Puta merda. Engulo em seco e desvio depressa o olhar porque, mesmo sob à luz fraca, consigo ver bem mais do que planejava esta noite. Não que eu esteja chateado com isso.

— Aqui... a camiseta. — Estendo a peça às cegas, sacudindo de leve para que ela a pegue.

— Não seja um bebezão. Pode olhar... ou tocar. — Há um leve toque de humor em sua voz. Cecily bêbada é perigosa para caralho. — Você prometeu que não ia me ignorar, lembra?

Fecho os olhos e levo um momento para me recompor.

— Meu bem, eu com certeza não estou te ignorando. Só estou me esforçando ao máximo para ser o homem decente que minha mãe me ensinou a ser, ok?

— Buu, que sem graça. — Ela passa a camiseta pela cabeça e se enfia debaixo das cobertas. — Aus?

— Sim?

— Tenho um presente para você.

Ela estende o punho fechado com um sorriso sonolento no rosto, então, por reflexo, estendo a mão aberta em sua direção. Uma minúscula calcinha de renda, toda embolada, cai da mão de Cecily na minha, e ela solta uma risadinha suave.

Meu Deus do céu. Eu queria ter ficado bêbado também hoje à noite. Aí poderíamos tomar decisões ruins juntos.

— Porra, mulher. Você está mesmo decidida a me fazer cometer uma loucura esta noite, né? — Com todo o sangue fluindo direto para o meu pau, é um pequeno milagre que eu consiga tomar qualquer decisão inteligente neste momento. — Por mais linda que você esteja, e por mais que eu queira fazer amor com você até o sol raiar, o máximo que posso oferecer é uma conchinha.

Ela geme de frustração.

Dou um beijo na cabeça dela, e seu cabelo faz cócegas no meu nariz.

— Consegue ficar acordada um minuto? Volto num instante com água e ibuprofeno.

É claro que ela não consegue. Um minuto depois, ela está dormindo tranquila, encolhida de lado, com as mãos sob a bochecha. Apesar do som suave de sua respiração, lenta e profunda, e do calor de seu corpo na minha cama, não consigo dormir. Não consigo dormir porque, deitado aqui, olhando para ela, me dou conta do quanto estou envolvido. Um sentimento familiar, que prometi a mim mesmo que nunca mais sentiria, está ali, na ponta da língua, esperando que eu admita. Pelo visto, não importa quantas vezes eu diga a mim mesmo que isso não vai dar certo — que ela vai embora assim que sentir que não precisa mais ficar aqui. Quando eu a abraço e a beijo, nenhum dos meus medos importa. Nada importa.

Em um sono profundo, Cecily murmura algo que não consigo entender. Sua bunda se aninha em meu corpo e ela murmura meu nome no travesseiro. *Ela está sonhando comigo.* Meus olhos se arregalam no quarto escuro como breu, e as batidas do meu coração acelerado quebra o silêncio. Observo os longos cílios pousados sobre sua pele macia, as bochechas que formam covinhas quando ela sorri e a pequena sarda logo acima da sobrancelha.

Merda.

Acho que estou apaixonado por ela.

22

Cecily

— Não quero saber das merdas potencialmente constrangedoras que eu disse ou fiz ontem à noite.

Agarro minha caneca de café como se fosse a única coisa que me mantém viva. A claridade fere meus olhos e o som da máquina de café parece uma britadeira em meus ouvidos. Se há alguma vantagem em dormir na inocência com o chefe, é me livrar do trabalho hoje.

— Então talvez seja melhor apagar suas mensagens de texto, meu bem. E beber um pouco de água. — Ele beija minha cabeça. — Se precisar de mim, estarei no escritório. Tudo bem?

— Vou ficar morrendo aqui e, caso em algum momento eu consiga sair deste sofá, vou encontrar Beryl.

— Por favor, tente não morrer — grita ele ao sair pela porta.

Depois de mais trinta minutos tomando meu café, remoendo meu arrependimento pelas doses de tequila e sendo torturada pelas vagas lembranças da noite passada, arrasto meu traseiro miserável do sofá. Quando abro o chuveiro, já estou me sentindo bem melhor — graças ao ibuprofeno, dois copos gigantes de água fria e três encontros com a minha escova de dentes. Pego o celular na mesa de cabeceira, preciso de uma boa playlist para me animar o suficiente para sair de casa, quando a voz de Austin me dizendo para apagar minhas mensagens me instiga a abrir o histórico de bate-papo.

Merda. Eu me encolho de vergonha ao ler tudo que enviei a ele. Tenho uma vaga lembrança de ter dado em cima dele ontem à noite, mas *isso* aqui é outro nível.

Se bem que… ele parecia estar a fim.

Ainda devo estar bêbada porque, em vez de apagar, me pego retomando a conversa da noite passada. *Quanto tempo a tequila fica no organismo?*

Cecily: Quer me ajudar agora?

Aumento o volume do toque do aparelho, entro no chuveiro e deixo a água fria escorrer pelo cabelo. A sensação no couro cabeludo alivia o que restava da dor de cabeça persistente, e mal consigo ouvir a notificação do celular, abafada pelo jato d'água ecoando em meus ouvidos. Eu me estico por trás da cortina do chuveiro, seco a mão na toalha e pego o telefone.

Austin: Com o quê? Você está bem?

Com certeza ainda estou bêbada. Só posso estar. A Cecily sã e sóbria jamais teria coragem de enviar a ele uma foto da própria mão segurando o chuveirinho. Mas eu envio.

Cecily: Acha que devo usar isso ou você prefere ajudar?

Quem disse que caipiras são burros, não conhece Austin Wells, porque ele entende e responde em trinta segundos.

Austin: SIM, eu quero ajudar

Austin: Juro por Deus, é melhor não estar brincando. Me dá cinco minutos. Preciso me livrar da Beryl.

Não respondo. Em vez disso, me divirto observando os balões de digitação aparecerem e desaparecerem quatro vezes nos dois minutos seguintes.

Austin: Por favor, me fala se é sério.
Cecily: Vai mesmo correr o risco de não descobrir por conta própria?
Austin: Fique onde está.

Instantes depois, ouço Austin irromper pela porta da frente. Consigo imaginá-lo correndo pelo gramado e descendo a trilha. Deve ter vindo a uma velocidade alucinante para chegar aqui tão rápido. Ele bate com o punho na porta duas vezes antes de abri-la, atingindo a parede com um baque.

— Meu bem, não sei se você está só se divertindo com a minha cara ultimamente, ou se andou bebendo de novo. Por favor, me diz que está falando sério.

Espio pela fresta da cortina do chuveiro. Austin está corado e parece um pouco desconcertado, mas dá para ver que mal consegue conter a excitação.

— Entre aqui e venha descobrir.

Minha voz vacila e descubro que é bem difícil ser sensual e ousada ao vivo. Mas, droga, se tem uma coisa de que eu me lembro da última noite, é o quanto eu o desejava. Austin foi respeitoso e gentil, é claro — sempre o responsável. Estou ansiosa para ver o que vai acontecer quando ele finalmente se permitir ter o que quer.

— Saia daí. Se não estiver blefando, vou te levar para a cama e fazer isso do jeito certo.

É, na verdade, parece melhor. O chuveiro mal tem espaço para eu depilar as pernas. Sexo aqui seria complicado, na melhor das hipóteses. Ele enfia uma toalha pela borda da cortina, e eu a enrolo meio frouxa no corpo antes de sair. A mão de Austin serpenteia pela minha cintura, me puxando para si e apoiando a testa na minha. Acaricio o volume rígido em suas calças para que ele saiba o quanto estou falando sério.

— *Porra.* — Ele puxa o ar com força. — Beleza então.

A toalha cai em uma poça a nossos pés, e ele dá um passinho para trás, me devorando com os olhos da cabeça aos pés. Achei que ele tinha feito eu me sentir sensual antes, mas o jeito como ele morde os lábios de leve, os olhos percorrendo meu corpo, me deixa zonza.

— Passei semanas imaginando essa cena, mas você é mais linda do que eu poderia sonhar.

Meu peito arfa, estou desesperada para que ele pare de *olhar* e comece a me tocar. Preciso das mãos dele em todos os lugares. Engancho os dedos nos passadores do cinto dele e dou um passo em sua direção, meus olhos ávidos encontram os dele. Sua mão envolve minha nuca, puxando meu corpo nu contra o dele, e, por um instante, fico paralisada. Nós dois sentimos, e o tempo para. Meu coração afunda no peito, temendo que ele se afaste de mim, como se eu fosse um objeto avariado.

— Preciso ouvir da sua boca que é isso que você quer. Que não tem dúvidas — murmura ele, depositando beijos suaves no meu pescoço entre as palavras. Seu corpo se aperta mais ao meu, e me derreto nele, tomada por um desejo avassalador. — Diga para eu parar, senão vou te levar para nossa cama e fazer amor com você. Quero saborear cada pedacinho do seu corpo sem pressa, me deliciando com seu prazer.

Nossa cama.

Austin acaricia meu queixo, me deixando lânguida em suas mãos.

— Vou realizar cada fantasia que tenho toda vez que olho para você.

— Você gosta muito de me olhar — provoco enquanto ele beija meu ombro. Saber que ele fantasiou sobre este momento faz uma umidade quente se espalhar entre minhas pernas.

— Você é tudo que eu quero olhar. Só você. — Seus lábios se colam nos meus, e minha boca se abre com um pequeno suspiro. — Me diga o que você quer.

Já sem fôlego pela ternura de seus lábios, que deslizam até minha clavícula, sussurro:

— Eu quero isso. Quero você.

Então, ando de costas com seu corpo colado ao meu, em um beijo carregado com toda a energia sexual reprimida da noite passada e de todos os dias que levaram a este momento. Quando minhas costas batem na parede, sinto o volume rígido me pressionar através da calça. Um calor familiar se enrosca em minha barriga, e me atrapalho com os botões de sua camisa em um frenesi. Preciso tocá-lo. Minhas mãos percorrem seu peito e seus ombros, empurrando a camisa para longe. Ele absorve meu toque como um homem faminto e desliza os lábios pelo meu pescoço, parando para mordiscar e chupar minha pele sensível até que eu derreta em gemidos em seus braços.

— Vou ser gentil com você — ele passa a língua pelo meu mamilo, e agarro os cabelos dele, rebolando meus quadris contra o contorno rígido de seu pau — até que você não queira mais que eu seja. Você está no controle, meu bem.

Estou tudo, menos no controle.

Suas mãos descem pela minha cintura enquanto a língua traça um caminho até a curva dos meus seios, depois pela minha barriga e, em seguida, pela pele fina que envolve o osso do meu quadril. Sugo o ar frio entre os dentes, e ele congela na hora.

Austin se ergue e aninha meu rosto em suas mãos quentes e calejadas.

— Você está bem? Quer que eu pare?

— Não. — Eu o puxo para mim. Nunca pensei que ansiaria pelo toque de um homem com tanta intensidade, mas estou dominada por um desejo de senti-lo em cada parte do meu corpo, ao mesmo tempo. — Eu quero você. Só ignore se eu ficar tensa às vezes, tudo bem? A última coisa que quero é sentir que tem algo de errado comigo.

Ele se agacha de novo e beija delicadamente o ponto no meu quadril que me fez recuar.

— Não tem nada de errado aqui.

Minha respiração fica presa na garganta enquanto sua mão áspera desliza com delicadeza pela parte interna da minha coxa, onde excitação e água do chuveiro se misturaram. Um gemido grave ressoa pelo peito de Austin quando ele desliza a língua pela pele molhada.

— Quarto, agora.

Ele se levanta, agarra minha bunda e me ergue no ar. Por instinto, me enrosco nele, envolvendo seu pescoço com os braços e prendendo as pernas ao redor de seu torso. Enquanto ele nos leva até o quarto, sinto o metal frio da fivela do seu cinto roçar em mim, fazendo minhas coxas se apertarem ainda mais a cada movimento contra meu clitóris.

Ele sorri ao perceber o que está me fazendo gemer baixinho.

— Se minha fivela for suficiente para te fazer gozar, espere até sentir minha língua.

Assim que me coloca com cuidado na cama, ele continua a exploração. Beijos famintos, mordidas suaves e lambidas quase imperceptíveis em cada pedacinho do meu corpo. O contraste entre os toques brutos e gentis me deixa ofegante e desabo na cama macia como se tivesse sido drogada. Uma névoa quente e densa se espalha por todo meu corpo.

— Você confia em mim? — pergunta ele, voltando a me beijar logo em seguida. Parece uma pergunta estranha, dada a posição vulnerável em que me encontro.

— S-sim — murmuro, movendo os quadris contra ele enquanto ele se inclina para beijar meu pescoço. — Por quê?

— Eu te disse ontem à noite que estou indo devagar. Preciso ter certeza de que você confia em mim. Não quero que isso seja uma única transa rápida só para você superar seu ex, e não quero fazer nada que possa te machucar.

Meu Deus, não é hora de me fazer pensar em KJ. A menos que ele queira que eu fique mais seca que o Saara.

— Austin, se você não parar de falar dele... — Seguro seu queixo com firmeza entre meus dedos. — Eu confio em você. Eu quero você.

Minha mão livre desce pelo seu peito até o volume em sua calça, e ele solta um suspiro trêmulo quando acaricio seu pau por cima do tecido.

Desafivelo o cinto dele em segundos, e meus beijos se tornam selvagens. Mal respiramos enquanto deslizo a mão com ousadia para dentro da calça dele, por baixo da boxer. A caminhonete dele com certeza não é uma tentativa de compensar nada. O gemido que ele solta se entrelaça à minha boca enquanto meu polegar circula a cabeça, deslizando pela excitação que goteja na ponta e espalhando-a por todo o comprimento.

— Vai dizer mais alguma coisa idiota? — Sorrio contra seus lábios.

Ele balança a cabeça e volta a beijar meu corpo. *Cara esperto.* Ele se ajoelha na beira da cama e, agarrando meus quadris, me puxa para si. Seus olhos me prendem no colchão enquanto suas mãos sobem por minhas coxas. Elas estremecem sob seu toque, enquanto ele as abre com firmeza, observando meu corpo exposto, à espera, ávido. Quando ele desliza um dedo devagar pela umidade entre minhas pernas, seus ombros relaxam, como se me tocar fosse tudo pelo que ele ansiava. Enquanto isso, a intensidade do meu desejo chega a doer. Seu rosto está tão perto, que meu corpo se impulsiona por instinto em direção a ele. Desesperada por pressão, alívio, qualquer coisa. Ele abre caminho com os dedos, deixando seu hálito quente soprar em minha pele sensível. O zumbido como de uma corrente elétrica obriga meus quadris a se moverem quando sua língua faz um leve contato com meu clitóris.

Puta que pariu.

Percebo que devo ter dito isso em voz alta quando sinto a risada dele reverberar em minha boceta. Os olhos dele me incendeiam enquanto ele me encara entre lambidas e beijos delicados, me provocando. Cada leve toque me deixa cada vez mais inquieta, faminta e lasciva por ele. Seus dedos deslizam pela umidade e minhas costas se arqueiam bruscamente em resposta.

— Porra, você está tão molhada e linda. — A voz dele está mais grave e mais ávida do que nunca. Admiração e desejo se entrelaçam em suas palavras. — Bem do jeito que eu sabia que seria.

A língua de Austin mergulha em mim, e um gemido escapa da minha garganta, que parece despertar nele um instinto primitivo. Seus olhos escurecem, as pupilas se dilatam e seu olhar percorre meu corpo. Dois dedos deslizam para dentro de mim, curvando-se para roçar o ponto exato que transforma as faíscas em um incêndio. Ao mesmo tempo, sua língua traça círculos rápidos no meu clitóris. Meus dedos se entrelaçam em seus cabelos escuros, puxando e agarrando para evitar que eu me contorça para fora da cama. Perco a capacidade de pensar em qualquer coisa além da sensação inebriante que pulsa em meu âmago.

Quando estou prestes a atingir o clímax, ele desacelera. Voltando aos beijos doces e ao toque leve como uma pluma. Agarro sua cabeça, puxando-o de volta para mim.

— Por favor — choramingo. — Estou quase lá.

— Prometo que a espera vai valer a pena. Não vou te deixar na vontade. Você vai gozar nos meus dedos, na minha língua e depois no meu pau.

As mãos firmes de Austin agarram meus quadris com força. Ele me devora outra vez, e meu suspiro de êxtase é respondido com um grunhido estrondoso. Só o som quase me leva ao limite. Saber que ele está gostando tanto quanto eu torna tudo muito mais delicioso. Várias vezes, ele me leva até o limite e então para pouco segundos antes do que imagino que será um orgasmo avassalador. Ele se redime com beijos suaves, quase arrependidos, por toda a minha pele antes de recomeçar.

Solto um suspiro exasperado.

— Você está quase me obrigando a fazer isso sozinha.

— Quanta impaciência. Estou feliz em passar cada minuto que puder aqui. Que pressa é essa?

Seus dedos pressionam dentro de mim e deslizam para fora, forçando meus quadris a se erguer da cama implorando por mais. Meu gemido preenche o quarto enquanto repuxo os lençóis, me agarrando a qualquer coisa que me mantenha firme.

Com um sorriso presunçoso, Austin retira os dedos e os coloca na boca. Uma expressão de desejo domina seus olhos escuros. Meu clitóris, inchado e hipersensível, lateja de antecipação. Não *quero* que ele me toque. Eu *preciso.*

— Porra, seu gosto é perfeito. É a coisa mais doce que já provei. — Um tremor varre meu corpo quando os dedos dele deslizam dentro de mim, em seguida ele lambe os dedos úmidos outra vez. — Está pronta para que eu pare de ser gentil?

— *Isso* foi você sendo gentil?

Meus olhos se arregalam de surpresa. Seja lá o que ele está planejando, me deixa com medo, curiosa e excitada para cacete.

A barba de Austin roça de novo a parte interna das minhas coxas, e as fecho ao redor da cabeça dele. Sei o que quero. Desta vez, não vou deixar ele escapar até eu conseguir.

Seus antebraços afastam meus joelhos, e ele me olha.

— Mantenha essas pernas abertas como uma boa garota. Quero que você veja quando eu fizer você encharcar meu rosto com seu gozo. Quero que você me afogue.

Ninguém jamais tinha falado assim comigo, mas isso só faz aumentar a umidade quente entre minhas coxas trêmulas. A única coisa que consigo fazer é gemer um leve "Tá bom".

Os lençóis macios acariciam meu corpo, e eu afundo mais a cada toque delicado. É tudo o que nunca achei que fosse experimentar com um homem — nunca me senti tão cuidada. *Amada.* Seus olhos se erguem para os meus, me observando através dos cílios escuros, me avaliando para ter certeza de que estou confortável.

Meu corpo estremece imediatamente ao sentir sua língua encontrar meu clitóris de novo, e seus dedos apalpam de um jeito que só meu vibrador favorito já fez. Eu me contorço na cama. As unhas dele cravam em minhas coxas para me segurar, prolongando meu orgasmo de todas as formas possíveis. Todos os músculos do meu corpo se contraem e, mesmo após o clímax, ele não para. Sua língua continua a lamber levemente meu clitóris sensível, enquanto espasmos secundários fazem minhas pernas tremerem violentamente sob suas mãos.

— Austin — gemo alto. Nunca fui do tipo que geme o nome de um cara na cama, mas também ninguém jamais tinha me feito gozar assim.

— Humm. — O ronco de sua voz em minha pele dispara uma nova onda de desejo pelas minhas veias.

— Porra — gemo. — Acho que não aguento mais.

Ele se afasta para me encarar e diz:

— Mais uma vez. Só mais uma vez, meu bem. Sei que você consegue. *Nossa.* Quantas vezes eu já bati punheta pensando nisso... seu gosto e seu corpo se contorcendo enquanto eu te faço gozar. Agora que eu tenho você, não quero que isso acabe nunca.

Seus dedos mergulham em mim mais uma vez, e tudo que consigo pensar é no quanto eu queria que fosse seu pau. Não tenho certeza se sou capaz de aguentar mais um orgasmo, mas parece que não tenho muita escolha. Seu polegar esfrega meu clitóris, e mordo o lábio para não gritar. Enquanto ele me leva de novo ao êxtase, tudo o que quero é senti-lo dentro de mim até nos tornarmos um só. Quero causar em seu corpo o mesmo efeito que ele está causando no meu agora. Um segundo orgasmo me atinge rápido, intenso, enquanto ele me lambe com frenesi, mantendo um ritmo constante com a mão. Minhas unhas arranham seus ombros, meus pés se contraem, e um líquido quente jorra de mim enquanto meu corpo todo convulsiona com um último golpe de sua língua.

— Boa garota — murmura ele entre minhas pernas. — O que eu não daria para ter você gozando na minha boca o dia todo.

Agarro seus cabelos, puxando-o para cima até ficarmos cara a cara, sentindo uma lufada de ar frio entre as pernas. Seja qual for a emoção em seus olhos neste momento, quero vê-la todos os dias pelo resto da minha vida. Ele devora minha boca e, enquanto sua língua aparta meus lábios, sinto o gosto do tanto que o desejo. O tanto que ele me deseja é evidente pelo pau duro como pedra apertado em sua calça jeans, que ele esfrega em mim com um gemido abafado. Puxo o cós da sua calça, precisando que suas roupas saiam logo do caminho. Qualquer coisa, até mesmo o ar, é uma barreira grande demais. Faz anos que um homem não desperta esse desejo selvagem em mim, e não consigo me conter nem mais um instante.

— Preciso de você — admito. — E preciso que tire isso.

Austin se levanta e deixa a calça cair no chão. Eu me sento na cama, tão rápido que sinto uma leve vertigem. Fixo o olhar no que vejo diante de mim e puxo o cós da boxer, deslizando-a para despir seu pau. Meu coração martela alto no peito, ecoando no ar parado e denso. Minha boca de repente está cheia d'água, só de pensar em senti-lo bem dentro de mim. Com um gesto rápido, ele desliza a mão da base até a cabeça com duas estocadas firmes, fazendo o pau babar outra vez.

Não sei bem o que me dá, mas ergo os olhos para ele e pergunto:

— Posso te provar agora?

Ele dá uma risada suave, com uma expressão de desejo quase dolorosa estampada no rosto.

— Você está mesmo tentando me matar, não está?

Agarrando seus quadris, me aproximo e lambo da base até a ponta, girando a língua pelo líquido salgado que brilha em seu pau. Eu o levo à boca, arrancando um gemido abafado de prazer mútuo. Chupo com força a ponta e então, centímetro por centímetro, engulo o máximo que consigo. Sinto um calor nas bochechas e uma dormência no maxilar enquanto abro a boca mais do que imaginava ser possível. Seus gemidos ofegantes e arfadas sufocadas me incitam a ir cada vez mais fundo.

Minha mão desce para acariciar suas bolas, e ele, por reflexo, se impulsiona para a frente, enfiando o pau no fundo da minha garganta, me fazendo engasgar. Lágrimas brotam em meus olhos enquanto o encaro, extasiada.

Para minha surpresa, eu *adoro* a sensação.

— Desculpa — murmura ele, acariciando meu cabelo ao recuar.

— Não peça desculpa por coisas que não exigem um pedido de desculpa. — Devolvo suas palavras com um sorriso. — Faz de novo. *Por favor.*

Encho minha boca mais uma vez, soltando o ar com força pelo nariz. Ele tira o cabelo do meu rosto e o coloca com delicadeza atrás da minha orelha.

— Meu Deus, você é linda pra caralho... sempre é, mas ainda mais agora com meu pau na boca.

Ele desliza devagar, mas não vai até o final. Minha língua escorrega por ele enquanto libero a boca para falar mais uma vez.

— Pare de se conter. Eu falei para fazer *de novo.*

— Eu não quero te machucar.

— Você não vai, eu prometo. Eu te dou um tapinha se precisar que você pare. Agora, por favor, pare de se controlar ao menos uma vez e fode minha boca do jeito que eu sei que está morrendo de vontade. Eu confio em você... pode se soltar.

Austin dá um suspiro ofegante e entrelaça os dedos no meu cabelo, segurando minha cabeça com firmeza. Minhas mãos agarram sua bunda, puxando-o para mim. Desesperada. Faminta. Não sei o que me deu. Não é meu primeiro boquete, mas *isso*? Nunca fiz nada assim — e nunca pensei que faria, mas quero mais. Tudo o que ele quiser, tudo o que estiver disposto a me dar. Quero tudo dele e mais um pouco.

Ele empurra mais fundo na minha garganta, fazendo meu corpo todo tremer.

— Isso... engole tudo. Até o talo... mais fundo... *porra*.

Seus quadris se movem com força, arrancando um gemido abafado do fundo do meu peito.

Ele está perdendo o controle. Esta é, de longe, minha versão favorita de Austin. Quero que esse homem selvagem, indomável e apaixonado me coma sem dó.

— Eu não esperava que você fosse gostar de engasgar com o meu pau, mas sempre soube que essa boquinha linda servia para bem mais do que só falar. — Para um cara reservado, com pose de durão, ele é bem versado na arte de falar sacanagem. Não estou reclamando. Suas palavras fazem meu clitóris vibrar toda vez.

Minha língua desliza pela ponta, e ele se contorce. Com as bochechas encovadas, vou recuando lentamente até que meus lábios se soltem do seu pau com um estalo alto.

— Então é melhor fazer bom uso — provoco. E o coloco de volta na boca. Lentamente. Respirando e engolindo o volume do seu pau. Massageio as bolas e ele agarra meu cabelo, prendendo-o em um rabo de cavalo improvisado, guiando o ritmo do movimento da minha cabeça.

— Porra... Cacete. — Ele se afasta bruscamente, e eu lambo os lábios, saboreando o gosto salgado na minha língua. Seu peito arfa. — Não, não vou gozar ainda. Preciso sentir sua boceta perfeita em volta do meu pau primeiro.

Ele vai até a cômoda e pega uma camisinha. Eu o encaro, babando como um cão faminto, enquanto ele a desliza pelo pau e se posiciona sobre mim na cama.

— Última chance para mudar de ideia. Se não quiser…

Solto uma risada incrédula.

— Austin Wells, tire essa ideia da cabeça. Eu quero você. O que mais eu preciso fazer para você acreditar?

Agarro seu queixo e o puxo para um beijo lento que me faz lembrar do nosso primeiro beijo no lago. Hálito quente e desejo mútuo se misturam enquanto exploro sua boca com a língua. Coloco a mão entre as pernas e me toco por um instante antes de levar meus dedos encharcados aos lábios de Austin. Seu gemido suave ecoa pela minha mão quando ele me saboreia.

— Viu? — pergunto. — Estou toda encharcada… só por sua causa. Nunca desejei tanto alguém quanto estou desesperada por você, e juro que é isso que eu quero. Por favor, Aus, me dá o que eu tanto quero.

Sem dizer mais nada, ele se encaixa entre minhas pernas, roçando a ponta no meu clitóris até eu gemer. Estou consumida pela necessidade de sentir algo, *qualquer coisa*, dentro de mim. Tenho certeza de que ele se excita em me fazer implorar por ele — as últimas vinte e quatro horas são prova mais do que suficiente disso. Minha respiração fica presa na garganta quando ele avança, me penetrando em um movimento lento e delicioso.

— Puta merda. — Seu gemido rouco corta o ar denso. Ele recua até que apenas a ponta rígida permaneça dentro de mim, e então empurra de volta com mais força, me preenchendo por inteiro e arrancando um arquejo suave dos meus lábios.

Meu Deus. O olhar faminto em seu rosto me faz envolver os tornozelos ao redor de seus quadris, instigando-o como um touro feroz. Não consigo desviar meu olhar do prazer que se acumula em seus olhos a cada estocada. Ele agarra meu tornozelo, levando-o até o ombro, e seus quadris se chocam contra mim, mergulhando cada vez mais, até chegar ao limite. Ele está voraz, e sua fome se traduz em estocadas fortes que me tiram o fôlego.

— Olha só como você se encaixa em mim… perfeita pra caralho.

Agarro suas coxas, instigando-o a ir o mais fundo possível. A me dar tudo, e um pouco mais.

Pode me rasgar toda.

A base da sua mão pressiona a parte de trás da minha coxa. Suas investidas se aprofundam, em um ritmo cada vez mais intenso, e ele me come como se tivesse perdido qualquer resquício de controle. Ele é uma força selvagem, finalmente tomando o que deseja, e eu adoro isso. Meu corpo inteiro afunda mais ainda no colchão fofo, sentindo cada fibra dos lençóis macios roçar em minha pele arrepiada. Seu polegar desce até meu clitóris, desenhando círculos suaves no ritmo de suas estocadas, até que um grito escapa de meus lábios, abafado pelo edredom que só então percebo que estou mordendo.

— Austin, eu vou… — Minha frase se transforma em um gemido alto.

— Se entrega, meu bem. Quero sentir você se entregando por inteiro. Você fica tão linda quando goza para mim.

Uma onda quente percorre meu corpo da cabeça aos pés enquanto eu me derreto em volta dele. Austin se inclina, beijando minha orelha e meu pescoço enquanto bombeia sem parar. Suor escorre por sua testa, e suas estocadas se tornam mais erráticas, frenéticas e desesperadas. Seguro firme em seus bíceps trêmulos e, em instantes, seu orgasmo o faz desabar em cima de mim. Seus lábios pressionam minha testa enquanto seu corpo todo se enrijece por um breve momento e então começa a relaxar, fundindo-se ao meu. Nossos peitos encharcados de suor permanecem colados, nos deixando ofegantes, desesperados por ar. Ele afunda o rosto na curva do meu pescoço. Sua respiração é quente e irregular contra minha pele.

— Isso foi… *você é* incrível pra caralho. — Ele beija meu ombro e rola para o meu lado, mantendo meu corpo aninhado ao seu. Eu passo uma perna preguiçosamente por cima de seu torso, ainda ávida pelo calor da sua pele.

— Eu poderia fazer isso todo dia pelo resto da vida.

— Enquanto você estiver por aqui, não vejo problema algum em fazer isso acontecer.

Enquanto eu estiver por aqui? O que mais posso fazer para que ele acredite que não planejo ir a lugar algum? Não sinto que Austin queira que eu vá embora. É mais como se ele esperasse isso das pessoas. Imagino que o fato de seu pai ter partido tenha algo a ver com isso. E Savannah também.

A sensação de ser observada faz minha pele formigar, e ao virar a cabeça me deparo com Austin me olhando com uma expressão divertida.

— Sonhando acordada?

— Digamos que sim. — Acaricio seu rosto e dou um beijo em seus lábios macios.

— Bom, eu acabei de dizer que a gente devia te dar outro banho.

— Não sei se consigo me mexer — resmungo. — Talvez você tenha que me deixar aqui para morrer.

— Da última vez que te deixei em algum lugar para morrer, quase fui substituído por um chuveiro menos de uma hora depois. Não sei se devo deixar você fora da minha vista ainda.

— Agora que tive a experiência para valer, não existe a menor chance de você ser substituído. — Com uma risada, eu me enrosco mais nele, aconchegando a cabeça em seu peito. O coração dele martela em meu ouvido. — Podemos ficar aqui o dia todo?

— Infelizmente, preciso trabalhar hoje, ou acabaremos com algumas centenas de cabeças sem transporte em algumas semanas.

A parte ingênua de garota da cidade em mim acha que isso não seria uma coisa necessariamente ruim. Imagine só: transar com Austin poderia salvar centenas de vidas. Só que não é assim que funciona, e a parte de mim que tem trabalhado neste rancho sabe disso. É assim que o Rancho Wells ganha dinheiro. É isso que coloca comida na mesa das pessoas. E, bem... é assim que eu tenho um teto para morar.

Ele se vira para olhar o relógio ao lado da cama.

— E eu tenho uma reunião que não posso perder daqui a duas horas.

— Uma reunião? Na cidade?

— Sim, é só... hã, um assunto do rancho com os advogados. — Ele pega minha mão e me puxa até eu me sentar. — Enfim, esquece isso. Vamos tomar um banho.

Entro no chuveiro atrás dele, e ele ensaboa meu corpo, sem pressa, massageando e me lavando com delicadeza da cabeça aos pés. Eu o beijo, passando as mãos por seus cabelos e mantendo nossos corpos unidos sob a água morna. Nenhum homem jamais cuidou de mim assim em toda minha vida. E não consigo conter as lágrimas.

— O que foi? — Seus dedos erguem meu queixo, obrigando meu olhar cheio de lágrimas a encontrar o dele. — Parte meu coração te ver chorar.

— São lágrimas boas. Eu só... nunca tive um cara que fizesse esse tipo de coisa antes. — Meu lábio inferior treme, e ele o acaricia com delicadeza. — Obrigada.

— Meu bem, não quero ouvir você me agradecer por fazer o mínimo, assim como não quero ouvir você se desculpar por nada. Não há lugar no mundo onde eu preferisse estar agora do que neste boxe minúsculo com você. — O fato de ele considerar tudo *isso* o mínimo é chocante. Embora meu histórico com homens deixe muito a desejar, suponho que demonstrar afeto depois do sexo seja normal para outras pessoas.

Ele fecha o chuveiro e me enrola em uma toalha. Correção: ele me enrola em uma enorme toalha de banho branca, macia e chique. Quando olho por cima do ombro, Austin tem um sorriso presunçoso no rosto.

— Você voltou à "lojinha de mulher" sozinho para comprar toalhas?

Não me dou ao trabalho de esconder meu fascínio, esfregando o tecido macio na bochecha com um sorriso. Adoro a imagem que crio em minha mente: ele com suas roupas sujas do rancho, andando pelos corredores à procura das toalhas de banho mais felpudas que encontrasse.

— Bem, você só tinha duas e, a menos que a gente queira lavar roupa o tempo todo, achei que devia comprar mais. Então fui lá ontem. Elas sem dúvida são infinitamente melhores do que as porcarias que eu tinha antes. — Ele passa o polegar pelo tecido felpudo, ajustando a toalha em volta do meu corpo. — Não tinha mais cinza, então escolhi a branca. Espero que não tenha problema.

Agora estou chorando de soluçar. *Por causa de toalhas.* Ou talvez por estar me apaixonando por ele de um jeito inexplicável.

23

Austin

Tenho dificuldade em assimilar o fato de que o ex da Cecily ainda *não* apareceu. A cada dia que passa sem mensagens ameaçadoras e sem notícias de um estranho dando as caras em Wells Canyon, mais relaxada e despreocupada ela parece. Por outro lado, estou mais atento do que nunca. Se ele tivesse aparecido na mesma noite das primeiras mensagens, eu teria lidado com ele sem problemas. Agora está começando a parecer que essa demora toda é porque ele está tramando algo maior. Não há a mínima chance de ele ter desistido.

Eu com certeza não desistiria.

— Como vão as coisas?

Eu me aproximo do redondel onde Denny e Red estão pendurados na cerca, observando Jackson voltear seu novo potro. Em dois anos, ele vai se juntar à remonta.

— Ele é meio temperamental. — Red espia por cima da grade superior e cospe no chão. — Se alguém consegue lidar com ele, é Jackson.

— Ele nunca escolhe os fáceis, não é? — Balanço a cabeça.

— Não, olha só a esposa dele — diz Denny.

Jackson grita:

— É melhor não falar merda do lindo anjo que é minha esposa.

— Lindo anjo que berrou com ele hoje de manhã por beber o resto do achocolatado. — Denny ri baixinho. — Se algum dia eu engravidar uma garota, espero que ela me ligue só depois que a criança nascer.

Red se aproxima e lhe dá um tapa de leve na nuca.

— Você é um babaca.

Eu me inclino na cerca perto deles, observando o potro correr em círculos amplos ao redor de Jackson, que age como um mestre de picadeiro no meio.

— Vocês ainda estão de boa para embarcar o gado sem mim essa noite?

— Como se a gente precisasse de você lá. — Denny ajeita o chapéu. — Tudo o que você faz é ficar parado dando ordens que estamos cansados de saber.

— Ei, Jackson, quer voltear Denny em seguida? Acho que ele está precisando botar para fora essa energia agressiva — grito para meu irmão, que ri e balança a cabeça com entusiasmo.

— É, entra aí, Den. Vou te colocar na linha na base do chicote.

— Prefiro só ser chicoteado por loiras peitudas, obrigado. Ou por ruivos selvagens de vez em quando. — Ele pisca para Red.

— Ah, vai se foder. — Red tenta bater em Denny de novo, mas ele se abaixa bem a tempo.

Meu Deus. Às vezes é como lidar com adolescentes em vez de homens de trinta e poucos anos. Apesar de toda a enrolação, sei que eles estarão nas selas e a postos quando os caminhões de gado chegarem mais tarde. E tenho confiança de que vão conseguir embarcar os animais sem nenhum problema.

Ao ver a expressão no rosto de Cecily depois de mencionar que precisaríamos enviar esse lote para o abate, percebi que era melhor ela ficar bem longe da fazenda durante o processo. Sem dúvida nenhuma, enviar o gado para o abate é uma das partes mais importantes no que diz respeito à operação de um rancho... e talvez eu devesse estar lá. Mas não consigo me convencer a deixá-la sozinha essa noite. Em muitos sentidos, ela se adaptou tão bem ao estilo de vida no rancho que é fácil esquecer que ela não nasceu nem foi criada aqui. Mas os olhos marejados ao pensar em como a carne chega até a nossa mesa são as evidências de que Cecily foi criada como uma garota da cidade. Ela pode encarar essa dura realidade em outro momento.

— O que você e a potranca vão fazer? — Denny me dá uma piscadela exagerada e me cutuca com o cotovelo nas costelas.

— Vamos ao cinema drive-in.

— Ah, eu já tive *bons* momentos naquele lugar — reflete Red. — Mas nunca assisti a um único filme.

Se eu achava que os dias sozinho com ela enquanto os rapazes estavam fora tinham sido incríveis, então as últimas semanas foram facilmente as melhores da minha vida. Acordar ao lado dela, beijá-la a cada oportunidade, ouvi-la cantar na cozinha, tomar banho juntos no boxe pequeno e adormecer entrelaçados. Não me importo de ter caído de quatro tão rápido por uma mulher que provavelmente não será minha para sempre. Ou, ao menos, estou tentando não me importar pensando o mínimo possível na possibilidade de ela ir embora. Quero mergulhar no sentimento de brincar de casinha com ela pelo máximo de tempo que ela me aceitar, sonhando acordado com um futuro em que ela é minha esposa.

Quando Cecily sai do quarto usando uma calça jeans bem colada ao corpo e uma regata preta justa, meu queixo cai e considero abandonar os planos para nosso encontro. De qualquer forma, prefiro passar a noite olhando para Cecily a assistindo a um filme. Minha boca automaticamente vai até seu decote, aninhando-se entre os seios com beijos suaves.

— Senti saudade — murmuro na pele dela.

— Com quem você está falando? — Ela ri.

— Com você, com eles, com tudo.

— Vi você a caminho do celeiro… tipo, meia hora atrás.

— Na-na-ni-na-não. — Balanço a cabeça, deixando as mãos ocuparem seu lugar de sempre na bunda dela. — Ver um ao outro de longe não é a mesma coisa que poder fazer *isso*.

Eu a puxo para mim e a beijo com um ímpeto selvagem. Meu pau começa a ficar duro só de imaginar como ela estará irresistível quando tirar aquela calça mais tarde. Se a gente desistisse de ir à cidade, eu podia fazer isso acontecer agora. Ela rebola os quadris contra mim com um gemido suave que vai direto para o meu pau.

Ela interrompe o beijo enquanto seus quadris continuam se esfregando distraidamente contra minha ereção.

— Vamos, estou morrendo de fome.

— Eu também. — Mordo seu lábio inferior.

Ela toca meu pau duro com um sorriso doce.

— Acho que você está com fome de algo bem diferente.

— Você não está errada — retruco, brincando com o cabelo da nuca de Cecily. Seu corpo tensiona, mas beijo o músculo retesado em seu maxilar mesmo assim. Ela ainda se assusta quando eu a pego de certas maneiras ou me movo rápido demais, mas aprendi que o melhor é fingir que nada aconteceu. Se chamo atenção para isso, ela se retrai. E alguns beijos lentos e sensuais sempre a fazem se derreter outra vez. — Não consigo evitar quando você fica tão linda usando jeans e botas.

— Você está se referindo às mesmas coisas que uso quase todo dia? — Ela ri, inclinando-se para meus beijos descendo por seu pescoço. Paro um instante para chupar o ponto latejante de sua pulsação acelerada, tirando seu fôlego. Saber que causo esse efeito nela só aumenta o volume duro dentro do meu jeans. — E eu achando que você nem ligava para minhas botas... "Quem viu um par, já viu todos", não é?

— Eu só tentei fingir que não estava te imaginando sem nada além delas.

— Agora já sei o que vamos fazer mais tarde. Vem... vamos nos atrasar.

Ela põe as mãos no meu peito para me afastar.

— Vou só tomar um banho antes. Quer vir comigo? — Arrisco um beicinho, o que a faz gargalhar.

— Se você tivesse chegado antes de eu me maquiar... Perdeu a chance, *meu bem.*

Com um tapa brincalhão na minha bunda, ela me manda para o chuveiro sozinho. Resmungo alto por todo o caminho de dez passos até o banheiro e depois tomo o banho mais rápido da minha vida. Com uma toalha ao redor dos quadris, entro no quarto e encontro Cecily sentada na beira da cama. Em geral, um de nós — ou os dois — faria algum comentário provocante num momento como esse, mas há uma tensão óbvia no ar, e a empolgação que eu esperava ver nos olhos dela sumiu.

Meu queixo assente na direção do telefone na mão dela.

— O que está acontecendo?

— Chuta.

Ela o estende na minha direção e, com um suspiro profundo, olho para o que a deixou tão abalada.

Número restrito: Wells Canyon. É onde você está, não é, Cecily? Só você seria burra o bastante para achar que pode se esconder em uma cidadezinha com dois mil habitantes. Te vejo em breve, esposa.

— Depois de tanto tempo sem notícias, achei de verdade que ele tinha desistido — murmura ela.

Nunca quis tanto estar errado.

Agacho na frente dela, esfregando as mãos em suas coxas.

— Eu sei... e eu queria você estivesse certa.

— É melhor irmos andando. Não quero me atrasar para o filme e estragar nossa noite — diz ela em um tom monótono.

Fico esperando que ela chore, grite, arremesse alguma coisa... mas ela é tão resiliente que me deixa arrepiado.

— Com todo respeito, meu bem, foda-se o filme. Se não quiser mais ir, eu entendo. Prometo que isso não vai estragar a noite.

— Não, eu quero ir. Não vou ficar me escondendo aqui pelo resto da vida. Se ele me encontrar hoje à noite, é o que temos. Além disso, a menos que ele já estivesse a caminho quando enviou isso, ainda levará algumas horas para ele chegar.

Mantê-la aqui seria muito mais fácil. Mais seguro. Tenho algum controle sobre quem acessa a propriedade. Sempre tem pelo menos uma dezena de peões ao redor para protegê-la. Há armas e cães, isso sem falar que os trinta quilômetros de estrada de terra esburacada que nos separa da cidade já é suficiente para afastar visitantes indesejados. Mas, por mais que mantê-la em segurança seja uma prioridade, também me acostumei a fazer de tudo para vê-la feliz.

— Se você quiser voltar para casa a qualquer momento, vai me dizer?

Ela assente devagar.

— E se eu disser que temos que ir embora, você vai me escutar? — Encaro seus olhos azul-claros brilhantes. — Vamos dar uma passada no The Horseshoe no caminho. Dave vai me avisar se aparecer alguém bisbilhotando hoje à noite.

— Aus, me desculpa. Não é justo. Você não deveria ter que lidar comigo e com meus dramas o tempo todo.

Aperto de leve suas coxas e dou um beijo delicado em seu joelho.

— Não estou *lidando* com você. Estou aqui porque quero estar. Quero resolver essa merda junto com você. Porque *isso* — meu dedo desenha um círculo entre nós — que está rolando entre a gente vale a pena. Você vale a pena.

— Tem certeza?

— Meu bem, nunca tive tanta certeza na vida. Agora vamos, ou não vai dar tempo de pegar alguma coisa para comer antes do filme, e eu não estava brincando quando falei que estava morrendo de fome.

O barzinho local já está cheio com os clientes habituais quando chegamos, pouco depois das oito. Segurando a mão dela, sinto a palma de Cecily começar a suar conforme nos aproximamos da porta. Não posso culpá-la. Tem uma chance real de KJ estar no bar, e estou prestes a entregar Cecily direto para ele.

— Ele não está aqui — sussurra ela, aliviada, quando a porta se fecha atrás de nós. *Graças a Deus.* A noite está boa, e ele não está aqui para estragá-la. Pelo menos ainda não.

— Oi, Dave. Preciso de um favor.

Eu me inclino no balcão de madeira, segurando firme a mão de Cecily. Acho que não vou me sentir bem em soltá-la até que não haja chance alguma de ele aparecer.

— Austin. Cecily. Como posso ajudar?

— Tem um cara… que pode aparecer aqui perguntando sobre Cecily. Finja que nunca conheceu ninguém com esse nome por aqui. E depois me mande uma mensagem. Fale para Cass fazer o mesmo.

— Pode deixar. — Ele olha para Cecily. — Você está bem?

— Sim, estou. — Ela sorri para ele, tranquilizando-o. — Ah, ele tem uns dois metros, cabelo curto e escuro… hum, e dirige um Bentley preto. Tenho certeza de que ele vai chamar a atenção se aparecer por aqui.

Eu nunca tinha pensado em como seria a aparência do marido de Cecily. Mas o único cara que conheci que batia na esposa era baixo, gordinho e sempre parecia que precisava lavar o cabelo. Meu cérebro já tinha decidido que era com isso que eu estava lidando. Não com alguém que é treze centímetros mais alto que eu e dirige um carro que vale mais que a minha casa. Um homem que quer Cecily de volta e com certeza vai me querer morto quando descobrir que estou dormindo com ela. *Porra.*

— Então, hã, mais alguma coisa que eu deva saber sobre esse seu ex? — Entro na caminhonete e viro a chave, meus pensamentos logo saindo do controle. — Ele luta jiu-jitsu ou tem treinamento militar? Algo assim? Ou é só um cara gigante e armado pronto para brigar?

— Está com ciúme ou com medo?

— Um pouco dos dois. Não tinha me dado conta de que teria que enfrentar o Batman.

Ela joga a cabeça contra o encosto do banco com uma risada.

— Só porque ele é alto e vem de uma família cheia de dinheiro, não quer dizer que seja páreo para o melhor não-caubói da região. Homens de verdade não precisam descontar sua agressividade descontrolada nas esposas.

— Por que ele dirige um carro que custa dez vezes mais do que a sua lata velha?

— Ah, ele odeia aquele carro. Talvez mais ainda do que você. Sempre foi um ponto de discórdia. Eu comprei meu carro antes de começarmos a namorar e insisti em ficar com ele porque precisava de *algo* que fosse meu. Ele me fez largar o emprego, e a casa está só no nome dele... até meu telefone, tecnicamente, era dele. KJ era rápido em dizer que as coisas eram "nossas", mas nós dois sabíamos que não era assim. Ele chegou a me dar um carro de luxo, mas eu me recusei a dirigi-lo.

Tento não pensar no inferno que ela deve ter vivido por se recusar a se livrar do próprio carro por ele, e faço uma promessa silenciosa de nunca mais ser um escroto em relação a isso de novo.

— Se ele não aparecer nesse fim de semana, vou até a loja de celular logo cedo na segunda-feira para pegar um novo número para você, tudo bem?

— Aí não vamos saber o próximo passo dele.

— Até agora, ele não passou das ameaças, e isso está te deixando nervosa. — Beijo a pele macia de sua mão. — De todo modo, vou te manter em segurança.

Cecily engancha o braço no meu, e as pontas suaves de seus dedos acariciam a parte interna do meu antebraço enquanto fazemos a viagem de cinco minutos até o cinema drive-in. Seu toque acalma meus batimentos e faz meus músculos relaxarem. Mas meus nervos ainda estão um pouco à flor da pele.

Batman ou não, quem fez merda foi ele, e serei eu a ficar com a garota no final. Vou me certificar disso.

Abro a porta e ela salta para o chão de cascalho.

— Não vou a um drive-in desde que era criança. Eu costumava ir com meus primos às vezes, quando ficávamos no chalé dos nossos avós. Você costuma vir muito aqui?

Com os braços cheios de cobertores que estavam no banco de trás, eu a impulsiono para cima da carroceria da caminhonete e, juntos, montamos uma cama improvisada.

— Quase toda semana, quando éramos pequenos. Eles sempre passavam filmes infantis aos domingos. E aqui era basicamente o único lugar decente na cidade para um encontro quando eu era adolescente... então, sim.

— Quer dizer que não sou a primeira garota que você leva ao cinema? — Ela me puxa para perto dela na pilha de cobertores e se aconchega na curva do meu braço. Depois enfia uma batata frita na minha boca. — Pelo menos me diz que serei a primeira com quem você ficou de sacanagem no drive-in?

— Quer a verdade ou prefere que eu minta?

Ela me dá um tapinha no peito, aninhando a cabeça entre meu maxilar e minha clavícula. Pensei em dizer a Cecily que a amava esta noite. Mas diante da ameaça de seu *marido* — a palavra sempre vai me dar ânsia de vômito quando associada àquele babaca — estar na cidade, isso terá que esperar. Não quero correr o risco de que os pensamentos dela estejam confusos quando eu me declarar.

Não se passam nem vinte minutos de filme para começarmos a agir como adolescentes. Ela beija suavemente meu pescoço e nossos corpos se entrelaçam sob o cobertor fino. Nossos lábios se encontram no escuro, e seu gemido baixinho é abafado por um beijo intenso quando deslizo a mão por dentro de sua blusa. Explorando sua boca com a língua, eu me esfrego nela até meu pau latejar. Seus beijos frenéticos e as mãos bobas tornam a vontade de estar dentro dela quase insuportável.

Passo o polegar em seu mamilo rijo, e seu gemido percorre minhas veias. Tenho certeza de que ela não colocou sutiã porque sabia que isso ia acontecer, o que só me deixa mais selvagem ainda. Minha garota *queria* que eu a acariciasse durante o filme. Eu me inclino, beijando seu mamilo por cima da blusa antes de beliscar a saliência entre os dentes. Mordo e sugo até o tecido fino de sua blusa ficar molhado e seus mamilos, duros como pedra. Os dedos dela se enroscam em meu cabelo, forçando meu rosto entre seus seios e arrancando um gemido do fundo da minha garganta. Ela poderia me sufocar aqui que eu morreria absurdamente feliz. Voltaria como um fantasma só para agradecer.

Minhas mãos descem de seus mamilos até a cintura e o ventre. Deslizo por cima de sua calça jeans, a textura muito mais áspera do que a pele macia e beijável ali embaixo. Minha mão pressiona sua boceta, desenhando círculos lentos no ponto onde tenho certeza de que está seu clitóris. Para provar que estou certo, ela se contrai em resposta à fricção e morde com força o lóbulo da minha orelha, sua respiração é quente e ofegante contra meu pescoço.

Todo o sangue dos meus pés sobe, e o sangue da minha cabeça inunda minha virilha. A sensação latejante se acumula no espaço entre meus quadris, esperando o doce alívio quando ela finalmente me tocar.

— Dá para sentir o quanto você me quer só pelo volume na sua calça, meu bem. — Sorrio, pressionando os dedos contra o jeans úmido entre suas pernas.

— Então somos dois. — Ela agarra meu pau por cima da calça. — Já que você é especialista em sexo casual em drive-in, me conta como devemos lidar com isso.

Estou *longe* de ser um especialista. Masturbei uma garota aqui uma vez, quando tinha dezessete anos, e, para ser sincero, acho que não fiz um bom trabalho. Mas, na minha opinião, essa é uma ótima maneira de tirar um ex merda da cabeça. O filme está alto o suficiente para abafar a *maior* parte do nosso barulho, e meu primo é o único policial da cidade, caso sejamos pegos. Não tenho nada a perder e sinto uma necessidade absurda e desesperada de estar dentro dela.

— Você pode não ser a primeira garota com quem eu fico de sacanagem aqui, mas quer ser a primeira com quem eu transo? — Desabotoo sua calça jeans e depois a minha, já sabendo qual será a resposta dela.

Seus olhos se arregalam e brilham na noite.

— Sério?

— Mas você precisa ficar quieta, meu bem, e esse não é seu forte.

Deslizando a mão para dentro do jeans dela, desenho círculos em seu clitóris inchado com o dedo, fazendo seu corpo inteiro estremecer. Como se para provar meu ponto, um gemido alto escapa de Cecily.

Tampo sua boca com a mão, esperando até que seus lábios relaxem antes de removê-la.

— Você não vai ter meu pau até me mostrar que pode ser uma boa garota. — Dedilho seu clitóris de novo e deslizo o dedo para dentro dela, lutando para conter meus próprios sons de desejo.

Ela agarra um punhado do cobertor e o pressiona contra a boca aberta, lutando para seguir as regras enquanto minha mão trabalha entre suas pernas. Seu corpo se contorce contra o meu, os músculos se contraindo em sincronia enquanto sua boceta fica mais e mais molhada sob meu toque. Ela está encharcada, e é de enlouquecer. Queria poder me ajoelhar escondido entre suas pernas e provar o gosto.

— Você está se saindo muito bem, linda — sussurro enquanto acaricio sua boceta macia, roçando seu clitóris para provocar um gemido estrangulado. — Fique quietinha e eu vou te dar o que sei que tanto quer.

Não acredito que ela é toda minha.

Enfio dois dedos bem fundo nela outra vez e uso sua excitação como lubrificante enquanto acaricio de leve seu clitóris, deixando-a perto do orgasmo. Sua mão se junta à minha com movimentos rápidos e caóticos, e, juntos, fazemos suas pernas tremerem com um orgasmo iminente.

Com a boca colada em seu ouvido, sussurro:

— Isso. Está gostoso, meu bem? Gosta de ter que ficar quietinha para que ninguém nos veja aqui?

Acaricio seus cabelos com a mão livre, e ela assente cheia de anseio em resposta às minhas perguntas, mordendo o cobertor com mais força.

Só que ela não é toda minha. Ela é casada com outro.

Sufoco o pensamento e mordo o lábio com força suficiente para sentir um gosto metálico.

— Olha para mim — sussurro. — Abra esses olhos lindos, porra.

Eles se abrem de repente, os olhos azuis brilhantes encontram os meus bem a tempo de ela gozar. Seu gemido sai abafado, mas ainda surpreendentemente alto, enquanto suas costas se arqueiam em um orgasmo prolongado. O tempo todo, seu olhar não se desvia do meu.

Ela é minha. Com ou sem marido.

— Essa é minha garota. Estou tão orgulhoso de você, linda.

Lambo o gosto doce dela dos meus dedos e, em seguida, substituo o cobertor que cobre sua boca com meus lábios, beijando-a com carinho enquanto ela se acalma.

— Me dá um segundo. Tenho uma camisinha na caminhonete.

Tentando disfarçar minha ereção, desço da carroceria e vou até a porta do motorista. Subestimei demais a proximidade dos outros veículos ao redor. À direita, estão dois adolescentes, tão grudados um no outro que eu não ficaria surpreso se estivessem prestes a fazer a mesma coisa que nós. Mas à esquerda tem um casal mais velho, com cara de que só está aqui porque o terapeuta mandou que eles saíssem em um encontro. Com certeza serão os primeiros a nos interromper se perceberem alguma coisa. Coloco a camisinha na mão fechada e volto para a carroceria, assentindo educadamente para a mulher e rezando para que ela não desça o olhar para além do meu rosto.

Deslizo para o lado de Cecily e abaixo a calça até os joelhos. Ela se vira de costas, a calça dela já sumiu faz tempo, e rebola a bunda para mim. Mesmo no escuro, cada movimento e ondulação de seu corpo deixa meu pau já ereto ainda mais duro. Minhas bolas ficam tensas quando deslizo as mãos por sua cintura.

Porra, eu estou apaixonado por ela.

— Ainda quer, meu bem?

— Você não faz ideia — sussurra ela de volta. — Me come. Mete tudo.

Meu pau escapa da boxer com o mais leve puxão, e eu fecho o punho ao redor. A ponta desliza pela bunda dela enquanto me atrapalho com a embalagem da camisinha na penumbra da carroceria. Meu coração dispara com o som do plástico, certo de que a velhota do carro ao lado já está de olho na gente. Reparando no meu nervosismo, Cecily estende a mão, agarra a camisinha e a desenrola pelo meu pau com a respiração trêmula.

Pressiono a cabeça contra sua boceta encharcada, e ela ofega quando deslizo para dentro. Ela olha por cima do ombro para mim e sussurra *por favor*, me destruindo com uma única palavra. Eu faria qualquer coisa por ela.

Centímetro por centímetro, eu a preencho, com cuidado para não balançar muito a carroceria da caminhonete enquanto deslizo quase todo para fora e enfio de volta com força. Arrancando os gemidos mais doces da minha garota. Meu pau a preenche até o fundo sem parar enquanto ela crava as unhas em meus antebraços, deixando marcas roxas em minha pele. Ela faz de tudo para não gritar. Em geral, os sons que ela faz já seriam o suficiente para quase me fazer gozar, mas há algo de incrivelmente excitante em vê-la lutar contra isso. Não consigo nem saber direito se o filme ainda está passando porque tudo que percebo é como ela está molhada ao redor do meu pau e seus gemidos abafados.

— Olha só que boa garota você é — sussurro em seu ouvido. — Tão quietinha, mesmo sabendo que você quer gritar meu nome para todo mundo ouvir.

Agarrando sua coxa, abro suas pernas para poder alcançar o ponto entre elas e sentir meu pau encharcado entrando e saindo. Ela arqueia as costas, forçando minha ereção a atingi-la em um ângulo diferente e enviando uma onda de prazer pela minha espinha.

— Porra.

Luto para não gozar com o simples movimento. Meus dedos deslizam pelo seu clitóris em um ritmo constante enquanto a outra mão segura sua barriga, sem deixá-la se contorcer para longe do meu toque.

— Nossa, você me preenche de um jeito perfeito. Tão profundo. — Ela geme, enfiando a boca no cobertor de novo.

— Shhh — suspiro em seu ouvido. — Quietinha, meu bem. Quero ouvir como você está molhada para mim. É tão gostoso.

Meu pau entra e sai até minha visão ficar turva. Já não me importo mais com o fato de que a carroceria *com certeza* está balançando de um lado para o outro. Droga, escuto até um rangido esquisito vindo de alguma peça que precisa de um spray lubrificante antes de Cecily e eu repetirmos isso.

Meus quadris giram quando empurro de volta, garantindo que ela sinta cada centímetro.

— Goza para mim. Goza no meu pau. Acaba comigo de vez. Me faz ser todo seu.

— Você já é meu, e eu sou sua — sussurra ela de volta. — Toda sua.

Com certeza.

Meu nariz desliza por sua nuca, respirando o doce aroma de xampu. Ela fecha os olhos, preparando-se para o clímax enquanto agarro suas coxas trêmulas e dou mais uma estocada. Um gemido profundo escapa de seus lábios, seu orgasmo apertando meu pau até que eu exploda em êxtase. Não me canso. Ela é *tudo*. Eu poderia ficar aqui, com ela, pelo resto da vida. Envolvo Cecily em meus braços e fico enterrado bem fundo dentro dela até os créditos finais. O tempo todo, beijo seus ombros e passo os dedos por seus cabelos sedosos.

Se não posso dizer com palavras, posso pelo menos mostrar o quanto a amo.

24

Cecily

— Porra — xingo baixinho ao virar o queijo-quente um pouco tarde demais.

Não queimou tanto assim. Vai acabar no meu prato de todo jeito. Posso comer com os pedaços queimados virados para baixo para que ele não veja. Ou posso tentar esconder a prova no fundo da lata de lixo. Talvez fosse melhor devorar tudo de uma vez para não desperdiçar.

Quando Austin entra para almoçar, o pão queimado de repente parece um problema *assustadoramente* grande. Limpo a gota de suor da minha testa antes de pressionar a ponta dos dedos nos meus canais lacrimais para conter as lágrimas. *Talvez ele nem repare.* É um pensamento absurdo: Austin repara em tudo que diz respeito a mim. Às vezes é como se ele soubesse por instinto o que estou sentindo antes até de mim.

— O cheiro está bom, meu bem. — Ele chega por trás e beija meu ombro. Sua mão toca a base da minha lombar e minha coluna se enrijece. Arrepios percorrem meu corpo. Não há como esconder minha ansiedade quando ele está tão perto assim. — O que foi? Você se queimou?

— Estou bem. Me distraí e acho que deixei a frigideira quente demais. Queimei o pão. Mas eu vou comer esse aqui, não se preocupe.

— Nem pensar. Eu gosto de extracrocante. Esse é meu. — O toque dele desliza pelo meu braço até que ele tira a espátula da minha mão e me vira para encará-lo. Acho que nem percebo o quanto ainda me retraio, mas a tristeza nos olhos dele é um sinal claro. — Cecily, não dou a mínima para um pão queimado. Você poderia me servir um disco de hóquei com queijo e eu quebraria um dente sorrindo. Você nunca vai precisar se preocupar com esse tipo de coisa enquanto estiver comigo... prometo.

Ele me puxa contra o peito, e inspiro seu cheiro. *Ele não é ele*, repito para mim mesma até que meus batimentos se estabilizem e eu me sinta segura. Seu corpo quente envolve o meu como um cobertor aquecido, o ritmo constante de seu coração ecoa em meu ouvido, e seu braço forte me segura firme pela cintura.

— Bom, agora os dois lados viraram um belo carvão, então com certeza esse é meu — diz ele, ainda me segurando com um dos braços enquanto coloca o sanduíche queimado em um prato.

— Desculpa.

— Shhh — sussurra ele, antes de me beijar. — Vamos comer... Você tem um rodeio para ir.

Saio com relutância de seu abraço aconchegante e pego meu prato.

— Tem certeza de que não quer vir com a gente?

— Encontro vocês mais tarde. Primeiro preciso terminar um trabalho. Por favor, me prometa que ficará o tempo todo perto dos rapazes, está bem? Não gosto de pensar em você em um lugar tão público sem saber se ele está por perto.

— Sabe, você podia vir junto e me manter em segurança.

Ele remexe no queijo-quente em seu prato.

— Quem dera, meu bem.

Ele tem sido muito vago sobre *por que* não pode vir junto e, toda vez que pressiono querendo saber mais, ele logo encerra a conversa. Já desisti de tentar. Por mais que eu quisesse mais do que tudo estar lá com Austin, sei que vou me divertir com o resto do pessoal.

— Por favor, chegue o mais cedo que puder. Quero estar lá com você — digo.

— Pode deixar. Prometo.

O ar do banheiro está úmido e cheira a spray de cabelo enquanto dançamos ao som de uma playlist country dos anos 1990. E me lembra de quando me arrumava para ir a festas no ensino médio, só que sem a moda horrível e os penteados duvidosos.

— Não acredito que você nunca foi a um rodeio!

A empolgação de Kate ao longo do dia todo me deixa curiosa sobre a importância real dessa coisa toda. Ela chegou a comprar roupas combinando para ela e Odessa. Ainda que esteja com trinta e cinco semanas de gravidez e transpirando muito, Kate passou a última hora cacheando o cabelo até ficar perfeito.

— Bom, não é exatamente o tipo de evento que meus pais ou KJ costumavam frequentar. — Ligo meu modelador de cachos com relutância quando o medo de parecer mal arrumada, com tranças simples, enfim supera o conforto. — Estou animada para ver como é.

— Austin ainda acha que você não deveria ir?

— A vontade dele é que eu fique aqui. — Dou de ombros. — Entendo o ponto de vista dele, mas... sei lá. KJ pode aparecer na cidade ou não. A essa altura, quase quero que ele apareça. Aí talvez eu tenha uma chance de me livrar dele de uma vez por todas.

Três bebidas alaranjadas surgem por trás do batente da porta, seguidas pelo rosto empolgado de Beryl.

— Quem está pronta para o rodeio? Trouxe bebidas para nós... a que tem o guarda-chuvinha é a que não tem álcool.

— Argh. Mal posso esperar para que esse pequeno nasça para eu voltar a ficar bêbada nos bailes de rodeio. — Kate brinda com o copo no meu e no de Beryl, e todas tomamos um gole refrescante. — Se bem que é exatamente nos rodeios que isso — sua mão desliza pela barriga de grávida — acontece. Caubóis sensuais, bebida, música country. Tome cuidado essa noite, Cecily.

Faço careta como se tivesse virado tequila pura. Os braços de Beryl, cheios de pulseiras, tilintam, enquanto seu corpo todo se sacode de tanto rir. Se eu estivesse com alguma bebida na boca quando Kate fez o comentário, ela estaria encharcada.

— Não precisa se preocupar comigo. — Dou um tapinha na barriga. — Meu bom e velho DIU está aqui para manter essa área livre de bebês.

Quando eu era mais nova, presumi que teria filhos um dia. Mas, depois de me casar com KJ, decidi logo de cara que era algo que eu *não* queria com ele. Coloquei o DIU em segredo e, por sorte, ele nunca demonstrou nada além de um vago interesse em ter filhos. Basicamente, ele apenas pensou que acabaria acontecendo. Até onde ele sabia, "não estávamos tentando, mas não estávamos impedindo". No dia da minha consulta médica, aceitei a ideia de que nunca teria filhos. Apesar de estar convivendo todos os dias com Kate grávida, nunca me passou pela cabeça que filhos pudessem voltar a fazer parte do meu futuro.

Acho que quero filhos... mas não agora. Óbvio. Preciso pelo menos estar legalmente divorciada. E talvez casada de novo?

Meu Deus, eu quero me casar com outra pessoa um dia?

Assim que me faço essa pergunta, parece uma loucura que a resposta seja um imediato e sonoro "sim". E talvez um certo homem de cabelos escuros e barba me venha à mente quando penso nisso.

Vai com calma, Cecily.

— Austin é ótimo com Odessa. Sempre foi. Ele até trocava a fralda dela quando ela era bebê. — Kate reprime um sorriso enquanto deixa a última mecha de cabelo cair do modelador. — Só para constar.

Não só estou ciente do quanto ele é ótimo com Odessa, como isso é parte do motivo de eu ter me apaixonado por ele. É absurdamente atraente ver um homem sendo um tio tão carinhoso.

— Nenhum de vocês dois está ficando mais jovem — acrescenta Kate.

— Primeiro de tudo: que grosseria. Ainda sou jovem. Não vamos pôr a carroça na frente dos bois, por favor. — Uma velha lembrança de uma conversa parecida com essa me vem à mente. Só que, naquela época, meus amigos listaram todos os motivos pelos quais KJ seria um péssimo marido e pai. Então, na verdade, essa conversa é o exato oposto; Kate está fazendo de tudo para que eu e Austin fiquemos juntos e tenhamos filho. — Quem sabe em alguns anos a gente tenha essa conversa outra vez. Supondo que isso que está rolando entre mim e Austin dure.

Beryl fica pensativa por um instante e então diz:

— Quando a gente sabe, a gente sabe. Você merece toda a felicidade do mundo, querida. Se isso inclui filhos ou não, não importa, só estamos dizendo que apoiamos você.

Kate assente, passando mais uma camada de rímel.

Então, Beryl acrescenta:

— E seriam bebês *muito lindos*. E nunca vou me cansar de ter mais pequeninos por aqui para mimar.

Kate vibra.

— Isso, Beryl! Obrigada. Meus filhos precisam de primos, e Denny é uma causa perdida, a menos que ele engravide alguém sem querer.

— Meu Deus, Beryl. Quantas doses você colocou nessa sua bebida? — Dou risada. — Será que podemos lidar com uma coisa aterrorizante acontecendo na minha vida de cada vez? Ou será que todo mundo aqui já esqueceu que tenho um ex-marido maluco que pode aparecer a qualquer momento?

Kate me olha com um sorriso travesso, levando o canudinho aos lábios.

— Só estou dizendo que ninguém vai ficar chateado se rolar uma produção de bebê hoje à noite. Eu menos ainda.

— Nem eu — concorda Beryl com uma piscadinha.

Deixo a cabeça afundar nas mãos com um suspiro de derrota e uma risada resignada. *Nem sonhando.*

— Potranca, vai participar da gincana com novilhos? — pergunta Sundial do banco de trás, e mal dá para escutar por causa do vento que entra pelas janelas abertas enquanto seguimos a toda pela estrada. *Lá se vão meus cachos perfeitos.*

— Nem sei o que é isso — grito por cima do ombro.

— Austin não vai gostar nadinha se você participar da gincana com novilhos. — Denny me dá um cutucão nas costelas de brincadeira.

— E o que isso quer dizer? Sou uma mulher adulta e posso tomar minhas próprias decisões.

— Uhhhh, parece que a potranca que arrumar encrenca essa noite. — Red solta um "ii-haa" pela janela, ziguezagueando a caminhonete de um lado para o outro na estrada de terra. — É isso aí, vamos deixar ela se divertir antes que o chefe dê as caras.

Dou risada, domando meu cabelo esvoaçante e o enrolando no pescoço. Quando Austin disse que nos encontraria mais tarde, não sei se ele raciocinou direito se era uma boa ideia eu ir junto com os rapazes. Não que eu tenha dado escolha a ele. "Vou ao rodeio com os meninos, quer você venha ou não" foi exatamente o que eu disse.

— O lance é o seguinte: eles amarram um laço em um novilho e o soltam na arena com um monte de mulher. Quem pegar o laço leva o prêmio — explica Denny.

Colt berra atrás de mim:

— Você não teve problema com a marcação dos bezerros. É basicamente a mesma coisa.

— *Éééé...* — O rosto de Red se retorce em discordância. — Não muito.

— Isso me parece de uma estupidez absurda. Alguém entra nessa por livre e espontânea vontade?

Viro a cabeça depressa entre Red e Denny.

Os rapazes trocam olhares antes de Colt dizer:

— Sim, acho que a maioria das mulheres acha divertido. É um evento clássico.

Solto um suspiro. *Qual a pior coisa que pode acontecer?* Pode ser um pouco perigoso, mas também parece ousado e divertido.

— Beleza, foda-se. Estou dentro. Mas o mínimo que eu espero é que vocês paguem todas as minhas bebidas esta noite por fazer isso.

— Pode apostar. — Red bate a mão aberta no volante com empolgação. — *Porra*, eu amo rodeio.

O veículo vira num campo amplo cercado por fileiras intermináveis de caminhonetes. Algumas atreladas a trailers de cavalos, outras estão apinhadas de gente na carroceria. Uma multidão usando chapéus de caubói avança em direção às arquibancadas de metal. Parece que a cidade inteira — e mais um pouco — veio para o rodeio de Wells Canyon.

Caminho com os rapazes, assimilando tudo. O ar quente da tarde cheira a cavalo, poeira e cachorro-quente. O sol castiga a área aberta, fritando minha pele já bronzeada. Passamos por barraquinhas de comida e estandes que vendem de tudo, de selas a bijuterias de turquesa. Finalmente, entramos no *beer garden* — também conhecido como área exclusiva para adultos das arquibancadas do rodeio —, um local com bebida, dança e caos generalizado.

— Não se esqueçam: vocês vão pagar minhas bebidas a noite toda. Isso inclui a coragem líquida que vou precisar para entrar naquela arena com um novilho.

— Uma rodada de doses? — Denny arqueia uma sobrancelha de forma provocativa.

— Melhor pegar leve até eu ter que lutar com um bicho pelo menos duas vezes maior que eu. Uma cerveja já está bom.

— Só não se esquece de beber o suficiente para não ficar tensa se levar uma pancada — diz Red. — Confia em mim, dói bem menos no dia seguinte se você estiver toda *molinha*.

Mas por que diabos eu aceitei fazer isso?

25

Austin

Mas por que diabos eu aceitei fazer isso?

Minha presença no rodeio de Wells Canyon é a prova definitiva de que eu faço qualquer coisa que Cecily me peça. Na verdade, quando ela me pede, eu me vejo *querendo* fazer tudo que jurei que não faria.

Uma enxurrada de memórias me atinge assim que desço da caminhonete, e quase desisto e volto para casa, mas não posso fazer isso com ela. Não quando prometi que viria. Se eu explicasse por que não queria vir aqui, tenho certeza de que ela entenderia. Mas eu prefiro sofrer em silêncio a admitir que não quero encarar lembranças de como minha família costumava ser. Da época em que meu avô e minha mãe estavam vivos, que meu pai estava aqui, e eu não carregava nos ombros o peso de administrar um rancho multigeracional.

Caminho por entre os estandes, assimilando tudo pela primeira vez em mais de uma década. Este lugar costumava ser meu território. Dormia o fim de semana todo na caminhonete, ainda engatada no trailer de cavalos, e não me preocupava com mais nada no mundo, a não ser levar para casa uma fivela brilhante e algum dinheiro. Isso antes de perder as pessoas mais importantes da minha vida num intervalo de menos de seis meses. Depois, nada mais importava além de manter o rancho funcionando e cuidar dos meus irmãos.

Uma voz assombrosamente familiar ecoa pelas vigas das arquibancadas e se espalha pelo campo. Pisco para conter o ardor nos olhos. George Shaw, o locutor do rodeio de Wells Canyon há mais de trinta anos. Isso me faz parar de repente. Em uma cidade de 2 mil habitantes, eu costumo vê-lo sempre. Mas agora, sob o chiado do microfone, ele usa um tom grave e autoritário. É uma voz que eu não ouvia desde que ele pediu um minuto de silêncio, doze anos atrás. Logo depois que meu avô e minha mãe faleceram. *Perdemos no mesmo ano dois membros importantíssimos da comunidade de Wells Canyon, ambos ex-presidentes da associação de rodeio.* O comovente discurso de George não fez qualquer menção a meu pai, embora ele também tivesse ido embora.

Passo tanto tempo cumprimentando os conhecidos que perco as provas de laço. Parece até que foi proposital. Quando a montaria em novilhos está chegando ao fim, entro nas arquibancadas e olho pela multidão.

— Austin! — Uma voz grita meu nome em algum ponto distante à esquerda da arena. *Eu devia ter imaginado que eles estariam no* beer garden.

— E aí? — Red dá um tapa nas minhas costas quando me aproximo do grupo. — Que surpresa você aparecer este ano. Bom te ver aqui, chefe.

— Cadê a Cecily?

Olho para os rostos ao redor na multidão. Várias garotas. Nenhuma é ela. A única forma de eu conseguir suportar esse rodeio é com a mão dela na minha. Não é uma questão de ser um namorado ciumento ou possessivo.

Preciso dela.

Colt e Levi trocam um olhar de soslaio, e Red dá de ombros com um sorriso cauteloso.

— Cadê ela? — O tom amistoso em minha voz desapareceu. Não estou mais brincando.

A voz de locutor de George ecoa pelos alto-falantes, anunciando que a gincana com novilhos vai começar em um minuto. *Não me diga.*

— Cadê ela, porra? — berro na cara de Red enquanto me aproximo. — Seus babacas, se vocês convenceram Cecily a fazer isso, vou pendurar cada um de vocês pelas bolas.

O rosto de Colt se contorce em uma careta.

— A gente não colocou ela nessa. Ela que quis ir.

Red dá um tapa forte no ombro dele. Mais tarde eu lido com esses desgraçados.

O sangue zune pelos meus ouvidos, abafando a música e o barulho estridente do rodeio enquanto abro caminho em meio à horda de gente, tentando entrar no *beer garden*. Assim que me desvencilho da multidão, avanço a passos firmes pelo chão de terra, disparando pela lateral da arena.

Eu confiei nela. Confiei neles. E eu sou um imbecil por não ter chegado aqui mais cedo. Se eu estivesse aqui, ela não estaria se arriscando assim. Prestes a ficar cara a cara com um novilho enorme que acha divertido arremessar pessoas para o alto como bonecos de pano. Ossos quebrados, perfurações, concussões...

Porra. Ainda bem que cheguei a tempo. Ainda bem que não dei meia-volta e fui para casa. Se acontecesse alguma coisa com ela...

Ela é o amor da minha vida. Sei disso agora, sem a menor sombra de dúvida.

Movido por uma onda avassaladora de medo e raiva, já nem sinto meus pés, mas acho que a memória muscular está me levando para onde tenho que ir. Desvio dos competidores de tambor enfileirados para o evento e pulo a cerca ao lado do brete. Ao menos dessa vez, é uma bênção conhecer o local como a palma da minha mão. Atravesso a arena a passos largos, ignorando os gritos bêbados de Red, Colt e o restante dos rapazes. Eles terão sorte se saírem com emprego — ou vida — quando eu terminar.

Denny. Porra, de todas as pessoas, pensei que ele não seria tão idiota.

— Cadê ela? — berro com ele, avançando com tudo em direção ao portão em que ele está encostado.

— Merda. Relaxa, Aus. — Meu irmão sorri.

— Você ia mesmo deixar que ela fizesse isso?

— Ela quer!

Ele joga as mãos para o alto em rendição.

Abro o portão com um puxão forte e me livro da mão dele no meu ombro bem a tempo de ver um grupo de garotas vindo em nossa direção. Pelo menos umas vinte. A maioria delas mora por aqui e provavelmente já participou desse evento antes, o que as torna ainda mais idiotas do que as garotas da cidade novatas querendo impressionar um caubói. Não é de se admirar que Denny esteja por perto.

As mulheres passam por nós em fila entrando na arena, e eu procuro freneticamente entre os rostos até encontrar o dela.

— Austin? — Cecily me encara com uma expressão perplexa. — O que está...

— Nem pensar.

Sem hesitar, me inclino, a agarro pelos quadris e a jogo por cima do ombro em um movimento rápido. Então saio andando com ela para fora da arena. Para longe de todo mundo. Para o mais longe possível, por pouco não a enfiando na caminhonete e indo para casa.

— Mas o que é isso? Qual o seu problema, droga? Vai se foder.

Ela soca minhas costas enquanto se debate, tentando se soltar de mim, e meus braços a apertam ainda mais.

Por fim, ela desiste de lutar e relaxa o corpo. Um peso morto pendurado no meu ombro enquanto passo marchando pelos currais cheios de gado arredio. Ela pode ficar puta comigo. Também estou puto com ela.

Meus pés seguem um caminho que já percorri umas mil vezes pelo menos. O caminho até *nosso* celeiro. Passo direto pela placa dedicada à minha mãe e, surpreendentemente, não é isso que está consumindo meus pensamentos.

Quando resolvo que já estamos longe o bastante, eu a coloco no chão. Minhas mãos batem com força na parede do celeiro, uma de cada lado de Cecily, impedindo que ela volte correndo para se juntar àquela manada de garotas ansiando pela morte. Estou muito puto: com ela, por ter achado que aquilo era uma boa ideia; com os rapazes, em quem confiei para cuidar dela; e comigo mesmo, por não ter chegado antes.

— Qual é o seu problema? — provoca ela.

— Qual é o *meu* problema? Meu problema é que eu te deixo sozinha por algumas horas e você tenta se matar, porra. Meu problema é que você deixa aqueles idiotas te convencerem a fazer coisas perigosas. Qual é, Cecily? Nem por cima do meu cadáver vou deixar você entrar lá — berro. Não, *explodo*. Estou próximo o bastante e tenho certeza de que ela sente cada palavra queimando em suas bochechas. Seus lábios se contraem, e ela balança a cabeça bem devagar, como se estivesse se segurando para não gritar comigo também. — Sério, essa é a coisa mais imbecil que você poderia fazer. Meu Deus… onde você estava com a porra da cabeça? Está querendo morrer? Porque é isso que poderia ter acontecido se eu não tivesse aparecido. Porra, não dá para acreditar nisso.

Ela me encara com uma frieza que jamais imaginei ver em seu rosto, me olhando de cima a baixo com desdém.

— Você acha que está me assustando? Vai precisar mais do que berrar na minha cara para me assustar, Austin. Você quer ser igual a ele? É isso? *Então me bate.*

É isso que ela pensa que eu quero fazer?

Solto os braços ao lado do corpo e cambaleio para trás, atordoado diante de sua figura trêmula. Meu coração martela contra o esterno e chacoalha cada costela antes de afundar no meu estômago ao vê-la assim. Ela pode até ter dito que não estava assustada, mas tudo na linguagem corporal de Cecily grita o oposto. E eu fiz a única coisa que jurei a mim mesmo que não faria. Que jurei a ela que não faria. Entrelaço as mãos atrás da cabeça e ergo os olhos para as vigas do celeiro. Um calor percorre meu pescoço e meu rosto. *Não consigo acreditar que acabei de…*

— Cecily. Eu nunca… não tive intenção de… eu não estava tentando te assustar. Eu *nunca* machucaria você assim. — Esfrego o rosto com força e suspiro fundo. — Desculpa. Me desculpa mesmo. Porra, eu estraguei tudo. Eu só queria que ficasse segura. Fiquei muito preocupado quando descobri onde você estava.

— É só uma brincadeira para distrair o público no intervalo, Austin. Não é nada tão sério. Não acho que eu mereça ser repreendida por isso.

Está na cara que os rapazes não deram todos os detalhes para ela.

— É considerado um fiasco se ninguém acabar no hospital. Eles costumam escolher o novilho mais bravo para acabar com a raça de quem estiver pelo caminho. Não vai ter tanta graça para o público se soltarem um bezerrinho manso e todas as moças forem abraçá-lo, vai?

Ela arqueia uma sobrancelha e aperta os lábios, caçoando de mim.

— Não sou tão burra para ficar na mira quando tem uma porcaria de uma vaca correndo para cima de mim.

— Não é questão de ser... Está tão desesperada assim por um vale-presente de duzentos dólares da porra da loja de artigos equestres para se arriscar a esse ponto? Porque eu te dou trezentos dólares agora mesmo se estiver.

— Na verdade eu nem sabia qual era o prêmio.

— Meu Deus. — Esfrego a mão no rosto. — O que deu em você para se inscrever nisso então?

Ela dá de ombros, desanimada.

— Acho que eu queria me sentir viva. E não vou me desculpar por isso. Tenta só viver sabendo que tudo pode desabar a qualquer momento. Talvez aí você entenda.

— Ah, eu entendo o sentimento, meu bem. — Esfrego as têmporas, ainda encarando o chão. Não aguento olhar para ela depois do que acabei de fazer. — Mas, se está querendo uma boa cavalgada que faça você se sentir viva e possivelmente cause danos físicos graves, estou bem aqui.

Basta uma risada engasgada para me fazer erguer os olhos para ela.

— Austin, ainda estou irritada com você. Mas, preciso admitir, essa foi de longe a cantada mais brega que já ouvi.

Foi vergonhosamente brega e não teve bem o efeito que eu pretendia. Mas pelo menos fiz Cecily esquecer por alguns segundos que estava assustada, furiosa e decepcionada comigo. Arrasto a bota pelo feno no chão enquanto ficamos em um silêncio constrangedor.

Depois de alguns minutos de tensão, sinto que deveria dizer algo.

— Não importa o quanto eu esteja furioso ou frustrado com você... eu nunca te bateria. Não sou ele.

— Eu sei.

— Juro que não tive a intenção de te assustar e prefiro morrer a fazer qualquer coisa que te machuque. Quando descobri que você estava prestes a entrar na arena, entrei em pânico. Se eu não te impedisse e alguma coisa acontecesse, eu nunca me perdoaria.

Ela balança a cabeça, claramente irritada comigo.

— Só que eu sou uma adulta capaz de tomar minhas próprias decisões. Não preciso que você venha correndo, bancando meu cavaleiro de armadura reluzente.

— Pode até ser verdade, mas eu falei que ia te manter em segurança. Minha proteção não vale só para quando estamos no rancho ou quando estamos falando *dele*. Vou te proteger de qualquer coisa que eu ache perigosa. E você pode ficar irritada o quanto quiser, mas não tenho problema algum em te jogar no ombro e te levar para casa se isso for preciso para garantir que esteja em segurança.

Ela solta o ar pelo nariz com força, fazendo as narinas inflarem.

— Ah, mas eu *vou* ficar irritada com isso. Pode apostar.

— Tenho certeza de que vai, meu bem. Mas não me importo. A Cecily furiosa é sensual para cacete. — Cruzo os braços e me apoio na parede. — Agora você vai querer seus trezentos dólares em dinheiro ou devo entregar direto para a lojinha chique de mulher?

— Dinheiro. Vou apostar no Denny na competição de sela americana. A menos que você pretenda jogar ele no ombro e levá-lo embora também. Nesse caso, me avisa para que eu possa fazer a aposta mais absurda já vista e sair daqui rica.

— Não, não vou.

— Achei que não. — Ela revira os olhos. — Pelo que ele me falou, parece bem mais perigoso do que o que eu estava tentando fazer. Por que não está tão preocupado com ele?

— Porque é diferente. Primeiro, porque ele faz isso desde que somos pequenos. Ele não se mudou da cidade para cá menos de quatro meses atrás. Segundo, eu amo meu irmão, mas não… — Engulo em seco, esperando que os olhos dela encontrem os meus. — Mas não do jeito que eu amo você. É por isso que não posso deixar nada de ruim te acontecer. É por isso que não te trato como todo mundo. Eu amo você.

— Ah… Austin. — Ela diz meu nome num suspiro.

Não consigo nem respirar com ela me olhando assim. É agora. O momento em que ela diz que eu era só um estepe. Nada sério. E então vou para casa sozinho de novo. Medo e solidão me atingem por todos os lados. A partida dela sempre foi inevitável. E me apaixonar por ela também.

— Tudo bem se você não sentir o mesmo — minto descaradamente. Está longe de estar tudo bem, mas vou aprender a viver com isso em algum momento. — Fui eu que me apaixonei sabendo muito bem que você não sentia o mesmo. *Você* fez valer a pena o risco de ser magoado, porque você é incrível e me faz sentir coisas que eu nem sabia que era capaz… não importa se ficará na minha vida alguns meses ou cinquenta anos, nunca será o suficiente para mim. Então, *que se foda*, eu vou te amar pelo tempo que você estiver por aqui. Eu me apaixonei sabendo que muito provavelmente te perderia um dia. E, se você não sente a mesma coisa ou se quiser ir embora do rancho no fim do verão, eu vou entender. Tenho certeza de que vai querer voltar para a cidade quando KJ não for mais uma ameaça. Eu só… precisava tentar.

Precisava tentar dar a ela um motivo para ficar, mesmo que já tenha dado a outras pessoas esse mesmo motivo sem resultar em nada de bom. Beryl disse que valia o risco e, embora eu não vá admitir isso para ela, a verdade é que quase nunca ela está errada.

— Você está muito confiante de que eu vou embora. — Ela cruza os braços e me encara com os olhos semicerrados. Embora sua postura seja hostil, os olhos azuis como o oceano estão marejados e melancólicos. — Já reparou que você vive fazendo comentários sobre isso? Desde o primeiro dia para você não é uma questão de "se", mas, sim, "quando" eu for embora. Tenho a sensação de que seu pai não é a única pessoa que foi embora porque quis, mas acho que você deveria saber que eu não sou ela. Assim como você não é KJ. Estamos falando de nós dois, não deles.

Ela. Então alguém contou a Cecily sobre Savannah.

— Você veio para Wells Canyon porque precisava fugir, e aqui era um lugar conveniente. É isso o que me faz pensar que você vai embora quando tudo isso acabar, entende?

Assim como Sav. Odeio compará-las porque cheguei à conclusão de que elas não têm nada em comum, a não ser o fato de as duas terem usado o rancho como uma fuga, e eu ter me apaixonado no processo. E agora, mais uma vez, a história se repete, abro meu coração e acabo magoado. *Merda de déja vu.*

— Foi por isso que vim, mas não é por isso que vou ficar. Quer que eu vá embora? — Cecily dá um passo em minha direção. Seus deslumbrantes olhos azuis examinam os meus em busca de pistas sobre o que se passa na minha cabeça. Não faço a menor ideia do que está acontecendo na minha mente neste momento, mas ela sempre parece saber, mesmo quando nem eu sei. — Porque alguém que não quer que eu vá embora não deveria falar isso o tempo todo. É como naquela noite em que eu fui ao The Horseshoe… eu queria ficar, mas você se fechou. Você me deixou ir, mesmo não sendo o que você queria. Então… o que você quer, Austin? Quer que eu vá embora?

— Não — sussurro. — Não. Fica. *Por favor.*

— Então eu fico.

Por algum motivo, ouvi-la dizer isso não é o suficiente para aliviar o aperto forte em meu peito que não me deixa respirar direito. Não é o suficiente para desfazer anos de ansiedade, e a ternura em seu olhar me leva a crer que ela entende.

Cecily acha que ela é quem está traumatizada, mas somos nós dois.

— Você se concentrou muito em conquistar minha confiança, mas precisa confiar em mim também. Não é fácil confiar nas pessoas… entendo isso bem até demais. Mas estou aqui e estou te dizendo que não vou a lugar algum. Então você tem que confiar em mim. O rancho é meu lar. *Você* é meu lar. Não quero estar em outro lugar que não seja aqui com você.

Enfim solto minha respiração trêmula e patética, e então os braços dela envolvem meu torso, puxando meu peito em direção a seu rosto. Minha mão espalmada repousa em sua lombar como se tivesse sido feita para descansar ali, e eu a abraço apertado. O doce aroma de coco de seu xampu invade meu nariz. Concentro-me no aroma, lutando para não chorar. E falho tão miseravelmente que preciso afrouxar o abraço para enxugar os olhos marejados antes que eles arruínem os cachos de Cecily.

— Eu te amo, Austin.

— Ama?

Como se falasse diretamente com meu coração, ela sussurra no meu peito:

— Você nunca agiu como se houvesse algo de errado comigo quando eu não conseguia lidar com seu toque. Mesmo quando te contei sobre minhas facetas mais ferradas, você nunca parou de demonstrar o quanto se importa comigo. E não é só comigo… você cuida de todas pessoas que ama. Você é um homem bom e nem se esforça para ser. Você é doce, protetor, engraçado. Lê revistas sobre fazendas de gado e assiste a *Dias felizes* como se tivesse setenta anos. Como eu poderia não te amar?

— Não tem nada de errado com você. E nunca quis que você se sentisse assim.

— Nem com você, Austin. Não sei como alguém foi capaz de te deixar. Você merece alguém que fique sempre ao seu lado, e eu quero ser essa pessoa. Não vou te deixar. Nem hoje, nem amanhã, nem no ano que vem. Nem nunca. Daqui a cinquenta anos, você pode morrer antes de mim para nunca mais se sentir abandonado de novo.

E então ela me beija. Com intensidade. Não como alguém que pensa que eu poderia levantar a mão para ela. Mas como uma pessoa apaixonada que não consegue se saciar. Eu sei disso porque é exatamente como a beijo de volta.

Começo a beijar a pele macia do pescoço, e um rastro de arrepios surge enquanto deslizo até seu ouvido.

— Você é tudo. Todo esse tempo que passei afastando as pessoas era só porque eu estava te esperando. Sempre foi você, e eu estava tentando encontrar o momento certo para te dizer o quanto estou apaixonado.

— Mostra para mim.

Ela me puxa pelo cinto, fazendo nossos quadris colidirem. A fricção faz meu sangue fluir direto para meu pau, aquecendo meu corpo inteiro. Os dedos dela mergulham pelo cós do meu jeans, roçando na minha pele nua.

— Mostre que posso confiar em você — diz ela do mesmo jeito de quando a beijei pela primeira vez. Mas, agora, as palavras me atingem com muito mais força, porque há menos de quinze minutos eu a fiz questionar sua confiança em mim. — Me deixa te mostrar o quanto eu te amo.

— Meu bem, eu falei que não ia transar com você em um celeiro sujo.

— Não, não — murmura ela, agarrando minha ereção crescente através do jeans. — Você me falou que a *primeira* vez não seria em um celeiro. E esta não é nem de longe nossa primeira vez.

Agora estou ainda mais arrependido por ter arrastado Cecily até este celeiro em vez de tê-la enfiado na caminhonete e ido para casa.

— Não tenho camisinha.

Confesso que isso não estava nos meus planos. Mais tarde? Com certeza — enfiei um punhado delas no porta-luvas da caminhonete antes de sair de casa. Mas não pus nenhuma no bolso porque não achei que fôssemos acabar em um celeiro no meio do rodeio de Wells Canyon.

Ela solta uma risada suave.

— Maldita Kate. Sabe, ela me avisou que isso ia acontecer.

Ergo as sobrancelhas com interesse e alarme. Estou um pouco preocupado com o que elas andaram conversando para *esse* tipo de situação ser mencionada.

— Ela falou algo sobre como os rodeios costumam deixar as pessoas com tesão e para eu me cuidar para não engravidar esta noite.

Engasgo com o ar, tossindo contra o punho e sentindo cada centímetro do meu rosto esquentar. Elas conversaram sobre nós dois termos um bebê? *Nós dois. Eu e Cecily.* É isso que ela quer?

— Relaxa. — Ela sorri, agarrando meus antebraços, provavelmente me segurando com medo de que eu saia em disparada. — Não fica apavorado. Eu falei para ela que isso *não* ia acontecer de jeito nenhum. Eu uso DIU, que até hoje nunca me deixou na mão. Então…

O alívio que sinto é menor do que eu esperava — fico apavorado por não ser tão veementemente contra engravidá-la quanto deveria, mas deixo o medo de lado e meus olhos encontram os dela. Ela sorri, e não consigo evitar sorrir de volta.

— Vamos fazer o que estou pensando que vamos fazer, meu bem?

Seu hálito quente na curva de meu pescoço deixa meu pau a postos. Não acredito que estou cogitando transar com Cecily bem aqui. Primeiro no drive-in, agora em um celeiro *muito* público em um rodeio *muito* cheio. Em plena luz do dia. Sem camisinha pela primeira vez na minha vida. De algum jeito, ela tem esse tipo de domínio sobre mim.

— Por favor — diz ela.

Eu a beijo com delicadeza, segurando-a como se ela fosse a coisa mais importante do mundo. Com vulnerabilidade, ternura, *amor.* Minhas mãos se enroscam em seus cabelos, mantendo-a no lugar enquanto desenho uma trilha de beijos em seu rosto, descendo pelo queixo até o pescoço. Traço delicadamente as curvas de cada seio por cima da camiseta, descendo por sua cintura, parando para agarrar seus quadris carnudos. Se não fosse a longa viagem para casa, eu a levaria agora mesmo para uma cama onde eu pudesse devorá-la como ela merece. Ela solta o gemido mais suave e doce que já ouvi, e o som vai direto para o meu pau.

— Você acredita que eu nunca te machucaria?

— Sim — murmura ela quando pressiono a costura do jeans na posição certa, e uma onda de prazer percorre seu corpo.

— Você acredita que eu te amo?

— S-sim.

Ela arqueia as costas enquanto desafivelo seu cinto e deslizo a mão por dentro, acariciando sua calcinha de renda com as pontas dos dedos. Mal a toquei, e já sinto Cecily encharcada através do tecido.

— Você acredita que vou te proteger até o dia em que eu morrer?

Ela engole em seco.

— Sim.

Meus dedos penetram sua boceta molhada e quente.

— Ótimo, porque nada disso vai parecer verdade pelos próximos minutos, então você vai precisar acreditar que é. A gente precisa ser bruto, obsceno e rápido se não quiser que alguém nos flagre aqui.

— Bem do jeito que eu gosto.

Puta que pariu.

26

Cecily

Austin me puxa para uma baia vazia, impregnada com o cheiro seco de alfafa. Seus olhos estão escuros e, se eu não confiasse tanto nele, ficaria assustada com toda sua intensidade. *Confio nele de verdade*, mesmo que as coisas tenham esquentado um pouco. A voz do locutor ressoa ao longe para anunciar o fim da gincana com novilhos, e uma música pulsante ecoa por toda a arena do rodeio durante o resto do intervalo.

Estou toda vestida, mas me sinto nua encostada na parede com Austin me encarando com o olhar de um predador. Ele arregaça as mangas de sua camisa xadrez azul-escura lentamente, expondo os antebraços, como se estivesse se preparando para a ação. Sua mão está apoiada na parede, rente a minha cabeça, e seus olhos me prendem no lugar. Exatamente como antes, só que sem o medo e com muito tesão. Então ele me beija como se estivesse desesperado por oxigênio e eu fosse a única fonte, roubando meu fôlego. Austin abre meu cinto com rapidez e abaixa minha calça jeans até as coxas. Seus dedos deslizam pela minha calcinha e, ao descobrir como estou molhada, um gemido profundo vibra em seu peito.

— Porra, você me deixa maluco, sabia disso? — Seus dentes roçam minha orelha. — Saber que você está tão molhada por minha causa… é demais.

Meus quadris se movem por reflexo em direção à mão dele, incitando-o a me tocar. Encurtando a distância entre nós. Ele enrosca o dedo na minha calcinha e a desliza até meu jeans. Solto um suspiro trêmulo já lutando para não perder o controle quando tudo o que realmente quero é puxar sua calça para baixo e montar nele. A sensação de vazio é avassaladora, e somos tão perfeitos um para o outro que seu pau é a única coisa que me sacia de verdade. A ponta de seu dedo pressiona meu clitóris sensível, enviando ondas de eletricidade quente que pulsam em meu íntimo, e um gemido alto vibra na minha garganta.

— Meu Deus — gemo e me apoio em seu peito, perdendo o controle. Com a mão livre, ele tira o chapéu de caubói e o coloca com delicadeza na minha cabeça, me reivindicando. Sorrio para ele.

— Se usar o chapéu, tem que montar no não-caubói?

— Coloquei o chapéu em você porque não consigo fazer *isso* com ele, meu bem.

Austin se ajoelha, enterrando o rosto entre minhas pernas e deslizando a língua em minha pele.

Sugo o ar com força quando as pontas de seus dedos substituem sua língua e começam a desenhar círculos frenéticos no meu clitóris. Ondas quentes percorrem meu corpo a cada toque. Rebolo os quadris em êxtase contra sua boca, sentindo a madeira áspera arranhar minhas costas. Ele pega a bainha da minha camiseta e a empurra para cima centímetro a centímetro, até que minha barriga fique exposta e minhas costas, em brasa. E eu me agarro à sua cabeça, os dedos entrelaçados em seu cabelo castanho em uma tentativa desesperada de me manter de pé. Cada roçar dos dentes e da língua me mata de vontade de senti-lo ainda mais.

Talvez seja o risco de sermos flagrados ou por saber que o homem com um rosto lindo e barbudo entre minhas pernas me ama, mas em poucos segundos estou me contorcendo e implorando por alívio. Meus joelhos cedem, e as mãos dele sobem para segurar minha bunda, me mantendo exatamente onde ele quer. Sua língua mergulha em mim, então aperto os quadris contra seu rosto buscando mais fricção — a sensação é intensa demais, e também nunca suficiente. Quando meu clitóris ávido é sugado para dentro de sua boca, eu explodo. *Porra, explodo mesmo.*

Seu nome escapa dos meus lábios em um gemido alto, tão alto que tenho certeza de que o rodeio todo ouviu — graças ao final da música no momento exato.

Quando ele se ergue, está ofegante e um sorriso presunçoso se espalha em seu rosto.

— Ótimo. Quero que todos os caras perto daqui saibam que você é minha. Que todos escutem quem está fazendo você gozar.

Nossas mãos lutam para desabotoar sua calça, deixando-a cair ao redor de seus tornozelos. Seguro seu pau e o masturbo, cada veia latejando em minha mão. Ele se enrosca em mim com um gemido quando o puxo para um beijo. Abro as pernas o máximo que o jeans em volta dos meus joelhos permite e estremeço ao ver a cabeça de seu pau provocar meu clitóris. Sem deslizar para dentro, mesmo quando arqueio as costas para tentar me encaixar.

Sinto seu sorriso malicioso em meus lábios.

— Adoro quando fica tão desesperada por mim. Porra, que tesão.

Os olhos de Austin encontram os meus enquanto ele desliza para dentro de mim. Quase como se quisesse confirmar que ainda quero fazer isso. Nunca desejei nada mais do que desejo Austin agora. Meu peito arfa em um ritmo instável na expectativa de senti-lo se encaixando em mim, preenchendo o vazio que anseia por ele.

Austin cospe na cabeça do pau e, em seguida, lubrifica toda a extensão, segundo antes de ele me penetrar com um gemido rouco e grave.

Ahhh, porra.

Estou selvagem. Agarrando-o pela nuca, puxo seu cabelo e o beijo. Capturo seu lábio inferior entre meus lábios, e o gosto metálico enche minha boca, mas, ainda assim, não paro de beijá-lo.

— Aus, faz isso de novo — falo, ofegante. — Cospe no seu pau e me come.

Ele abre um sorriso lascivo.

— Sim, senhora.

Movendo-se num ritmo torturantemente lento para alguém que disse que precisávamos ser rápidos, ele tira tudo, menos a cabeça. Estou me contorcendo e gemendo em seus braços, implorando para senti-lo de novo.

— Você gosta quando eu uso meu cuspe como lubrificante? Geme para mim, meu bem. Me mostra o quanto você ama ser minha safada.

— Por favor — gemo contra o ponto latejante em seu pescoço.

Austin se inclina para a frente, e o cuspe cai de seus lábios, escorrendo por toda a extensão de sua ereção. Um gemido escapa enquanto mordo meu lábio inferior, e os olhos dele se fecham por um segundo em resposta. Eu o beijo com fervor, esticando a mão entre nós para espalhar ainda mais a saliva, sentindo o gemido dele ressoar pela minha garganta.

— Ah, meu Deus.

Minhas mãos param em seu peito, agarrando sua camisa com meus punhos cerrados.

A cabeça de Austin desaba em meu ombro por um momento antes dele recuar e cuspir de novo. Estou tremendo de expectativa — pronta para mais uma estocada forte e profunda, quando ele recua e me vira. Mal tenho tempo de erguer as mãos para me apoiar na parede, quando ele desliza o pau para dentro de mim por trás.

— Puta que pariu — grunhe ele.

Cada músculo do meu corpo relaxa, e minha bochecha encosta na parede do celeiro, esfregando na madeira áspera. Ainda bem que os braços de Austin estão segurando minha cintura, ou eu teria me estatelado no chão.

— Estou te segurando. Se masturba para mim que eu quero te foder contra essa parede. Brinque com a sua bocetinha perfeita.

Estico a mão para trás e deslizo os dedos em sua boca. Ele os suga com um gemido e, em seguida, coloco os dedos molhados entre as pernas. Toques leves, mas frenéticos, me catapultam ao limite, até que eu esteja lutando para permanecer em meu próprio corpo.

Um homem de palavra, Austin é bruto e rápido, investindo contra mim sem parar e prensando meu peito na parede a cada estocada. Ele inclina meu corpo no ângulo certo e atinge o ponto que me faz ofegar enquanto morde meu pescoço e meu ombro com grunhidos baixos e ávidos. Minha pele vai estar cheia de marcas arroxeadas amanhã, mas não me importo. Cada gemido o faz morder e chupar com mais força. Cada toque bruto me aproxima de um clímax incandescente.

— Essa é a minha boa garota. Quero sentir você explodir direto no meu pau enquanto eu te encho de porra até ela escorrer pelas suas coxas lindas. Vou deixar você pensando nisso a noite toda.

— *Ahhh,* Aus… que delícia. — Jogo a cabeça para trás quando ele dá um tapa na minha bunda. — Porra… não… para. Quero mais.

Ele me puxa ainda mais contra seus quadris, me preenchendo com cada centímetro seu. Em um transe selvagem, estamos transando para exorcizar as emoções furiosas de minutos atrás. Se eu não soubesse o quanto ele me ama, acharia que ele me odeia.

Meus dedos estão encharcados massageando meu clitóris, e encho o ar com um gemido gutural. O calor ardente e descontrolado ameaça explodir dentro de mim. Meus pulmões perdem oxigênio a cada estocada cheia de paixão.

Colando o peito em minhas costas, ele se inclina e sussurra em meu ouvido:

— Quem diria que a linda garota da cidade gosta de uma transa selvagem no celeiro?

Eu com certeza não sabia.

— Eu topo em qualquer lugar e de qualquer jeito que meu não-caubói esteja disposto a me dar. Eu sou sua. Goza dentro de mim. Me enche toda, deixa sua porra escorrer pelas minhas coxas, deixa sua marca dentro de mim.

Viro a cabeça para o lado, para ele me beijar. Dentes e línguas se encontram enquanto me desfaço, sentindo um orgasmo me rasgar da cabeça aos pés. Um tsunami que destrói qualquer vontade de ficar com outra pessoa. Enquanto meu gemido ecoa pelo celeiro, suas estocadas se tornam mais erráticas e frenéticas. Seguro firme em seus antebraços para me manter estável, e seu gemido grave e rouco mergulha em meu cabelo enquanto ele se derrama em mim.

Austin repousa o peito em minhas costas, a respiração no ritmo de meus batimentos acelerados enquanto ele se abaixa para subir meu jeans outra vez. Quando chega até minha bunda, ele recua com um tremor, me deixando desconfortavelmente vazia. Eu preferia que fosse como no drive-in, quando ele ficou dentro de mim até bem depois de nos recuperarmos do êxtase sexual. Foi o momento mais íntimo de toda a minha vida. Mas ficar de conchinha com seu pau dentro de mim não é uma possibilidade depois de uma rapidinha no celeiro.

— Porra, eu sou muito sortudo. — Suas palavras saem meio arrastadas enquanto ele se esforça para respirar fundo e termina de subir minha calça. — Tem ideia de como você é perfeita? Estou totalmente obcecado por você.

Eu o beijo com delicadeza, secando a gota de suor em sua testa com os dedos.

— Eu que sou a sortuda. Não sei bem o que foi isso, mas acho que precisamos fazer disso um hábito.

— Não precisa pedir duas vezes. Isso foi… *Meu Deus*, eu nem sei. Nunca senti nada parecido.

Ele afivela o cinto e estica a mão para alisar meu cabelo, imagino que esteja com o visual de quem acabou de transar em um celeiro.

Ele pega minha mão e me conduz de volta para a área externa, sob o sol quente do verão. Semicerro os olhos por um momento, com dificuldade de me ajustar à claridade.

— Sabia que esse celeiro é da minha família? — Ele vira a cabeça para apontar para a estrutura de onde acabamos de sair. — Foi construído quando eu tinha uns quinze anos. Meu avô era presidente da associação de rodeio na época. E, depois disso, minha mãe foi presidente até… bom… Tem fotos de nós e tudo mais aí dentro.

Com um aperto firme em sua mão, eu o puxo para dentro de novo.

— Onde? Quero ver.

Ele franze o nariz com irritação, mas cede.

— Na sala de arreios.

Acendendo a luz, me deparo com mais de uma dezena de fotos de família penduradas nas paredes.

— Argh, que ódio ter deixado meu telefone com Colt. Eu *preciso* dessa foto sua. — Aponto para a imagem de um garotinho com um sorriso banguela. Na legenda, está escrito *Campeão do Rodeio Mirim com Ovelhas de 1993.* — Isso é de longe a coisa mais fofa que já vi.

Observo cada foto. O avô dele todo orgulhoso entregando aos netos várias premiações do rodeio, Denny montado em um cavalo dando pinote, os três meninos pequenos sentados em uma cerca. Tenho o cuidado de não comentar nenhuma das fotos em que o pai deles aparece — um homem que é a cara do Jackson. Na verdade, se não fosse pela semelhança absurda com seu irmão, eu nem desconfiaria que aquele homem é parente de Austin. Porque Austin é igualzinho à mãe.

— O nome da sua mãe é Lucy? Sério? — Eu me inclino para ler o artigo emoldurado sobre ela ser a primeira mulher a presidir a associação de rodeio de Wells Canyon. — Meu nome do meio é Lucille.

— Humm.

Tentando aliviar o clima, dou tapinhas na minha barriga e acrescento:

— Pelo menos já temos um nome caso este bebê de rodeio seja uma menina.

Como esperado, ele não chega a dar uma risada, mas suas narinas inflam e os cantos de sua boca se erguem diante do meu péssimo gosto para piadas. Vou encarar como uma vitória.

— Ela era linda. Você tem os olhos dela — digo, me virando para encontrar Austin mordendo a bochecha, com o olhar fixo no chão. — Vamos. Acabei de tomar uma decisão.

Sorrio e o cutuco com o ombro.

— Ah, é?

Sem pensar duas vezes, ele apaga a luz e fecha a porta atrás de nós.

— Hoje, eu quero que você fique... como foi que você falou? "Bem divertido"? Você bebe, eu dirijo.

Meus dedos se entrelaçam nos dele, como se encontrassem seu lar, e percorremos o longo caminho até a arena. A voz do locutor e a animação da multidão ressoam pelo ar úmido.

— Você não dirige caminhonetes, e eu falei que eu *costumava* ser divertido.

— Sou capaz de dirigir uma, mesmo sem gostar muito. Não é justo que você já tenha me visto de porre, e eu não tenha tido o prazer de te ver descontraído, a não ser no sexo. E eu *amo* esse seu lado, então estou louca para te ver bêbado. Além disso, terei que lidar com sua porra escorrendo de mim a noite toda, então isso é o mínimo que você pode fazer para me recompensar por essa inconveniência.

Ele ri, esfregando o osso do supercílio enquanto avalia sua falta de opções.

— E se KJ aparecer?

— E o que ele vai fazer no meio de um baile de rodeio lotado? Ficarei perto de você e dos rapazes a noite toda. — Aperto a mão dele. — Por favor.

— Eu bebo, mas não diga que não te avisei quando as coisas saírem do controle.

— Ah, mal posso esperar.

Eu o arrasto para o *beer garden* e, depois de uma rápida ida ao banheiro, vamos para o bar. Nem me importo de ter que ficar sóbria e ser responsável por um bando de caubóis bêbados. Vai valer a pena vê-lo se soltar.

São quase duas da manhã e, de modo nada surpreendente, os rapazes perderam completamente a linha. Beryl, Kate e Jackson foram embora cinco horas atrás, e fiquei sozinha tendo que lidar com o bando todo desde então. Embora em alguns momentos eu tivesse a sensação de estar pastoreando gatos, não me arrependo de nada, porque o bom humor de Austin aquece meu coração. E, sinceramente, também está me curando. Só depois de ele consumir várias bebidas é que me dei conta de que não questionei se ele poderia ser um bêbado agressivo. Apesar do meu passado, acho que inconscientemente eu já sabia que isso não era uma possibilidade. E olhando para ele agora... tenho plena certeza. A única maneira que ele poderia machucar alguém hoje à noite é com um passo de dança descontrolado dando errado.

Ele pega minha mão pelo que deve ser a quadringentésima vez esta noite e começa a dançar *two-step*. Sempre que toca uma música country — o que acontece bastante, já que estamos em um rodeio —, ele insiste em dançar *two-step* comigo. Tudo o que sei aprendi dançando bêbada com Colt no The Horseshoe, mas estou me esforçando ao máximo para acompanhar. Meus pés doloridos latejam a cada passo. Austin não dá trégua, me gira e me inclina para trás até as pontas do meu cabelo tocarem o chão.

— Aus, preciso me sentar um minuto. Meus pés estão doendo — grito por cima da música, enquanto uma canção termina e outra já começa.

Ele faz beicinho por alguns segundos antes de dizer:

— Tá bem, chatonilda. Te amo!

Chatonilda? Esses caras viram moleques de dez anos quando estão bêbados. Quando me sento, faço uma contagem. *Ai, que porra.* Colt está sem camisa no palco com a banda, mas estou cansada demais para me importar. Se não quiserem ele lá, vão expulsá-lo. Denny está dando uns amassos numa garota em uma mesa de piquenique. Sundial está dançando com Jacky e Austin. E Red está do meu lado. Ótimo, todos ainda estão aqui. Solto um suspiro de alívio.

— Está se divertindo, potranca? — grita Red para mim.

— Sim, mas meus pés estão doendo e estou ficando cansada. Por que você não está lá no meio da bagunça?

— Sou muitas coisas, mas não sou dançarino. — Ele dá um gole na garrafa de cerveja, e ficamos os dois observando a multidão pular no ritmo da música. — Ele te ama, né?

Como eu respondo a isso?

— Ah... é.

— Ele não vinha a esse rodeio desde o ano em que a mãe deles morreu. Sav participava da prova de tambor, mas ele nunca a viu competir aqui.

Então não sei o que você falou para convencê-lo a vir, mas é bom. Estou feliz por ele estar de volta.

— É, eu também.

Na realidade, eu não falei nada, a não ser que eu estaria aqui. Sorrio para Red e volto a observar Austin, passando vergonha enquanto gira Colt, já sem camisa, pela pista de dança. *Meu Deus, como eu amo esse cara.*

Quando a banda para de tocar e anuncia a última rodada de bebidas, a multidão resmunga enquanto mordo a língua para me impedir de comemorar. Foi muito divertido, mas continuo tediosamente sóbria e já não estou curtindo mais minha função de babá. Os rapazes pegam suas últimas cervejas e se juntam ao redor da minha mesa de piquenique.

— Ouvi dizer que vai rolar uma festa depois lá no acampamento dos peões — anuncia Colt, correndo até nós.

Todos olham para mim na expectativa, e balanço a cabeça com um "não" decidido.

Austin chega por trás de mim, pressionando o peito em minhas costas, e envolve preguiçosamente os braços pela minha cintura, me apertando tanto que me faz gemer.

— Pode ser divertido.

— Preciso te lembrar da situação gozada acontecendo agora na minha calcinha? — Nem toda limpeza do mundo num banheiro público de rodeio deu conta. Meus lábios roçam a orelha dele. — Considere-se um sortudo por eu ter ficado tanto tempo.

— Porra, você está tentando me deixar duro de novo?

— Sempre. — Dou uma piscadinha.

Com um beijo na minha cabeça, ele olha para os rapazes e fala:

— Hora de ir para casa, pessoal. Obedeçam a moça.

— Eu vou levar todos vocês? Como?

É certo que não tem lugar suficiente na caminhonete de Austin. Ou de Red. Se não tiver jeito, acho que posso fazer duas viagens, mas está muito tarde, e estou cansada.

— Tranquilo, a gente vai na carroceria. — Denny bate a garrafa de cerveja vazia na mesa. — Vamos.

— É perigoso. De jeito nenhum.

— A gente sempre faz isso, potranca — retruca Denny.

Olho para o Austin em busca de confirmação, e ele assente. Isso com certeza não seria algo aceitável na cidade. Por outro lado, não deve ser muito mais perigoso do que viajar no colo de uma amiga no banco de trás de um táxi. E já fiz isso dezenas de vezes para economizar.

— Argh, está bem. — Começo a caminhar na direção do portão de saída. — Se todos não estiverem na caminhonete em cinco minutos, vou para casa sem vocês.

A mão de Austin envolve minha cintura enquanto andamos pelo estacionamento meio vazio até sua caminhonete. Estamos cambaleando, e nossos quadris se esbarram o tempo todo. Nunca o vi rir tanto quanto nos cinco minutos de caminhada, e nunca estive tão apaixonada.

Assim que os rapazes se amontoam na carroceria, dou a partida na caminhonete e pego a estrada principal, checando o retrovisor o tempo todo para ter certeza de que os rapazes estão em segurança.

Durante os primeiros dez minutos de viagem, Austin fica tão quieto que presumo que ele deve ter dormido. Ouvir sua voz na cabine escura me faz pular de susto.

— Andei pensando.

Levo a mão ao peito até meus nervos se acalmarem e pergunto:

— Pensando em quê?

— Decidi que estou de boa em ser seu segundo marido porque vou ser o último.

Quase saio da estrada ao me virar para encará-lo. *Santo Deus, de onde saiu isso?* Meu cérebro derrete. Não consigo nem raciocinar, que dirá formar uma frase coerente.

Ele se vira de lado no assento e continua falando:

— Você vai ser minha primeira e única esposa. Mas sabe o que é engraçado?

Não, não sei, porque não tenho a menor ideia dos rumos que essa conversa vai tomar. Ele compartilhou algumas lembranças felizes sobre a mãe e a infância, mas as únicas vezes em que tocamos em assuntos sérios eram relacionados à minha vida. Tudo que eu quero é que ele se abra de verdade e me deixe entrar em seu mundo. Mas não sei se fazer isso enquanto ele está bêbado é uma boa ideia.

— Se Sav tivesse dito sim, eu estaria fodido, porque não se pode ter duas esposas, e eu ainda ia querer você. Você é tudo.

Contenho uma risada.

— Beleza, por que você não se recosta e dorme um pouco?

— Se bem que... — O cérebro dele parece entrar em curto-circuito por um momento. — Acho que se ela não tivesse ido embora, você não estaria aqui, não é? E aí eu não teria te conhecido, e talvez ainda estivesse com ela. Mas... não, provavelmente não... todo mundo vive me dizendo que ela nunca teve intenção de ficar. Uma novidade da porra para mim. Deviam ter me falado antes de eu fazer papel de otário. Ah, bem... talvez eu esteja feliz por ela ter me ferrado porque estou *muito* feliz por você estar aqui.

— Eu também estou feliz por estar aqui.

Estico a mão e aperto a dele.

— Sei que você sabe sobre ela. Posso adivinhar quem te contou... *Kate*. Mas aqui vai a fofoca que ninguém sabe. — As palavras dele saem meio arrastadas, e ele ergue um dedo como se estivesse prestes a fazer uma declaração especialmente importante. — Bom... no dia que ela foi embora, eu a pedi em casamento. Na porra daquela cachoeira estúpida, feito uma porra de um babaca. Sabe o que ela respondeu?

Não. Quer dizer... tenho um bom palpite, mas estou bem interessada em saber mais.

— Ela achou que nossa relação não era nada sério. *Como é que é?* Dois anos vivendo juntos não é sério? — Ele joga as mãos para o ar com um suspiro exasperado. — Sei lá. Provavelmente a culpa foi minha. Sou péssimo para falar sobre meus sentimentos, então, tipo, acho que não deixei claro como era sério para mim.

— Para mim parece bem sério.

Tamborilo os dedos com ansiedade no volante e, pela centésima vez, acendo a luz da carroceria para conferir se todos os rapazes ainda estão lá. Por mais que eu quisesse que ele se abrisse, ouvir Austin reviver toda a dor de um pedido de casamento deixa meu estômago revirado. Não é justo, porque ele nunca me fez sentir mal por ser *casada*, mas como explicar isso para o aperto em meu peito?

— Mas... quer saber? Que se foda. — Ainda assim, tem um leve toque de mágoa em sua voz.

— Talvez tenha sido melhor ela não aceitar. Em vez de ficar e acabar infeliz.

— Ah, é, não, com certeza. Meu pai fez isso. Ele ficou por causa da minha mãe, e aí, quando ela morreu, ele simplesmente falou *que se foda*. — Sua mão golpeia o ar.

Senhor. Pelo visto vamos mesmo falar de tudo esta noite.

— Austin.

Eu o olho. Metade de mim quer dizer a ele que pare, porque não parece ser uma boa hora para essa conversa. A outra metade quer deixá-lo finalmente tirar toda essa merda do peito.

Ele solta um longo suspiro.

— Tudo bem. Todo mundo vai embora e acha que ficará tudo bem, porque eu dou conta. Não se preocupe, Austin limpa essa bagunça. Vovô morre, mamãe morre. Em menos de seis meses, acredite se quiser. Então meu pai entra numa onda de "coitado de mim, preciso me encontrar e ir embora da minha cidade natal". *Claro, porra.* Deixa o cara de vinte e cinco anos no comando de tudo.

Exceto pelos irmãos, que foram obrigados a assumir mais responsabilidades quase tanto quanto ele, todos que Austin amava foram embora. Não é de admirar que ele fique inseguro em relação a nós dois. E o fato de eu ainda ser legalmente casada não ajuda em nada a aliviar seu medo. Meu nariz arde e os cantos dos meus olhos pinicam quando o encaro. Se os rapazes lá atrás não fossem fazer um monte de perguntas, eu pararia a maldita caminhonete neste instante só para abraçá-lo. Ele precisa muito.

— Sinto muito. Não foi justo você ter sido colocado nessa situação. Você merecia mais do seu pai... apesar de precisar processar o próprio luto, ele devia ter pensado em você.

— É… tanto faz. — Ele abre a janela um pouquinho, respirando bem fundo o ar quente da noite. — Já faz muito tempo, e eu provavelmente não deveria mais me importar com essa merda. Ainda mais agora que tenho você.

— Você tem. — Dou a ele o melhor sorriso que posso, para que ele aguente firme até que eu possa abraçá-lo. — Não vou a lugar algum.

— Aliás, isso é sério, não é? Você e eu? Não quero que haja nenhuma confusão desta vez.

— É sério. E estou seriamente apaixonada por você.

27

Austin

Só de cueca, me jogo na cama com um leve zumbido na mente. Acontece que nada deixa a gente sóbrio tão rápido quanto pensar na ex-namorada e em traumas familiares. Cecily está tirando a maquiagem no banheiro, me deixando sozinho com meus pensamentos. E esse é um lugar perigoso para se estar.

Depois de uma das esperas mais longas da vida, ela entra no quarto escuro sem fazer barulho e vai até seu lado da cama — provavelmente imaginando que já estou dormindo. Seria mais fácil seguir o fluxo e ignorar a sensação incômoda de que eu deveria esclarecer as coisas que acabei compartilhando.

O colchão afunda quando seu corpo quente desliza sob os lençóis ao meu lado. Ela encosta a bunda em mim, e na mesma hora rolo de lado para abraçá-la. Puxo-a para o meu peito, seguro um de seus seios em minha mão e aninho meu pau contra sua bunda com um resmungo satisfeito.

— Está acordado? — sussurra ela.

Merda. Não consigo simplesmente mentir para ela.

— Uhum.

— Você está bem? — Ela coloca a mão sobre a minha e esfrega a palma macia na minha pele.

— Muito bem — murmuro contra seu cabelo molhado. — Você tomou banho sem mim.

— Achei que estivesse dormindo. — Ela fala baixinho, como se houvesse mais alguém no quarto que ela não quisesse acordar. — Ou que precisasse de um tempo sozinho.

— Eu precisava de você — admito.

— Estou aqui.

— Sobre aquelas merdas que eu disse no caminho para casa hoje à noite...

Ela me interrompe, acariciando lentamente meu antebraço.

— Não precisamos conversar sobre isso se não quiser. Tudo bem você não se abrir muito. Não preciso saber todos os detalhes do seu passado para te conhecer e te amar.

— Mas você já se abriu em relação ao seu. Então pode me perguntar o que quiser.

Solto o ar bem devagar, começando a me arrepender de ter puxado esse assunto. Se bem que, se existe um momento para ter essa conversa, é na cama com ela, às três da manhã.

— Red me contou que você não tinha voltado ao rodeio desde que sua mãe morreu. Por que você foi hoje?

Pressiono os lábios em sua nuca para me lembrar de por que estou disposto a ter essa conversa. Mantive Savannah à distância, e acho que é seguro afirmar que foi por isso que ela nunca achou que nossa relação fosse séria. Não posso repetir esse erro com Cecily.

— Você estava lá. — Meu motivo para ter ido é simples assim. — Mas eu menti... eu não cheguei mais tarde porque tinha trabalho a fazer. Bom... eu tinha trabalho, mas poderia ter deixado para amanhã. Eu não sabia se conseguiria suportar o rodeio inteiro. Quando meu avô e minha mãe estavam vivos, o rodeio... e o rancho também, óbvio... era o nosso mundo. Eu não tinha voltado lá desde que os dois morreram e fiquei com medo de ser demais para mim. Rever as pessoas que não via há anos, ouvir o locutor, assistir à prova do laço. Mas você tornou mais fácil lidar com tudo isso… me fez arrancar a casca da ferida de vez.

Ela se vira, e abro a boca para protestar a mudança de posição até que ela me beija. Seus dedos acariciam minha barba, e sinto seus lábios sorrindo nos meus.

— Obrigada pelo que fez por mim.

— Em todos os sentidos? — Dou um sorrisinho. Só de lembrar o que fizemos no celeiro, sinto meu pau vibrar.

— Você é tão ridículo.

Ela joga uma das pernas por cima de mim e, porra, fico feliz por ela ter começado a usar apenas minhas camisetas para dormir, porque sua boceta nua está pressionada na minha coxa.

— Eu sabia que você não ia me bater hoje. — Os dedos dela passeiam lentamente nos pelos do meu peito. — Você não tem nada a ver com ele.

— Mas eu te assustei. Então, não sou tão diferente quanto eu esperava.

— Não. — Ela se contorce e monta em cima de mim. Meu pau está visceralmente ciente de sua proximidade e da falta de roupa entre nós, o que me deixa com dificuldade de me concentrar na voz dela no escuro. — Você é um homem melhor do que ele jamais poderia sonhar ser. Você é atencioso e carinhoso.

Ela me beija.

— Forte.

Seus dentes roçam minha orelha.

— Altruísta e leal.

Seus quadris se esfregam nos meus enquanto ela deixa uma trilha de beijos pelo meu peito.

— Ninguém nunca me fez gozar como você faz. E você fica um tesão fazendo isso.

Ela me beija com uma fome selvagem enquanto sua mão desliza para agarrar meu pau.

— E eu te amo, Austin.

Então, ela se aninha em meu peito e seu corpo quente se enrosca ao redor do meu, me agarrando como um coala. Nossos peitos sobem e descem em sincronia enquanto nos beijamos. Beijos calmos, lentos e exploratórios enquanto minhas mãos percorrem seu corpo, deslizando por baixo da camiseta para sentir a pele macia de suas costas.

Seu corpo todo se agarra ao meu — e o calor entre suas pernas aquece minha virilha. Estou arrependido de não ter ido para cama sem roupa, porque estou prestes a rasgar minha cueca só para senti-la em mim. Pele nua com pele nua.

— Me fala dos seus pais.

— Argh, a gente precisa fazer isso agora? — Ergo os quadris, torcendo para que meu pau duro esfregando seu clitóris a faça mudar de ideia.

— Você achou que ia se safar respondendo só uma pergunta? Considerando o quanto você *adora* falar, não acredito muito que terei outra oportunidade como esta.

Suspiro, segurando seus quadris. Em geral, estar nessa posição com ela é muito mais divertido.

Ela enrosca as mãos em meus cabelos enquanto seus lábios deslizam até minha orelha.

— Sei que é difícil falar sobre isso. Mas estamos só nós dois aqui... Me deixe entender o que se passa na sua cabeça. *Por favor.*

Acho que ela já sacou que a palavra "por favor" saindo de sua boca em uma voz suave e doce é a minha criptonita. Não existe um único pedido que eu negaria se ela acrescentasse um "por favor" no final.

Dou um grunhido.

— Humm, eles eram namoradinhos de escola. Se casaram quando tinham dezenove anos e eu nasci logo depois. Minha mãe vivia por esse rancho e por Wells Canyon... não faço ideia de como ela dava conta de tudo. Ela cuidava das coisas aqui, era voluntária na nossa escola, organizava os eventos da cidade, nos levava a rodeio todo fim de semana. — Paro para dar um beijo no nariz de Cecily, pensando nas pequenas sardas que surgiram ao longo do verão. Este quarto pode estar um breu, mas consigo imaginar a localização de cada uma com precisão. — Enfim, hum… ela teve câncer de mama. Éramos eu, Jackson e o vovô cuidando do rancho enquanto o papai a levava até a cidade para fazer quimioterapia o tempo todo. Aí o vovô morreu, e menos de seis meses depois, minha mãe se foi. Depois disso, meu pai resolveu que não havia mais nada aqui pelo qual valesse a pena ficar. Ao que parece, ele nunca quis cuidar do rancho. O que é engraçado, porque ele não teve problema algum em me impor esse fardo.

Os lábios dela são quentes e macios na minha bochecha.

— E *você* quer cuidar do rancho?

— Quero — respondo sem pensar. — Esse lugar é importante demais para mim. Mas eu nunca colocaria essa pressão no nosso filho… Quer dizer, não estou querendo dizer que vamos ter um filho.

— Shhh, você está surtando. Mas fico feliz em saber que nossa bebê de rodeio, Lucy, não será obrigada a administrar a fazenda da família. — Ouço a mão dela dando tapinhas na própria barriga, e, por um instante, me permito imaginar uma doce garotinha com o cabelo loiro de Cecily. Sinceramente, a ideia não me deixa nem um pouquinho triste. — Você sabe que ele não foi embora por sua causa, né?

— Não fui a causa para ele partir, mas também não fui motivo suficiente para ele ficar.

— Fico me perguntando se ele não se arrepende. Não é a mesma coisa, *nem de longe*, mas não pensei duas vezes antes de dispensar meus pais quando minha cabeça estava uma bagunça completa. E eu me arrependo.

Dedos suaves desenham pequenas trilhas pelo meu peito, e quero dizer a ela que ele não se arrepende de nada. Só que não consigo afirmar com certeza porque, na verdade, não sei. Não me lembro dos detalhes da última vez que conversamos, mas com certeza não falamos do meu avô, da minha mãe, do rancho, de como qualquer um de nós se sentia ou *qualquer coisa* que importasse.

— Talvez ele se arrependa. — Eu me perco em pensamentos.

O único som no quarto é o zunido baixo do ventilador de teto. A cabeça de Cecily descansa em meu ombro e, embora eu não consiga vê-los daqui, acho que seus olhos estão fechados. Seu punho cerrado repousa no centro do meu peito, imóvel.

— Dormiu? — Passo a mão em seus cabelos, espalhando o inebriante aroma de coco que tanto amo.

— Só estou pensando.

— No quê?

— Em como sou feliz por todas as garotas que vieram antes de mim não terem percebido a sorte grande que tiraram.

— O sortudo sou eu. Não te mereço nem por um segundo, meu bem. Mas, se você deixar, vou me esforçar todos os dias para me tornar um homem digno de te amar. Vou te dar mais de mim do que já dei a qualquer garota e vou te tratar melhor do que qualquer cara já te tratou.

Meu dedo acaricia sua bochecha, depois desce por seu maxilar. Ela segura meu rosto e pressiona a testa em meu queixo. Um minuto se transforma em dois, depois em três. Abraçados em um quarto escuro, em um mundo feito só de nós dois.

28

Cecily

O crepúsculo cai sobre o rancho, banhando a cozinha com uma luz dourada, enquanto ajudo Kate a lavar as últimas louças do jantar. Com os rapazes trabalhando até mais tarde, vim até a casa principal jantar com ela e Odessa. Penduro o pano de prato no puxador do forno e pego uma cerveja gelada na geladeira antes de sair para a varanda dos fundos. Kate me segue com um copo de água gelada. Está uma noite perfeita de fim de verão. Grilos cricrilam alto, uma brisa quente traz a névoa do irrigador mais próximo e os campos de feno exibem um forte tom de esmeralda.

— Sabe, quando eu estava grávida de Odessa, mal podia esperar para que acabasse, porque não via a hora de tê-la em meus braços. Desta vez, só quero que acabe logo para poder dormir com conforto, beber uma cerveja e não correr o risco de fazer xixi na calça toda vez que me mexo rápido demais. — Ela afunda no balanço da varanda com um suspiro profundo.

— Pelo menos faltam só algumas semanas.

Ela se abana com a mão.

— Com esse calor, quanto antes melhor. Além disso, daqui a um mês estaremos no auge do outono. Temos o terceiro corte de feno para enfardar, alguns milhares de bezerros de um ano para transportar, e o rebanho inteiro volta para casa em meados de outubro, para o inverno. Quando o trabalho do outono começar pra valer, Jackson não vai conseguir me ajudar em nada.

— Sei que não é a mesma coisa, mas eu te ajudo com o que precisar.

— Para ser sincera, provavelmente você será mais útil que o Jackson no melhor dos dias. — Ela ri. — Amo meu marido, mas é como se o cérebro dele virasse um mingau toda vez que um bebê começa a chorar. O homem consegue domar o mais chucro dos cavalos, mas entra em pânico e fica paralisado com um recém-nascido de três quilos nos braços.

— Tenho certeza de que ele vai se sair melhor desta vez, porque ele já passou por tudo isso antes.

Dou um longo gole e observo Odessa correndo pelo irrigador instalado no jardim. Seu vestido rosa na altura dos joelhos já ficou encharcado e o cabelo castanho-claro está grudado no rosto e no pescoço.

— Acho bom mesmo, caso ele espere que eu passe por essa porcaria toda de novo.

O sol está se pondo sob as copas das árvores, e faróis iluminando o espaço onde antes ficavam os lilases nos alertam de um veículo chegando, antes de ouvirmos o som dos pneus ecoando pela estrada de terra. Kate se inclina para a frente, tentando enxergar melhor a entrada do rancho.

— Ué, nunca vi esse carro por aqui. — Rugas se formam entre suas sobrancelhas enquanto ela estreita os olhos, tentando descobrir quem poderia aparecer tão tarde da noite.

Eu me levanto para ver e meus joelhos cedem na mesma hora diante dos faróis e da grande dianteira familiar. Meu corpo desaba no chão de madeira e uma dor lancinante sobe por meu braço quando tento me amparar. Os cantos da minha visão escurecem. A névoa mal me deixa discernir os veios no chão a poucos centímetros do meu rosto. Acho que vou vomitar. Ou gritar. Minha mente só pode estar me pregando peças. Não é possível. Ele não pode ter me encontrado.

Não aqui.

Não ele.

— Ai, meu Deus, você está bem? — Kate volta a atenção para mim.

Entre respirações curtas e com um imenso nó na garganta, consigo sussurrar uma única frase:

— Pegue a Odessa e vá pra dentro.

Ela coloca uma das mãos no meu ombro.

— Você está…

— Entra na *porra* da casa, Kate. Agora. — Tento não gritar. A última coisa que quero é atrair atenção para nós. Com sorte, o crepúsculo nos manteve fora de vista o suficiente.

Minha pele deve estar pálida de medo, porque Kate arregala os olhos e olha depressa para o lugar onde o carro estava segundos atrás. Depois, se volta para mim.

— Cecily. — Mal dá para ouvir a voz dela além do sangue latejando em meus ouvidos. Ela é só um vulto através da névoa lilás que turva minha visão. Pisco várias vezes, tentando afastar o véu que cobre meus olhos e decidir o que preciso fazer em seguida.

Eu não tenho a menor ideia.

Austin. *Preciso de Austin aqui.* Posso ter lidado com KJ um milhão de vezes no passado, mas não quero fazer isso. Não mais. Porque Austin prometeu que eu não precisaria passar por isso.

— Odessa Wells, já pra dentro. — Kate meio sussurra, meio grita. Levantando-se num salto, ela pega a filha pelo braço. — Vá para o quarto da mamãe e fique lá até eu ir te buscar, está bem?

— Posso fazer maquiagem? — Odessa afasta o cabelo úmido de cima dos olhos.

— Claro, meu amor. Maquiagem, cabelo, roupa, até os sapatos de salto da mamãe. Fique lá até eu ir te buscar. *Não* desça.

Os olhos da Odessa quase saltam das órbitas, e ela dispara para dentro de casa. Seus pezinhos ecoam pela escada, e o leve bater da porta do quarto da Kate se fechando indica que ela está segura e feliz. Pelo menos há uma pequena centelha de esperança de que ela não esteja em perigo, ainda que eu esteja.

— Kate, é melhor você entrar também. Vá ficar com a Odessa. — Luto para respirar, me obrigando a levantar apesar das pernas bambas. — Preciso lidar com isso sozinha.

— Não, nós duas vamos ficar aqui até os rapazes chegarem. Eles devem chegar logo.

Mas será que logo será logo o bastante?

Kate puxa o celular do bolso de trás da calça e digita um número.

— E, se eles não chegarem a tempo, o primo policial deles, Nick, deve conseguir chegar aqui em meia hora.

Tenho quase certeza de que Austin está fora de área — assim que nos distanciamos muito dos prédios principais, ficamos sem sinal —, mas isso não me impede de ligar sem parar para o número dele.

KJ vai juntar as peças assim que vir meu carro. Eu devia ter aceitado uma das várias ofertas de Austin de comprar uma caminhonete para mim em vez de ser teimosa. Assim eu poderia me esconder em um armário em algum lugar até KJ ir embora. Talvez eu até tivesse uma chance de ele nunca mais voltar aqui, se me esconder fosse uma opção.

— Quanto mais demorar para ele me encontrar, mais irritado ele vai ficar. — *E mais perigoso vai se tornar.*

— Não é nada que os rapazes não deem conta. Não vale a pena você ir até lá.

— Fique aqui.

Seja por ingenuidade ou por uma coragem insana, me obrigo a ir ao encontro dele. Meus pés parecem grudados com cimento no chão, mas consigo reunir forças para me arrastar como um zumbi pela casa. Saio na varanda dos fundos e atravesso o corredor escuro. O metal frio da maçaneta da porta da frente queima minha palma, e uma mão no meu ombro faz meu coração parar.

— Desculpa, não quis gritar seu nome, caso ele esteja bem aí fora — sussurra Kate. Sua voz é quase inexistente. Ela está assustada. — Nick chegará o mais rápido que puder. Se você for lá fora, vou com você. No mínimo, ele vai saber que você não está sozinha. Talvez a gente ganhe tempo até os rapazes chegarem.

Balanço a cabeça, mas ela segura meu rosto entre suas mãos, obrigando meus olhos a encararem os seus.

— Cecily, pare de ser teimosa. Você é praticamente minha irmã agora, e eu não vou deixar você ir lá fora sozinha. Então ou você fica aqui dentro e espera os rapazes, ou vamos lá fora juntas. De qualquer jeito, não sairei do seu lado.

O silêncio enquanto pondero minhas opções é quebrado quando KJ berra meu nome. Alto o bastante para quase estilhaçar vidros.

Merda.

Depois de uma respiração profunda e dolorosa, abro a porta e saio da casa.

Ele me analisa em silêncio com as sobrancelhas franzidas. Baixo os olhos para minha camiseta surrada e minha calça jeans manchada de terra. A sujeira sob minhas unhas por cuidar da horta. A pele bronzeada e cheia de sardas dos meus braços, meu cabelo preso em duas tranças francesas desgrenhadas. É a primeira vez que ele me vê sem maquiagem. Austin nunca me fez sentir feia por nenhuma dessas coisas. Na verdade, seu olhar faz com que me sinta bonita, sexy, desejada. Apesar disso, pensar em como KJ está me vendo agora me deixa inibida de repente. Não me pareço nada com a mulher que o deixou — obviamente no fundo sei disso, mas nunca havia parado para pensar nisso.

— Nossa. Quando um cara na cidade me falou que você estaria aqui, juro que achei que ele estava de sacanagem comigo.

A risada cruel de KJ me atinge como uma punhalada. Pelo menos não há uma arma à vista. Pode muito bem estar escondida — provavelmente está —, mas no momento não está na mão dele. Isso me dá tempo.

— Olha só para você, parecendo uma caipira de verdade.

— O que você quer, Kyson? — Seu nome estúpido é como uma lâmina rasgando minha traqueia por dentro.

Recosto o ombro no pilar, no topo da escada da varanda. Meu objetivo é manter uma postura de indiferença, mas, na verdade, preciso da estabilidade para me impedir de desabar outra vez. Kate apoia os cotovelos no parapeito ao meu lado, perto o bastante para que eu sinta sua irritação.

Os sinos dos ventos estão em silêncio: o ar está estranhamente parado diante do tornado prestes a me atingir.

— Você já teve tempo demais, Cecily. Espero que tenha se divertido por me fazer passar os últimos meses revirando esse fim de mundo, mas é hora de ir para casa.

— Não.

— Não? — Ele range os dentes. — Eu vim de tão longe te buscar, e essa é sua resposta?

Olho para além dele, para a casa de Austin — *nossa casa*. Aqui é o meu lugar. Ao lado dele, em nossa cama confortável ou em nosso sofá surrado, vendo *Dias felizes*, comendo macarrão com queijo e salsicha. Não quero estar em nenhum outro lugar.

— Não pedi que viesse me procurar. E pode apostar que não vou voltar com você. Vou ficar aqui. Para mim já deu, KJ. Vou entrar com o divórcio assim que puder.

Os olhos dele lampejam de mim para Kate. Ela estava certa ao dizer que precisava ficar aqui comigo. Ele sempre se comporta bem na presença dos outros.

Menos, eu acho, quando se trata da palavra "divórcio".

— Vai porra nenhuma, Cecily. — Tanto o volume quanto a raiva em sua voz aumentam drasticamente. Acho que para ele já deu também. Quer dizer, já deu de bancar o bonzinho. — Você é minha esposa, e não vou assinar porra de divórcio nenhum. Você vem para casa comigo agora. Pode parar com essa merda.

— Não vou. — Mordo a bochecha por dentro, e a mão de Kate desliza até minha lombar. — Vou ficar aqui. Essa é minha casa agora.

— *Amor.* — O jeito como ele diz a palavra é ofensivo, e fico tensa em resposta. — Você vem comigo. Por bem ou por mal. Não me faça te obrigar.

Ele revira os olhos para Kate como se estivesse brincando e sorri, como se dissesse "Essas esposas nunca dão ouvidos ao que é melhor para elas, não é?". Não preciso olhar Kate para saber que ela não retribuiu os gracejos. A mudança em seu rosto, de um sorriso sociopata para uma carranca assassina, diz tudo.

— A polícia está a caminho. Sugiro que você saia da minha propriedade — diz Kate, com frieza.

— Cecily, vamos. Já chega. Para de ser babaca, porra. Não me obrigue a fazer algo que possa te constranger na frente da sua amiguinha aí.

Ele dá um passo em nossa direção, e minha coluna tensiona na mão de Kate. Ela engancha os dedos na minha camisa, segurando como se fosse forte o bastante para impedi-lo de me agarrar e sair correndo.

Porra, ainda bem que Kate existe.

— Não vou com você. Você é um escroto abusivo, imprestável, e eu queria nunca ter me casado com você. Alguns meses longe me fizeram perceber que você nunca me mereceu. Nunca me amou, nunca me tratou do jeito que eu merecia. Não sou mais sua. Só me deixa em paz, porra.

É isso aí. Fico agradavelmente surpresa com minha audácia. Passei horas imaginando o que eu diria se ele aparecesse aqui, mas nunca achei que fosse mesmo ter a coragem de enfrentá-lo se esse momento chegasse.

— Vamos embora, porra — berra ele, andando na nossa direção.

— Sai daqui! — grito com todas as forças. — Me deixa em paz. Morra e apodreça no inferno.

— Não me obrigue a fazer algo que eu não quero, Cecily.

O som de cascos afrouxa o nó em meu peito. KJ não faz a menor ideia do que está prestes a acontecer, mas ele para de repente e se vira na direção do som.

Austin.

Austin surge na curva dos estábulos em um ritmo alucinante. A cavalo, ele passa voando pelos alojamentos com Denny e Jackson em seus flancos. Luto contra o impulso de correr até eles. Subir em sua égua e pedir para que ele me leve até o lago. Para qualquer lugar longe daqui. Logo atrás, vejo Red, Jacky e Colt vindo a toda.

Olho para KJ a tempo de ver suas narinas inflarem e uma única risada escapar de seus pulmões.

— Ah, então é por isso que você veio para cá? Porra, você sempre foi uma *piranha de merda*, não é? Veio até aqui para se oferecer para um bando de caubóis, é isso?

A égua de Austin, Jubilee, ainda nem parou totalmente, e ele já está pulando para o chão. Nuvens de poeira se formam ao redor de onde ele pisa, e ele vem em nossa direção com fogo nos olhos.

— Como você está, meu bem? — pergunta ele, olhando para mim.

Dou um aceno trêmulo e incerto para ele com a cabeça. Acho que estou bem.

Então ele se vira e pergunta:

— Você é o KJ?

Então Austin, *meu caubói*, enfia um soco direto no nariz de KJ.

29

Austin

Depois de um longo dia sob o calor escaldante, só consigo pensar em um banho frio e nas mãos da Cecily nos meus músculos cansados. O trecho final de dois quilômetros de volta até o celeiro é sempre o mais demorado. Do topo da serra, temos uma visão clara de casa durante todo o restante do caminho. Saber que ela está lá, tão perto e tão longe, faz o tempo passar arrastado.

Isso nunca foi tão verdade quanto esta noite. Depois de ter mais trabalho do que eu esperava consertando a irrigação, ficamos fora até mais tarde do que o normal — bem depois do anoitecer. Apesar da familiaridade com as trilhas, prefiro não cavalgar por elas no escuro. Então seguimos devagar na volta para casa, cada um atento a possíveis perigos. Buracos, raízes soltas, pedras grandes.

Jacky é quem avista o maior perigo. Um em relação ao qual eu sem querer baixei a guarda.

— Estávamos esperando uma visita? — Ele aponta para a casa principal, e meu olhar segue seu dedo.

Um carro escuro está parado com os faróis acesos. Não há luz do dia suficiente para determinar a cor ou a marca exata, além disso estamos longe demais para ver qualquer pessoa lá fora. Nada disso importa.

Sei exatamente quem é.

Os alarmes disparando em meu cérebro e a sensação de vazio no meu estômago são mais do que suficientes para que eu não me importe com mais nada, a não ser voltar o mais rápido possível.

— Não estávamos esperando ninguém.

Minhas esporas atingem os flancos da égua, que dispara em uma velocidade vertiginosa colina abaixo.

Determinado a chegar em casa, vou forçar Jubilee ao limite e, se chegarmos inteiros, me desculpo com ela mais tarde. Neste instante, nem a possibilidade de minha égua quebrar as malditas pernas ou me arremessar de um penhasco é suficiente para me fazer desacelerar. Que se danem os perigos, estou instigando minha égua a correr o mais rápido que ela consegue, sem reduzir o ritmo, nem diante das curvas mais fechadas ou das subidas mais íngremes. Quando ela resiste — tentando parar nas curvas ou perto de obstáculos —, esporeio com mais força. Grito mais alto. Forço mais ainda.

Não importa se eu estiver ensanguentado e tenha que rastejar até Cecily quando chegarmos em casa. Eu *vou* chegar lá. Eu *vou* chegar até ela.

Presumo que estou descendo a encosta sozinho, até que ouço Denny gritando com seu cavalo para acelerar o ritmo. Ele e Jackson estão bem ali, com o resto dos homens vindo logo no encalço. Eles devem ter imaginado por que saí em disparada e estão dispostos a colocar a si mesmos e seus cavalos em risco para correr pela escuridão da noite ao meu lado.

Meu coração martela no peito, e o vento cortante no meu rosto faz meus olhos arderem. Se aconteceu algo enquanto estávamos fora, eu *nunca* vou me perdoar. Fui muito relapso com Cecily. Alguém devia ter ficado com ela. Depois de tantas semanas cheias de ameaças vazias por mensagens de texto e nenhuma notícia da cidade em relação a alguém que se encaixasse na descrição dele, comecei a achar que KJ nunca daria as caras. Droga, ele descobriu que ela estava em Wells Canyon faz uma semana, e *até agora* nada. Mas não importa mais, porque ele está lá em casa. E eu não.

— Estamos correndo pelo motivo que acho que estamos? — Jackson emparelha seu cavalo enquanto alcançamos o campo plano e aberto na base da colina.

— Acho que sim — grito.

Dou uma olhada rápida para meu irmão e vejo o pavor estampado em seus olhos. Ele tem tantos motivos quanto eu para ficar preocupado, com Kate e Odessa na casa. Mesmo sem saber todos os detalhes, ele confia o suficiente no meu pânico para ficar assustado.

Porra, deixar as meninas sozinhas foi de uma negligência absurda.

Ao contornar a curva dos estábulos, vejo as silhuetas de Cecily e Kate na varanda, sob a luz fraca da arandela ao lado da porta. E bem ali, parado no pé da escada, está o pedaço de merda que, a julgar pelo carro caro, só pode ser KJ.

Um alívio momentâneo cruza o semblante das duas ao verem que estamos nos aproximando, e meus pés estão correndo pelo chão antes mesmo que Jubilee pare. Quero matar esse filho da puta.

Mas primeiro e mais importante: Cecily.

— Como você está, meu bem? — Examino seu rosto para ter certeza de que o aceno de cabeça que ela me dá é verdadeiro.

Conseguimos. Chegamos a tempo.

Agora. Ele.

— Você é o KJ? — pergunto, e ele assente uma vez, com escárnio.

Não preciso me apresentar: meu punho faz as honras por mim. Um golpe forte o atinge bem no meio da cara, e, a julgar pelo sangue que jorra de suas narinas na mesma hora, acabei de quebrar o nariz desse merda.

— Eu estou armado, babaca — diz ele.

Levando a mão ao nariz, que sangra em profusão, KJ agarra freneticamente a maçaneta da porta do carro.

Denny e Red rapidamente o puxam de volta, mas não antes da mão dele agarrar a maçaneta e abrir a porta do passageiro. De fato, tem mesmo uma arma no banco. Provavelmente adquirida ilegalmente e, sem dúvida, sendo transportada ilegalmente, de acordo com as leis do Canadá.

Não tenho ideia de por que cheguei a me preocupar com a possibilidade de esse babaca render uma boa briga. Ele pode ser mais alto do que eu, mas o corpo franzino e as roupas perfeitamente engomadas me tranquilizam. Esse cara nunca brigou na vida. E quem leva uma arma para uma briga não deve deixá-la no maldito carro.

— Essa arma? — Denny deixa que Red segure os braços de KJ e examina a arma. — Amigão, a trava de segurança está acionada e ela nem está carregada. O que você achou que ia fazer com isso?

Ouço a risada inconfundível de Jackson em algum lugar atrás de mim na varanda.

KJ sem dúvida não está achando nada engraçado.

— Cecily, mas que porra é...

— Não. — Eu o interrompo, dando um passo para o lado e bloqueando a visão dele da *minha mulher*. Todo o riso ao redor para. — Você não se dirige a ela. Eu e você agora vamos bater um papo, seu escroto.

— Ela é minha *esposa*, e eu vou falar com ela o quanto eu quiser.

Sorrio, mantendo o olhar firme em seus olhos frios e perversos, apesar de a palavra *esposa* saindo de sua boca ser como um tapa na minha cara.

— No papel, talvez. Mas pode ter certeza de que eu a conheço melhor, a trato melhor e *transo* com ela muito melhor do que você jamais poderia sonhar. Em todos os sentidos, ela é minha.

— Minha nossa, você é uma *piranha* de merda — grita ele para além de mim.

Meu punho esmurra seu maxilar, fazendo uma saliva sangrenta voar pela boca do sujeito, se espalhando por sua camisa social azul-clara.

— O que eu te falei sobre não falar com ela, porra? — Agarro KJ pelo maxilar, afundando o polegar com força em sua pele. Ele se retrai. — A menos que você queira mais, sugiro que me escute.

Assim que o solto, ele cospe em mim. Não dou a mínima quando seu cuspe pousa na minha camisa de trabalho já imunda. É uma questão de princípio. Então, eu o acerto de novo. E de novo... só para garantir. Ele desaba, lutando para puxar o ar e cuspindo mais sangue no cascalho empoeirado a seus pés.

— Ei, meu bem? — Eu a chamo por cima do ombro, sem tirar os olhos do babaca diante de mim, observando-o limpar freneticamente o sangue que jorra de seu nariz. Em segundos, Cecily está do meu lado. Seguro-a pelos braços e examino seus olhos tristes. — Tem certeza de que está bem?

— Tenho — sussurra ela.

Seu foco alterna entre mim e ele, e o jeito como seu lábio treme me faz querer espancá-lo até não poder mais.

— Desculpa não ter chegado aqui antes — sussurro, beijando suavemente suas bochechas e seu nariz. — Não olhe para ele, Cecily. Olhe para mim. Você está segura. Confia em mim, não é?

Ela me responde com um beijo impetuoso, e de algum modo isso me dá uma sensação de vitória muito maior do que quebrar o nariz dele. Ela segura meu queixo entre as mãos, me beijando como se não houvesse mais ninguém ao nosso redor. Lentamente, com intensidade, como se estivesse tentando provar um ponto tanto quanto eu.

Você que se foda. Eu ganhei.

— Quando a polícia chegar, vou prestar queixa — berra KJ.

— Não vai, não. — Pego a mão de Cecily e o olho de cima. — Para começo de conversa, você está invadindo uma propriedade privada. E com uma arma que tenho quase certeza de que foi adquirida ilegalmente.

Cecily limpa a garganta, apertando minha mão como se fosse a única coisa a mantê-la de pé, e diz:

— Se você disser qualquer coisa, vou contar para a polícia tudo que você fez comigo. Enviei mensagens para uma amiga quando ainda estávamos juntos. Tenho provas. Se disser qualquer coisa, não vou apenas à polícia: vou contar para sua família, seus colegas de trabalho, seus amigos. Tenho certeza de que sua avó adoraria saber a verdade.

Mesmo no escuro, vejo a dificuldade com que seu pomo de adão sobe e desce. Ele não tem nada contra ela, e sabe disso.

É isso mesmo, porra. Bato nossas mãos unidas de leve no quadril dela e lhe dou um sorrisinho para mostrar como estou muito orgulhoso dela.

— Pode ir buscar sua aliança para mim, meu bem? Colt pode ir com você. — Ajeito uma mecha de cabelo atrás de sua orelha. — E tem um envelope marrom na minha gaveta da cômoda. Pegue também.

Cecily estreita os olhos, confusa, mas se vira para Colt, que estende a mão para que ela lidere o caminho.

— Você conhece o ditado, não é? — KJ tem a audácia de voltar a falar. *Não sei como.* — Quem faz uma, faz duas. Ela está me traindo com você. O que te faz acreditar que ela não vai te trair? Talvez com um desses outros caubóis.

Ele está tentando me manipular, o que poderia até funcionar se eu não soubesse tudo que sei sobre o relacionamento deles. No caso, ele está falando só por falar. Jogando merda na parede para ver se cola, como dizem.

— Sabe, acho que talvez ela prefira ficar comigo porque eu não bato nela nem a ameaço com uma arma.

— Ela é uma vagabunda mentirosa e maluc... — Suas palavras são interrompidas pelo som alto da pancada dos nós dos meus dedos no osso da testa dele.

Meu Deus, bater nesse cara já está começando a perder a graça.

— Nada do que você disser vai me fazer duvidar dela. Como eu falei, conheço Cecily melhor do que você, seu lixo. Agora... você vai calar a porra da boca e escutar direitinho. Se der um pio, eu te esmurro. Quando ela chegar aqui, você vai agir como a porra do cavalheiro que você quer tanto que o mundo ache que é. Vai fazer exatamente o que eu mandar, sem questionar. E *depois* vai embora. Nunca mais vai chegar perto de Cecily de novo porque, se tentar, eu e meus rapazes aqui iremos atrás de você até te matar.

KJ dá uma risada pelo nariz.

— Não acredita em mim? — Eu o desafio. — Sou dono de mais de quarenta mil hectares de terras, uma área tão grande, com tantas carcaças de animais enterradas que você seria só mais uma. Não há vizinhos para ouvir seus gritos por dezenas de quilômetros, e o único policial na cidade para investigar o caso do seu desaparecimento é meu primo.

Metade dos meus funcionários já esteve na prisão, e eles não se importam em voltar por uma causa nobre. Sugiro que escolha suas próximas atitudes levando isso em consideração.

— A gente podia levá-lo uns cem quilômetros floresta adentro e deixá-lo para morrer "naturalmente" — sugere Denny. — E ainda quebrar as duas pernas, só para garantir. Um acidente trágico de trilha.

A ponte do nariz avermelhado de KJ se enruga quando ele olha de soslaio para Denny.

— E então, qual vai ser?

Eu o olho de cima a baixo, ainda perplexo por Cecily algum dia ter se interessado por *esse* patético projeto de homem.

— Que seja. Você pode ficar com ela, seu caipirão escroto. Ela é uma piran...

Desta vez, é o punho de Denny que o acerta em cheio na barriga.

— Meu deus, mas que imbecil. Quem é que apanha tanto assim e não aprende a calar a boca? — Denny balança a cabeça com um sorriso torto, enquanto KJ desaba sobre o capô do carro.

Os olhos arregalados no rosto de Cecily ao voltar e encontrar KJ surrado e todo sujo no chão quase me faz querer que não tivéssemos lidado com a situação de um jeito tão brutal. Não porque ele não merecesse — ele merecia, e muito. Só não parei para pensar se dar uma surra nesse desgraçado poderia ser traumático ou magoá-la, até encontrar em seus olhos um olhar que não reconheço.

— Ei. — Seguro suas mãos trêmulas. — Talvez seja melhor você ir para casa. Colt pode ficar com você se isso for demais.

— Não. Estou bem. Aqui, o envelope que você pediu. — Ela remexe no bolso e tira um fino anel de ouro, franzindo o nariz ao me entregá-lo. — E a aliança.

Dou um beijo suave no topo de sua cabeça, e seu xampu substitui por, um instante, o fedor de sangue e terra impregnado em minhas narinas.

— Obrigado, meu bem. Prometo que isso tudo já vai acabar.

Virando-me para o ser asqueroso no chão, digo:

— Então, lixo, pronto para fazer o que eu mandar agora?

Seja por ter aprendido a lição ou por ser fisicamente incapaz de falar, KJ apenas grunhe. *Até que enfim*. Por mais que eu adorasse vê-lo morto, acho que não consigo acertá-lo de novo na frente de Cecily. Não com aquele olhar em seu rosto.

— Você vai assinar essa documentação de divórcio com data futura neste envelope. E Cecily vai entrar com o processo no dia que completar um ano que ela te largou. Você não vai contestar, não vai dar um pio, ou vou te caçar e dar um fim a essa sua vida patética. Para sua sorte, ela não vai pedir nada no divórcio... Meu bem, você não quer nada dele, quer?

Ela balança a cabeça, cobrindo a boca com uma das mãos para esconder o sorriso. Finalmente, parece que desta vez tomei a decisão *certa*.

— E aí meus rapazes aqui vão se certificar de que você vai voltar para a cidade. E nunca mais quero te ver ou ouvir seu nome de novo. Se eu ouvir falar que seu traseiro magricelo esteve em qualquer lugar a menos de cem quilômetros deste rancho, ou se você incomodar *minha garota* novamente, vou cumprir minha promessa de acabar com a sua raça.

Puxo a documentação do envelope, e Jackson desce a escada para me entregar uma caneta. Eu me agacho diante dele e rosno:

— Se fizer merda, você é um homem morto.

Seus olhos injetados de sangue já estão tão inchados que ele se esforça para me encarar, em seguida, assina o documento com a mão trêmula. Parece que são cem páginas de tão devagar que ele rabisca a assinatura, deixando uma mancha de sangue a cada rubrica. O tempo todo, nem respiro, só esperando que ele faça algo que não me deixe escolha a não ser cometer um assassinato.

Ele não faz.

É um tanto frustrante — *graças a Deus*, pelo bem de Cecily.

Denny e Red o erguem do chão, enquanto Colt pula para o assento do motorista do luxuoso carro.

— *Aí sim, porra*, não vejo a hora de pisar fundo com essa belezinha pela estrada de terra. Denny, *cara*, você tem que vir comigo. Que velocidade acha que isso aqui alcança?

Jacky já está esperando na minha caminhonete ligada para segui-los até a cidade. Agarro o queixo de KJ, obrigando-o a abrir a boca com um aperto bruto. Seus olhos imploram por misericórdia, e ele tem muita sorte de eu me recusar a fazer qualquer coisa que possa assustar a mulher que amo.

Em vez de acabar com ele — ainda que seja o que ele merece sem a menor dúvida —, tiro a aliança de ouro do bolso e a ofereço para Cecily.

— Quer fazer as honras, meu bem?

Os passos dela são lentos, mas firmes, e ela retira o anel da palma da minha mão com delicadeza. Cecily puxa o nó da bandana suada e suja em meu pescoço até soltá-la. Sinto sua respiração longa e quente em meu braço. Então ela joga o anel dentro da boca do sujeito, como se estivesse brincando em um parque. O maxilar dele fica tenso com um pequeno engasgo, pouco antes de ela enfiar minha bandana em seguida.

— Sufoque — rosna ela.

Ela venceu, filho da puta.

Nem olho quando Denny e Red o enfiam no banco de trás e batem a porta do carro. Meu corpo já está enroscado ao redor de Cecily, puxando sua cabeça para meu peito e abafando os soluços altos que ecoam pelo ar silencioso da noite. Acaricio seus cabelos, com mais força do que pretendia, enquanto luto para conter minha emoção. Repouso o queixo em sua testa e a abraço tão forte que ela mal consegue respirar.

— Shh, meu bem. Ele se foi. Você está em segurança — sussurro. — Estou com você. Estou aqui. Eu te amo.

Ela enlaça meu pescoço com os pulsos, e eu a aninho em meus braços. Se ao menos eu tivesse conseguido levá-la para longe daqui mais cedo. Antes que ele aparecesse. Para protegê-la de tudo isso.

Sinto um aperto no peito ao olhar para ela. Cecily é boa demais para toda a merda com a qual ela teve que lidar. E agora minha função é tentar desfazer o estrago que KJ causou no coração dela.

Suas lágrimas escorrem por meu pescoço, encharcando a gola da minha camisa enquanto caminho com cuidado pela escuridão. Meus murmúrios profundos e roucos vão acalmando seu choro aos poucos, até ela ficar em silêncio, a não ser por uma ocasional fungada.

— Amo que você tenha feito tudo isso por mim. — Sua voz está abafada contra meu pescoço, enquanto me atrapalho com a maçaneta da porta da frente.

— Eu falei que você estava em segurança enquanto estivesse aqui, não foi? — Eu a coloco com delicadeza em cima da cama. *Nossa cama.* — Vou tomar um banho bem rápido e volto num instante, está bem?

— Vou com você. — Ela se levanta rápido, os joelhos quase cedendo quando a adrenalina começa a se esvair de seu corpo. Eu a olho, pronto para protestar, mas não adianta. Ela já está caminhando descalça em direção ao banheiro.

Puxo a bainha de sua blusa, erguendo-a por sua cabeça, depois desço seu jeans e sua calcinha até o tornozelo. Em qualquer outra circunstância, eu a beijaria da cabeça aos pés e me demoraria em satisfazê-la. Em vez disso, passo o braço em volta dela e a levo para o chuveiro. Um suspiro baixo escapa de seus lábios enquanto ela se recosta no meu peito, deixando a água morna escorrer por nossos corpos aconchegados. Lavando o sangue *dele* das minhas mãos. Levando embora o sal deixado por suas lágrimas. Cobrindo-nos como um bálsamo de cura.

— Deixei você com medo esta noite? — Aperto sua barriga macia, puxando-a até que suas costas fiquem rentes ao meu corpo.

— Foi um lado seu que eu nunca tinha visto. — Suas palavras fazem meu coração parar por um momento. Ela acaricia meu antebraço, para me mostrar que não está dizendo de um jeito negativo, dando a meus pulmões permissão para voltar a respirar. — Foi intenso e possessivo… não, foi protetor. Mas eu não fiquei com medo. Não depois que você chegou. Tudo o que eu conseguia pensar quando vi o carro dele chegando era o quanto eu precisava de você.

— Beleza, que bom. Fiquei preocupado de você se chatear comigo por agir daquele jeito. Achando que sou o tipo de cara que sai por aí quebrando narizes a torto e a direito.

— *Sei* que você não é esse cara. Eu ficaria decepcionada se você não desse um soco nele. O que achou que eu queria que você fizesse?

— Sei lá. Talvez você achasse que deveríamos ter conversado como adultos.

Ela ri baixinho.

— Eu tinha mandado ele apodrecer no inferno antes de você aparecer. Não estava interessada em ver você tentar discutir com ele... — Ela fica quieta por um instante, colocando uma toalhinha úmida nos olhos para amenizar a vermelhidão das lágrimas. — Aquela documentação do divórcio é para valer?

— É para valer. Você precisa preencher e assinar sua parte, é claro. Mas pelo menos não precisa se preocupar em conseguir a assinatura dele.

Ela se vira para me encarar com um sorriso hesitante.

— Então... espera. Meu cérebro parece que não está funcionando direito. Como? Por quê? Acho que saí do ar assim que você falou o que tinha no envelope.

Estou tentado a dar um soquinho no ar. Passei semanas com a sensação de ter tomado várias decisões péssimas em relação a Cecily. *Finalmente, tomei a certa.*

— É uma petição de verdade, está guardada na minha gaveta há semanas, e está datada para maio. Legalmente você não pode entrar com o divórcio até lá, mas meu advogado disse que esperar um ano é muito mais fácil do que provar que você precisa de um divórcio antecipado por causa de abuso. Só que achei que fazê-lo assinar tudo seria bem mais difícil. Comecei a planejar uma visitinha a ele no outono se ele não desse as caras por aqui.

— E então... vou estar livre dele?

— Meu bem, você já está livre. Ele não vai voltar.

30

Cecily

Ele não vai voltar. Não sei por que, mas achei que teria uma reação emocional mais intensa a tudo isso. É claro, eu desabei aos prantos logo depois que os rapazes saíram com ele pela entrada de carros. Agora que finalmente encarei a tempestade, estou só… normal. *Eu acho, pelo menos.*

— Beleza.

Lambo as gotas de água limpa dos meus lábios e estico a mão até o queixo dele. O movimento do pulso me lembra da minha queda mais cedo e a dor me pega de surpresa. Puxo o ar com força entre os dentes e retraio a mão rapidamente.

— O que houve? Ele fez isso? — O olhar de Austin escurece enquanto ele tenta alcançar minha mão.

— Não. Eu só… caí na varanda mais cedo e machuquei o pulso. Tinha me esquecido disso até agora.

Ele inspeciona minha mão e meu pulso com ternura. Não parece haver hematomas ou inchaço, só uma dor aguda se eu dobrá-lo demais. Ele assente, pensativo.

— Acho que é só uma torção leve. Vou pegar gelo quando você estiver na cama. Fique quietinha, meu bem, e me deixe te ajudar a lavar o cabelo… não mexe esse pulso.

Relaxo sob a água quente, e ele passa o xampu no meu couro cabeludo com uma massagem suave. Fecho os olhos devagar, o que torna bem mais difícil não pegar no sono com seu toque gentil e amoroso. Então jatos de água reconfortantes enxáguam meu cabelo, e ele segue o ritual, aplicando uma boa camada de condicionador.

Austin cobre minha pele de beijos e sabonete líquido, garantindo que cada pedacinho de mim esteja devidamente coberto pelos dois, enquanto desce pelo meu corpo. Apesar do calor e da umidade, seus lábios deixam uma trilha de arrepios. Este momento faz tudo que aconteceu hoje valer a pena.

Estou flutuando, imersa em uma deliciosa névoa sonolenta, quando ele fecha a água e me enrola numa toalha. Meu cabelo molhado gruda em meu pescoço, e um filete de água morna escorre pelo meu peito. Atrás de mim, Austin penteia delicadamente meu cabelo, parando só para secar as gotas que pendem em meus cílios.

— O que eu teria feito sem você? — sussurro. Não só em relação ao banho. A tudo. Ele tem feito *tudo* por mim.

— Acho que você se sairia bem. Mas fico feliz por ser útil. — Ele ajusta minha toalha ao redor dos meus ombros. — Pronta para ir para a cama?

Ah, nossa. Sim, estou.

Em uma cena parecida com nossa primeira vez, fico diante de Austin e deixo a toalha cair, tomada por um desejo incontrolável de ser tocada por ele. De ter meu corpo acariciado com delicadeza pelas mesmas mãos que, minutos atrás, socaram a cara do meu ex-marido. Meus seios nus se apertam contra seu peito e deslizo as mãos por trás de sua cabeça. Os cabelos da sua nuca se enroscam em meus dedos.

— Aus, obrigada. Por tudo o que você faz. Principalmente por ter dado uma surra no KJ hoje. *Por favor*, me leve para a cama e me toque.

— E eu aqui achando que bater nele daquele jeito te deixaria assustada. — Suas mãos deslizam por mim, ignorando a tensão que ainda pulsa em meus músculos, e finalmente param em minha lombar, me puxando para si.

Eu o beijo.

— Fiquei com medo quando ele apareceu. Mas então você surgiu. Cavalgando como um herói de faroeste e logo depois socando a cara dele sem pensar duas vezes.

— Eu devia ter chegado aqui antes. Não devia ter te deixado sozinha.

— Não se culpe. — Desço uma das mãos por sua barriga. — Você estava lá quando foi necessário.

— Sempre vou estar.

Suas mãos agarram a parte de trás das minhas coxas, ele me ergue no colo e me leva para a cama. Caímos juntos nos lençóis frios, e me acomodo na curva do seu braço. Meu lugar, meu lar, meu amor. Tudo poderia ter acabado num piscar de olhos se KJ não tivesse confiado demais em sua capacidade de me convencer a entrar no carro. Se ele tivesse começado a conversa com uma arma nas mãos, talvez não houvesse tempo suficiente para esperar por Austin.

— Qual foi a sensação? — pergunto enquanto observo sua mão direita sob a luz cálida dos abajures de cabeceira, entrelaçando e desentrelaçando nossos dedos sem parar. Seus nós dos dedos estão marcados e um pouco inchados.

— Do quê?

— De dar um soco nele. Nunca dei um soco em ninguém antes, mas queria bater nele.

— Você devia ter me falado, garota da cidade. Ver você arrancar aquele ar presunçoso da cara dele com um belo soco me renderia material para sonhos eróticos pelo resto da vida. — Sua mão livre desliza pela minha coxa. — Quanto à sensação… bater nele foi bom, mas beijar você na frente dele foi muito melhor.

Reviro os olhos e dou uma risada encostada em seu peito.

— Você só curtiu marcar território. Homens são animais selvagens.

— Quem beijou quem, meu bem? Minha selvagenzinha.

— Tá bom. Eu assumo a responsabilidade. — Meu abraço em seu peito fica mais apertado, o ritmo constante do seu coração reverbera em minha palma. — Acho que nunca o beijei daquele jeito. Talvez lá no começo... mas não fazia isso havia *muito* tempo. Foi como um último "foda-se".

— Eu devia ter obrigado aquele cara a me ver te fazer gozar. Ter batido nele onde dói de verdade.

Minha risada sacode a cama inteira, deixando lágrimas em meus olhos enquanto me agarro a Austin.

— Ele nem saberia o que estava vendo, porque com certeza nunca me viu gozar.

— Nossa, azar o dele. Mas não posso dizer que não fico um pouco feliz em ouvir isso. — Ele beija meu cabelo antes de alisá-lo com um toque suave. — E agora meu novo objetivo é te dar todos os orgasmos que você não teve ao longo dos anos.

— Podemos começar agora? Você tem muito para compensar. — Meus lábios roçam por seu pescoço, distribuindo beijos e pressionando o ponto onde sinto sua pulsação.

— Ainda bem que não temos nada além de tempo — diz ele, deslizando a mão entre minhas pernas.

Sei que tenho o péssimo hábito de apressar as coisas, mas juro que vou me casar com esse homem.

Ao acordar, estou exatamente no lugar ao qual pertenço. Nos braços de Austin, com a perna jogada por cima dele, ouvindo seus batimentos em uma cadência suave. E, pela primeira vez em anos, me sinto completamente em paz.

— Isso é um sonho, não é?

De olhos ainda fechados, Austin boceja.

— Não é um sonho, meu bem. Se bem que não tenho a menor obrigação de te contar.

— Você é policial?

Eu o cutuco nas costelas, e ele ri com vontade. O tipo de risada que só tinha ouvido quando ele estava bêbado, voltando para sua caminhonete depois do rodeio. É a risada de alguém que sente tanto alívio quanto eu esta manhã.

Desço a mão por seu peito, passando pelo leve V que desaparece dentro da cueca até aninhá-la na linha da cintura. Meus dedos começam a roçar a pele delicada ali embaixo. Ele se derrete sob meu toque suave e seus olhos se abrem para encontrar os meus.

— Já foram quatro orgasmos… qual a meta para hoje? — pergunto.

— Meu plano para hoje é passar o máximo de tempo possível entre essas pernas lindas. — Seus lábios se colam nos meus e sua mão volta para onde deveria estar: aconchegada entre minhas pernas, desenhando círculos carinhosos em meu clitóris sensível. — Me avise quando precisar de um descanso, linda.

Então, ele desliza por baixo de mim e desaparece sob o lençol fino, deixando um rastro de beijos e arranhões de barba pela minha barriga até chegar à parte interna de cada coxa.

Estou flutuando. Sua língua desliza em direção à minha virilha com movimentos lentos e carinhosos até se concentrar no alvo. Lambidas leves e suaves, disparam uma onda de prazer que envolve todo meu corpo como um cobertor quente. Gemo no travesseiro e deslizo as mãos sob o lençol para agarrar sua cabeça.

— Já te disse o quanto te amo? — pergunto enquanto ele beija cada pedacinho do meu corpo com delicadeza. — Porque… *porra*… eu estou perdidamente apaixonada por você.

Ele interrompe os beijos sonolentos por um segundo.

— Me fala mais.

Um caleidoscópio de cores dança no interior das minhas pálpebras enquanto a língua de Austin se delicia em meu clitóris hipersensível. Descubro que ainda não me recuperei da noite passada. Está tudo mil vezes mais intenso do que o normal.

— Você é tudo para mim. Meu mundo inteiro.

Ofego enquanto ele chupa meu clitóris. Um calor incendeia a base da minha coluna, intensificando-se a cada movimento rápido na minha pele macia. Ele geme, saboreando cada segundo em que me dá prazer.

— Quero dormir aconchegada em seus braços todas as noites pelo resto da vida. — Minhas costas se arqueiam quando dois dedos deslizam para dentro de mim. — E acordar exatamente assim.

Ele se afasta apenas o suficiente para dizer:

— Posso fazer tudo isso acontecer.

Nenhuma menção a "pelo tempo que você estiver por aqui". Talvez, só talvez, ele esteja finalmente entendendo que estou nessa para valer. Seus dedos se curvam dentro de mim e perco o controle. Sua mão firme na minha barriga é a única coisa que me impede de deixar meu próprio corpo.

— Aus, eu amo...*ahhh, meu Deus.*

Um doce alívio me inunda, começando no couro cabeludo e abrindo caminho até os dedos do pé.

Meia hora se passa; mais dois orgasmos deixam meu mundo girando e meu coração disparado. Um zunido elétrico percorre minha pele. Austin sobe deixando uma trilha de beijos até sua boca estar devorando a minha, o doce gosto da minha excitação em sua língua. Um gemido de desejo ressoa em sua garganta enquanto agarro seu pau duro.

— Me come, por favor. Me faz sua — sussurro, meu corpo se retorce sob o seu, arqueando para sentir seu pau, implorando para que ele sacie minha necessidade de tê-lo dentro de mim.

— Meu bem, você foi feita para mim. Sempre foi minha e sempre vai ser. — A ponta de seu pau se posiciona na minha entrada, e solto um gemido que o faz sorrir. — Mas se minha garota precisa ser comida para ter certeza disso, quem sou eu para negar?

Ele me penetra com um gemido grave. Austin agarra meus tornozelos e o joga sobre os ombros. Ele fricciona o pau dentro de mim. O aperto de suas mãos em minhas coxas deveria doer, mas só intensifica o calor que se acumula em meu âmago.

— Porra, você se encaixa tão bem.

Ele joga a cabeça para trás com uma estocada tão forte que a cabeceira da cama se choca contra a parede.

Quando acho que não consigo mais respirar sem gozar, ele se afasta e dá outra estocada. Meus pés estão contraídos e minhas pernas não param de tremer enquanto me contorço sob seu corpo. Cravo as unhas em suas coxas, encarando Austin com um olhar exaurido e carregado de desejo. Cada parte do meu corpo está sensível e dolorida — uma mistura de prazer e exaustão.

— Aus, não sei quanto mais vou aguentar.

— Vai jogar a toalha, meu bem?

— Mais uma — gemo quando ele diminui o ritmo das estocadas. — Me dá mais uma.

Ele se curva, me lambendo devagar e se deliciando entre minhas coxas. Sabendo exatamente o que é necessário para me levar ao limite uma última vez, ele cospe direto no meu clitóris e o esfrega com o polegar. Meus olhos se reviram de prazer e só consigo ouvir quando ele cospe no pau antes de se enterrar em mim, me fazendo gozar, totalmente entregue.

Minhas coxas tremem sem controle e um calor intenso me invade quando seu gozo quente me preenche. Meus tornozelos desabam de seus ombros e envolvem preguiçosamente sua cintura, mantendo-o no lugar enquanto seu peito arfante sobe e desce.

— Você está bem? — murmura ele contra meu cabelo.

— Cansada, meio dolorida e mais satisfeita que nunca.

Tudo parece perfeitamente em seu lugar. A ameaça de KJ desapareceu, Austin ainda está dentro de mim e sua voz ofegante sussurra o quanto me ama.

— Estou absolutamente faminta. Mas também não quero sair daqui.

— Então me deixa buscar comida para você. — Ele se ergue, e aperto as pernas ao redor dele, mantendo-o exatamente no lugar a que ele pertence.

— Não, não quero que você se mexa. — Dou uma risada. — Aposto que Kate mandaria uma bandeja de café da manhã por um dos rapazes se a gente pedisse.

Ele sorri e balança a cabeça.

— Quer mesmo que alguém traga comida até aqui com meu pau ainda dentro de você? Você está maravilhosa, mas estou em uma situação um tanto comprometedora e prefiro que meus irmãos não vejam essa cena. Temos comida aqui. Me deixa preparar algo para você.

— Argh, tudo bem. — Solto sua cintura e sinto cada centímetro dele recuando com relutância.

— Não se preocupe, meu bem. A gente volta logo depois que eu garantir que você está alimentada e bem cuidada.

Por mais tentador que seja nunca mais sair da casa de Austin, não é nem um pouco viável. Ainda mais se levarmos em conta a falta de comida de verdade na geladeira dele. Se eu soubesse que a equipe quase toda estaria esperando na casa principal quando aparecemos para jantar, talvez eu tivesse preferido dormir com fome.

Beryl é a primeira a me puxar para um abraço assim que entramos na cozinha lotada. Fecho os olhos e respiro seu aroma reconfortante, aproveitando os últimos segundos antes de encarar o peso dos olhares de todos. — Você está segura, querida. Minha menina corajosa, muito corajosa — sussurra ela.

No momento em que seus braços finos começam a afrouxar o abraço, Kate já está me puxando para si. Sou uma boneca de pano disputada entre as duas.

— Beleza, me soltem, meninas.

Dou risada e me esquivo das duas, só para acabar, para minha surpresa, nos braços de Denny, que me aperta tanto que solto um gemido.

— Você está bem, potranca? — pergunta Denny assim que me solta. — A coisa ficou meio feia ontem à noite.

— Viva e bem, graças a vocês.

— O cara é mesmo uma peça. Denny precisou dar mais uns tapas nele no caminho até a cidade, porque ele não calava a boca. — Colt atravessa a cozinha a passos largos e envolve meus ombros em um abraço de lado. — Mas ele já sumiu faz tempo. Saiu cantando pneu a toda. A gente ainda tentou segui-lo pela estrada durante um tempo, mas o cara sumiu de vista rapidinho.

— Obrigada — digo baixinho, com um sorriso contido. — Não sei o que eu teria feito se vocês não tivessem aparecido.

— A gente te ama, potranca — diz Denny.

— É sempre um prazer ajudar a dar uma surra em quem merece. — Red ri sentado na sua cadeira. — Agora que a potranca finalmente chegou, podemos comer?

— Sim, pessoal, podem se servir. — Beryl gesticula em direção à comida disposta em cima das bancadas, que eu ainda nem havia notado. Olho de relance para Austin, que parece tão surpreso quanto eu com o farto banquete e a quantidade de gente ali.

Os rapazes avançam na comida como um bando de cães selvagens, e me aconchego ao lado de Beryl. Meu corpo relaxa enquanto a mão dela desenha círculos entre minhas escápulas.

— Desde quando todo mundo vem jantar aqui? — Olho de esguelha para o rosto envelhecido e sereno de Beryl.

— Em ocasiões especiais. Hoje à noite estamos celebrando por sua causa. Pegue um prato e aproveite, minha querida. Você merece tudo de bom que está por vir.

Todos estão rindo, fazendo piada sobre a última conquista de Denny com uma das gatinhas de rodeio, discutindo sobre o próximo rodeio na cidade vizinha e provocando Sundial. A vida está normal e alegre. E, como em todos os dias desde que cheguei aqui, estou totalmente absorta pelo rancheiro bonito e rabugento sentado à minha frente. Nossos pés se tocam e nossos olhares se encontram sob a luz dourada do pôr do sol que se derrama pela mesa.

O lago agora fica em segundo lugar, porque estar sentada em volta desta mesa de jantar, com minha família e o amor da minha vida, é de longe meu lugar favorito no mundo.

Epílogo

Austin

Eu devia ter subido a montanha com o pessoal. Teria sido melhor do que andar de um lado para o outro no escritório a ponto de desgastar o piso de madeira antigo. Ou eu deveria ter cancelado o trabalho todo e ido até a cidade com Cecily, já que hoje é o dia mais improdutivo da minha vida. Cada momento das últimas duas horas foi dedicado a ficar de olho na entrada de carros pela janela aberta, na expectativa de ouvir o som dos pneus no cascalho e ouvindo notificações imaginárias do celular.

Quando a caminhonete enfim vira na curva e começa a subir a entrada de carros, disparo escada abaixo. Quase tropeço quando minhas botas atingem o piso escorregadio no térreo. Estou esperando na frente de casa quando ela para. Meus dentes estão batendo e minha pele coça de nervoso. Cecily tenta manter uma expressão neutra, mas falha miseravelmente.

— E aí? — Observo-a com a respiração presa.

— Pareço diferente? Solteira?

Ela dá uma voltinha, o vestido floral amarelo esvoaçando e caindo com um farfalhar em torno de suas coxas.

— Divorciada. *Solteira, não.* — Eu a tomo nos braços, apertando seu corpo quente e inalando o aroma doce de seu cabelo. — E você é a mulher mais linda que já vi.

— Vamos comemorar. Eu trouxe champanhe... bom, eu comprei o mais próximo de um espumante que encontrei em Wells Canyon.

Ela se afasta para pegar a garrafa e entra saltitante. Quando entro atrás dela, Cecily está enchendo duas taças. E o maior sorriso do mundo está estampado em seu rosto.

— Então, não teve nenhum problema com KJ? A papelada estava em ordem?

Eu me sento no sofá e ela se junta a mim, aninhando-se sob meu braço, como costumamos fazer toda noite.

— A papelada estava perfeita... O advogado ficou um pouquinho desconfiado ao ver as manchas de sangue. Eu falei que me cortei feio com o papel enquanto assinava. Mas KJ nem ameaçou contestar... nem um pio. Se bem que, como eu falei que não queria as coisas a que tinha direito em nosso acordo pré-nupcial, ele provavelmente achou que saiu vitorioso.

— Ótimo. — Dou um gole e depois me inclino para beijá-la, assolado por um turbilhão de emoções que fazem minha cabeça rodopiar. *Finalmente, está tudo acabado.* Os lábios dela sorriem colado aos meus, e ficamos nos olhando. Aquele mar azul cintila, e juro que nunca amei nada tanto quanto a amo.

Ela sussurra:

— Agora somos só eu e você. Bem... pela próxima meia hora. Aí temos que cuidar de Odessa e Rhett.

— Foda empatada por filhos que nem são meus.

De algum modo, acabamos responsáveis por cuidar das crianças a cada duas semanas para que Jackson e Kate possam ter um tempo juntos. Ainda bem que as crianças são fofas, porque eu preferiria levar a Cecily para a cama e ficar lá até amanhã.

— Não se formos rápidos.

Ela monta no meu colo e me beija com entrega total. Ela se encaixa em mim e rebola os quadris de um jeito que faz meu pau pulsar dentro da calça. Desafivelo o cinto e deslizo meu jeans pelas coxas antes mesmo de ter tempo de registrar o que está acontecendo. Não sei bem o que fiz para merecer isso. Merecer Cecily.

— Você e eu — repete ela, com um gemido suplicante, enquanto sua mão agarra meu pau em crescente ereção. Minha cabeça desaba no encosto do sofá com um grunhido. — Acho que está na hora de eu te recompensar por fazê-lo assinar aqueles papéis.

— Meu bem, você não tem que...

Ela me cala com um beijo visceral e faminto enquanto sua mão bombeia meu pau com força, disparando ondas de prazer lancinante pelo meu corpo a cada bombeada da base à cabeça. Meus dedos cravam em suas coxas, e ergo os quadris no ritmo da mão dela. Seu polegar esfrega a ponta para coletar o pré-gozo que goteja e, me encarando direto nos olhos, ela enfia o polegar na boca e o chupa, soltando um gemido.

— Porra, você é um tesão. E é toda minha. Só minha. — Eu a beijo já deslizando a mão pela parte interna de sua coxa, em direção ao calor úmido entre suas pernas.

Porra. Ela usou esse maldito vestido de verão por toda a cidade sem calcinha?

Seus olhos encontram os meus com um brilho travesso. Respiro fundo enquanto meus dedos deslizam por sua boceta molhada, e ela se derrete ao meu toque com o suspiro mais doce.

— Não acredito que agora serei o único a te comer assim.

Agarro a base do meu pau e o mantenho firme, deixando Cecily se acomodar em torno da cabeça.

— Só você me come assim.

Como a mulher safada, incrível e linda que é, Cecily cospe na mão e acaricia toda a extensão do meu pau antes de montar com um gemido alto. Meu peito arqueja, perdendo uma ou duas batidas enquanto me delicio com a sensação dela.

— Porra, que tesão — gemo.

Seus quadris se encaixam com perfeição em minhas mãos. Tudo em Cecily parece feito para mim. Somos perfeitos juntos. Eu a guio para cima e para baixo, lhe dando a estabilidade para me cavalgar até seu corpo não conseguir mais se sustentar sozinho. Desço a mão até seu clitóris, trabalhando em círculos rápidos. Seus gemidos e tremores se tornam mais intensos e impacientes. O vestido amarelo esvoaça em torno de nós dois, fazendo cócegas na minha pele hipersensível.

Porra, eu amo a época dos vestidos de verão.

Sua boceta aperta meu pau como se nunca mais quisesse soltar, por isso mordo o lábio com força até tirar sangue para não gozar ainda. Ela está me cavalgando como uma rainha de rodeio e, não importa quantas vezes eu já tenha estado dentro dela, a sensação é *sempre* demais para aguentar. Uma alça do vestido desliza por seu ombro, e, com um leve puxão, meus dedos liberam seu seio nu. O mamilo empinado se encaixa com perfeição na minha boca. Chupo e passo a língua pela pele macia e rosada até que ela esteja ofegante — seu corpo inteiro enrijecendo em meus braços.

— Ah, porra. *Isso.* — A voz aguda de Cecily corta o ar quando ela pende a cabeça para trás, deixando os longos cabelos loiros tocarem sua bunda. Em uma onda prolongada de prazer, ela jorra ao redor do meu pau.

— Puta merda, essa é a minha garota. Encharca meu pau.

Dou uma estocada para cima, preenchendo-a com cada centímetro de mim e me movendo com nova ferocidade. Meu polegar dedilha seu clitóris até que ela esteja perto de um segundo orgasmo. Eu passaria o dia todo vendo Cecily assim. Ela é linda e é toda minha. Meu coração dispara quando sinto o início de seu êxtase, contraindo-se para me levar ao clímax.

— Goza em mim de novo. Foi sexy para caralho. — Mal consigo dizer as palavras, e ela já está se agarrando a meu peito, afundando as unhas em minha carne e se deliciando no meu pau outra vez.

Não vou conseguir me segurar. Eu me agarro a ela enquanto ela se contorce no meu pau. Cada movimento faz estrelas cintilarem em meu campo de visão, e uma sensação de formigamento sobe das minhas bolas até a coluna. Cecily está sensível demais para aguentar mais um segundo, mas, como uma boa garota, ela não desiste. Quando ela geme meu nome, cedo à pressão crescente e um gemido rouco escapa dos meus lábios quando a inundo com gozo quente. Desmorono em delírio enquanto aprecio a melhor vista do mundo.

Uma lufada de ar frio me atinge quando ela se ergue, me libertando de seu aperto firme, e um filete de esperma escorre devagar por sua coxa. Sem pensar duas vezes, deslizo a cabeça do meu pau em sua pele para capturá-lo e ergo os quadris, enfiando-o de volta nela. Cecily geme desabando no meu peito, a respiração saindo em arquejos pelo nariz.

— Você acabou de…

— É. Acabei de fazer isso, sim.

Não tenho ideia do motivo; fui dominado por um instinto animalesco. Não é como se eu estivesse tentando sabotar o DIU dela ou algo assim — não ainda.

— Muito bem.

O sorriso diabólico em seu rosto enquanto ela permanece firmemente sentada em meu pau me faz pensar que ela achou isso um tesão tanto quanto eu.

Sou o homem mais sortudo do mundo.

Ela pressiona a testa na minha e dá um suspiro lento e profundo.

— Eu te amo, Austin. Obrigada por tudo.

Meu nome em seus lábios é meu som favorito no mundo. Mas ela poderia dizer qualquer coisa, que em sua voz doce se tornaria minha nova palavra favorita. Cecily é *tudo* para mim. Mais uma vez, ela ergue o quadril lentamente antes de se aninhar em meu peito.

Balanço a cabeça, sorrindo.

— Você nunca vai aprender que não precisa me agradecer pelo mínimo, não é?

— Você se supera o tempo todo. Eu não tenho mais ideia do que é o mínimo com você.

— Ótimo, é nisso que estou focado. — Então me dou conta: quase me esqueço da surpresa que tenho para ela. Cecily me tirou do prumo quando pulou no meu pau segundos depois de entrar em casa. — Aliás, me lembrei de uma coisa. Tenho um presente de divórcio para você. Mais uma vez, você está se mostrando uma baita distração.

Ela se senta ereta, o brilho pós-sexo ainda ilumina seu rosto.

— Um o quê? Você não precisava fazer isso, Austin. Você sabe como eu me sinto em relação a…

— Relaxa, eu sei como você se sente em relação a presentes. Não gastei dinheiro. Pelo menos… *ainda* não. Espere um instante.

Vou até o quarto e pego um envelope grande na gaveta da cômoda e volto um segundo e a encontro revirando os olhos e rindo.

— Preciso começar a vasculhar suas gavetas, não é?

— Pense em todas as surpresas que você ia estragar.

Desabo ao lado dela no sofá, deslizando o envelope para suas mãos ávidas.

Cecily o abre, estreitando os olhos e mordendo o interior da bochecha.

— Espera aí, o que é isso?

— Bem, imaginei que, caso ainda planeje ficar… — Cecily me bate no peito com o envelope grosso, e tusso como tivesse perdido o ar. — Tá bom, beleza. Eu sei que você vai ficar. É que esta casa era ótima para mim, mas… para nós dois e para tudo o que ainda está por vir, achei que talvez a gente fosse precisar de algo maior. Sabe? Algo que seja nosso. E, hum, separei alguns projetos diferentes que achei que fosse gostar, é só escolher. Também há alguns terrenos onde a gente pode construir, se você preferir. Então…

Há um silêncio sepulcral enquanto ela olha para a pilha de documentos em seu colo. *Droga, tenho o péssimo hábito de presenteá-la com pilhas de papéis que ela precisa resolver…*

— Meu bem? Diz alguma coisa, por favor.

Ela ergue os olhos para mim, as lágrimas reluzindo nos cílios inferiores. O canto de seus lábios se contrai em um movimento quase imperceptível.

— Uma casa? Você não pode estar falando sér… não pode ser verdade. Isso é… Meu Deus, não sei o que dizer. Não é só um presentinho de divórcio. Você não precisa fazer iss…

— Preciso — digo, interrompendo-a. — Você merece uma boa casa, uma boa cozinha, um chuveiro grande o bastante para transar, com espaço para bebês, cachorros ou o que você quiser.

— Bebês, cachorros ou o que eu quiser, é? Vai fazer de mim uma mulher casada antes de colocar a carroça na frente dos bois?

— Meu Deus, mulher, faz só uma hora que está legalmente divorciada e já está me botando essa pressão? — Não consigo evitar o sorriso. Casar com ela tem dominado cada um dos meus pensamentos desde o dia que percebi que estava apaixonado. — Se eu tivesse plena certeza de que você não está com um pé atrás em relação a casamento, eu te levaria até o cartório hoje.

— Se você não estivesse com um pé atrás de me pedir em casamento, eu diria sim.

— Você diria sim?

Eu me ajeito no sofá para olhar no fundo dos olhos dela, o azul mirando direto em minha alma com uma expressão de divertimento.

— É claro. Não venha me dizer que não sabia disso.

— Então vamos ver se entendi direito. *Você quer. Eu quero.* Então o que estamos fazendo sentados aqui?

Cecily ri e me beija, passando a língua impregnada de champanhe pelo meu lábio inferior, antes de aprofundar o beijo, enroscando sua língua na minha.

— Calma lá, não vou sair correndo para o cartório e me casar na mesma tarde em que deram entrada na documentação do meu divórcio. Imagina só a fofoca na cidade.

Não estou nem aí para os enxeridos. Até parece que a cidade inteira não sabe que estamos juntos. Ora, duas semanas atrás passamos o dia inteiro no rodeio de Wells Canyon. De mãos dadas, nos beijando, dançando juntos. Todo mundo sabe que ela é minha mulher.

— Beleza, está bem. Enfim, você merece um pedido de casamento à altura. Com um belo anel e todo um discurso preparado. E, talvez, não com meu pau ainda meio duro.

— Ou com sua porra escorrendo pela minha perna. Sério, Aus. Não preciso de nada elegante ou à altura. Você cortou os lilases da família.

Obrigou o merda do meu ex-marido a assinar os papéis do divórcio. Cuidou de mim todos os dias desde que cheguei aqui. Agora está se oferecendo para construir uma casa para mim. Acho que você já extrapolou sua cota de declarações de amor.

— Mesmo assim. — Eu me apoio em um joelho. — Meu bem, não é o lugar nem o momento em que planejava fazer isso. Mas preciso que você entenda que não tenho a menor dúvida de que quero me casar com você. Então vou pedir aqui e agora para te provar. Aí vamos sair para comprar um anel com *nosso* dinheiro. E depois eu faço tudo isso de novo do jeito certo.

Limpo a garganta e pego as mãos dela, pousando-as em seus joelhos trêmulos. Embora eu não faça a menor ideia do motivo do seu nervosismo.

Ah, espera... quem está tremendo sou eu.

— Quando te conheci, eu não imaginava que pudesse sentir algo assim por alguém. Na verdade, achei que nem quisesse... até você aparecer. Você tem sido *tudo* para mim desde o dia em que chegou aqui. É o primeiro pensamento quando acordo e o doce sonho que me embala até dormir. Você sabe o que se passa na minha cabeça, me conhece melhor do que qualquer pessoa e está sempre me incentivando a ser um homem melhor. — Minha mão acaricia preguiçosamente a pele macia de sua coxa enquanto falo. — Agora, aqui estou eu, mais uma vez fazendo algo que jurei a mim mesmo que nunca mais faria. E tudo por sua causa. Eu faria qualquer coisa que você me pedisse, Cecily. Pelo resto da vida, farei tudo para provar que mereço você. Eu te amo e o que eu mais quero é ser seu para sempre, meu bem. Você quer, *por favor*, se casar comigo?

Cecily enxuga uma lágrima que desliza pela bochecha, mas logo vem outra. Ela pisca para o teto por um instante antes de seus olhos encontrarem os meus.

Meu Deus, ela é perfeita.

— Você é meu, e eu sou sua. E *mal posso esperar* para ser sua esposa.

Seus lábios roçam nos meus, como já fizeram um milhão de vezes antes, mas agora com algo diferente. Como *minha esposa*.

Epílogo bônus

Cecily

A chuva bate nas janelas em um ângulo reto e me inclino contra as vidraças frias da porta da frente, espiando por entre as gotas para enxergar o celeiro. As luzes estão acesas e parece haver movimento, então solto um suspiro contido e relaxo. *Os rapazes chegaram em segurança.* Felizmente, meu marido não-caubói não costuma ficar fora durante longos períodos com os peões do rancho — não sei como Kate aguenta ficar sem saber se Jackson está seguro quando eles saem para cavalgar em um clima desses. Ainda mais quando passam a noite fora para conduzir o rebanho por longas distâncias. Sim, eles têm telefones via satélite, mas não significa que sejam bons em dar sinal de vida.

Pelo menos este foi o último dia de conduzir o gado de volta para casa antes do inverno. Depois de algumas longas semanas sem ver Austin direito, mal posso esperar para me enroscar na cama com ele pelos próximos... dois, três ou mais dias. Levando em conta como tenho me sentido mal nos últimos tempos, eu adoraria me aconchegar debaixo das cobertas até a primavera, aquecida pela lareira a lenha do nosso quarto e com os braços grandes de Austin ao meu redor.

Abro a porta e recosto no batente. Apesar da chuva e do vento, está agradavelmente quente para uma noite de meados de outubro. O ar fresco alivia a enxaqueca quase constante que tive a semana toda. Ver dois vultos caminhando em direção a casa desfaz o pequeno nó de ansiedade ainda em meu peito. Austin e o pai. Porque, de alguma forma, ter um pouco de estabilidade nos últimos três anos — somado ao fato de me ver em um esforço contínuo no relacionamento com meus pais — inspirou Austin a entrar em contato com o pai no aniversário da morte da mãe. Em vez de cerveja e reprises de *Dias felizes*, comparecemos ao jantar em família. Então, Bennett se ofereceu para ficar e ajudar a mover o gado de volta antes do inverno. E, pára espanto de todos, Austin aceitou.

O relacionamento deles ainda está longe de ser perfeito, mas ver os dois caminhando lado a lado e ouvir suas vozes abafadas me deixa em lágrimas. Talvez sejam os hormônios.

Não consigo esperar até que ele esteja abrigado da chuva antes de ir ao encontro dele. Meus pés mal tocam os degraus da varanda da frente, enquanto corro e me lanço em um abraço no meio do gramado.

— Oi, Bennett — falo, por cima do ombro de Austin, com o homem que parece com Jackson, mas age exatamente como Austin. Ele acena sem dizer uma palavra e segue em direção à casa principal.

— Senti sua falta. — Beijo meu marido, acariciando sua barba por fazer. — Meu Deus, senti muito sua falta.

Ele ri, colando os lábios nos meus.

— Senti sua falta também, meu bem. Mas fiquei fora só dois dias.

A chuva já encharcou minha blusa e meu cabelo está grudado no pescoço. Posso pegar um resfriado aqui fora, mas não estou nem aí. Eu o beijo como se ele tivesse ficado um ano fora e engancho as pernas em sua cintura, sentindo o calor de suas mãos em minha bunda.

— Parece que foi mais tempo — confesso.

E parece mesmo. Em geral, quando ele viaja, é tolerável. Mas não desta vez.

— Vamos sair da chuva para você continuar me dizendo o quanto sentiu minha falta.

Suas mãos deslizam pelas minhas coxas até os meus joelhos e, em seguida, ele lentamente desentrelaça nossos corpos. Eu o solto com relutância, colocando os pés no solo encharcado e erguendo os olhos para ele.

Quando estamos dentro de nossa casa quentinha, ele tira a roupa para tomar banho. Está encharcado da chuva, cheirando a cavalo e suor, e tem o rosto e as mãos salpicados de terra. Austin é o homem mais lindo que já vi e me sento na beira da cama, sorrindo para ele.

— Alguém está de bom humor. — Ele joga as roupas no cesto de roupa suja. — Acho que nunca vi um sorriso tão radiante assim.

— Estou feliz por você estar de volta.

— Bom, então me deixe tomar um banho, aí vou te mostrar como estou feliz por estar de volta, está bem?

Ele se inclina para me beijar com delicadeza, e corro as mãos por seu cabelo desgrenhado e ensopado. Seguro seu rosto perto do meu e solto um suspiro ansioso.

— Está bem... papai.

Mordo o lábio, esperando para ver se ele entendeu a indireta. Não aguento esperar nem mais um minuto.

Ele dá um sorriso torto e arqueia uma sobrancelha para mim. *Droga.* Tenho quase certeza de que ele acha que estou só sendo safada e não percebeu o que estou tentando insinuar.

— Só queria ver se o nome combina com você. Talvez *papi?* Não. *Pai?* Não, sério demais. É... sabe, Aus, acho que papai combina melhor com você.

— Espera aí. — Ele se ajoelha na beira da cama para ficarmos com o rosto na mesma altura, então seus olhos se arregalam analisando os meus. — Você está dizendo o que acho que está dizendo?

Aceno com a cabeça, sentindo suas mãos já no meu rosto para me dar um beijo intenso, o metal frio da aliança dele pressiona meu maxilar. Meus lábios se abrem sob a pressão dos dele, inspirando seu hálito. Quando ele se afasta, abro os olhos devagar bem a tempo de vê-lo enxugando as próprias lágrimas.

— Aus, não chore.

Passo os polegares pelo rosto dele e faço o melhor que posso para conter minhas lágrimas. Meus hormônios já estão falando mais alto.

— Vai se acostumando, meu bem. Tenho certeza de que não vai ser a última vez que fico emotivo por conta do nosso bebê... *puta merda. Nosso bebê.* Parece surreal dizer em voz alta. Eu te amo tanto. Obrigado. Obrigado, minha linda mulher.

Ele distribui pelo menos uns cem beijos no meu rosto, como se espalhasse estrelas pelo céu.

— Então, está feliz? — provoco.

Eu não tinha nenhuma sombra de dúvida de como ele reagiria a essa notícia. Mais de um ano depois de tirar o DIU, já tínhamos nos conformado com a ideia de que filhos talvez não fizessem parte de nossos planos. Desde o instante em que descobri ontem de manhã, venho contando os minutos para ele chegar em casa e eu poder lhe contar. E o tempo parecia não passar. Não pude sair de casa nem falar com ninguém, porque eu sabia que ia deixar escapar sem querer.

Ele coloca uma mecha de cabelo atrás da minha orelha.

— Nunca me senti tão feliz. Você já me faz o homem mais feliz do mundo todos os dias, e agora mais *essa*. Como eu não poderia estar? Não sou exatamente um homem de fé, mas tenho rezado por isso todos os dias no último ano.

Seus lábios quentes, com um sorriso incontrolável, se colam aos meus.

— Ainda é o que você queria, não é?

Eu o beijo de volta.

— É sim.

É sim, muito mesmo.

Ele entrelaça os dedos nos meus e, quando Austin Wells dá um único beijo na minha barriga, me sinto mais viva do que nunca.

Agradecimentos

Antes de mais nada, agradeço ao meu marido, que sempre me apoia. Eu disse que queria publicar um livro e, embora não soubesse que isso significaria me ouvir repassar cada ponto da trama e cada característica dos personagens, você aguentou tudo sem reclamar. Inclusive ouvir sobre os vários romances que escrevi antes de finalmente criar coragem e publicar este… Desculpe! Eu te amo!

Abraços apertados para minha filha, uma menina atrevida e doce. Você pode não saber ler ainda (nem vai poder ler isto por pelo menos uns quinze anos), mas é minha maior inspiração. Ao querer te ensinar a correr riscos e perseguir seus sonhos, percebi que precisava fazer o mesmo. Sem você, Odessa Wells não seria a garotinha espirituosa de quatro anos que é.

Para Brooke, por aguentar meus desabafos tarde da noite, me ajudar a resolver buracos na trama e me fazer manter o ânimo quando a síndrome do impostor me paralisa. Menina… como a gente foi se conhecer por meio do perfil dos nossos cães no Instagram e percebemos que somos basicamente a mesma pessoa?

Meus pais, que me apoiam muito: vocês me incentivaram desde que eu era pequena e escrevia meus primeiros livros. Vocês ajudaram a incutir um sonho que estou animada para enfim perseguir de verdade vinte anos depois. Mãe, sei que você está lendo isso mesmo depois de eu ter feito careta e dito várias vezes para não ler... nunca falaremos sobre o conteúdo deste livro.

Minhas incríveis leitoras beta! Sem vocês, este livro seria só uma sombra do que é. Seus comentários, críticas e suspiros empolgados ajudaram a me motivar. Sou uma escritora melhor por causa de vocês.

Aliás, Naomi e Andrea. A edição de vocês consolidou a ideia de que este era, finalmente, o livro que eu ia publicar. Naomi, você questionou cada pequeno detalhe da história, e foi essa minúcia que deu vida de verdade aos personagens. Andrea, você é uma maga. Conseguiu encontrar erros que passaram batido por minhas centenas de revisões e por várias leitoras beta — e graças a Deus por isso. E obrigada por identificar e corrigir problemas sobre a logística do *cof cof* boquete.

Para Acacia, da Ever After Cover Design. Obrigada por fazer uma capa que me faz querer gritar e dar chutinhos no ar toda vez que a vejo. Você pegou meu "Não sei o que quero, mas lilases e caubóis são legais" e criou ISSO?!?!

E, por último, mas com certeza não menos importante, para todos os incríveis leitores que receberam um exemplar do livro antes do lançamento. Eu poderia ter o trabalho de escrever um livro, contar com um milhão de pessoas fazendo leitura beta e editando, e eu não chegaria a lugar algum sem os leitores. Ainda mais os que se importam a ponto de avaliarem meu livro, gritarem o título aos quatro ventos e compartilharem nas redes sociais. Obrigada por apoiarem meu romance de estreia. Vocês significam mais para mim do que jamais poderiam imaginar.

Impresso no Brasil pelo Sistema Cameron da Divisão Gráfica da
DISTRIBUIDORA RECORD DE SERVIÇOS DE IMPRENSA S.A.